库特利亚芙卡的排序

"冰菓"系列③

Welcome to KANYA FESTA!

(日)米泽穗信/著
Honobu Yonezawa
方宁/译

湖南美术出版社

库特利亚芙卡的排序

Welcome to KANYA FESTA!

一 不眠之夜

库特利亚芙卡的排序
Welcome to KANYA FESTA!

001–♥01

我睡不着，于是悄悄地走出家门。

千反田家的历史似乎可以追溯到江户时代初期。

现在的神山市北边有一大片田园地带，那里过去曾是一整座农村。千反田家的人代代担任那个村子的村长，拥有辽阔的农田。除了自己耕种之外，还会租给别人。千反田家还会作为村子的代表与领主谈判，商议租税等问题。另外，对于一些简单的纠纷，千反田家也会扮演法官的角色。不仅如此，千反田家还领导了村子的农田改良工程。而在春秋庆典时，他们也是作为村子的代表去参加的。

这一带绝非资源得天独厚的好地方。尽管土地肥沃，但是经常会遭到台风的侵袭，冬天则会被大雪封锁。最大的问题是水资源匮乏，直到江户时代中期实施了灌溉工程，才有所改善。只要天公稍稍不作美，就肯定会歉收。于是，人们对神佛的敬畏之心就自然变得越发强烈了。

在这种情况下，千反田家作为当地富豪，一直担任祭祀时的世俗代表。据说对于神社的各种捐献，向来都是出自千反田家的私产。而在插秧前和收获后，还有中元、新年，千反田家都会大摆宴席，宴请附近的村人们。能够做到这些事情，就表示千反田家肯定财源广进。他们主要的收入应该来自出租土地的收益。

战后，由于农地改革的影响，千反田家也和日本全国各地的大地主一样，失去了大半的土地。不过，当时的当家千反田庄之助是个善于发现机会、抓住时机的人，用投机买卖赚来的钱作为本金，率先将千反田家的农业近代化，使得财富更进一步地扩大了。庄之助用增值的钱慢慢地将失去的土地买回来，到了我的父亲成为当家的时候，千反田家已经收回了过去大约半数的土地。在昭和后期，那土地的面积算是相当可观。

虽然听起来可能觉得我是在给自家人脸上贴金，不过千反田庄之助这个人并非只善于经商，还具备了深受他人信赖的人格魅力。其实这位庄之助就是我的祖父。由于他很早就去世了，所以我对祖父的事情记得不是很清楚。

总之，千反田家在战争前后的混乱中勉强保住了家产，顺利渡过了难关，并且至今仍旧承担着祭祀上的重责。

不过，现在的千反田家并没有福部同学说的那么富甲一方。因此，设宴招待乡里的活动也从一年四次变成了春秋两次，并且还会以酒钱的名义收取实质的活动费。如此一来，与其说是设宴招待，不如说更接近于单纯的聚会、酒会吧。我不能喝酒，所以从未参加过。

春秋的祭典是在一座“村神”规模的小神社举办的。在舞狮、神轿绕境等活动结束后，千反田家的人会代表村民们进入神社，春季祈求一年的丰收，秋季则是报告一年来的风调雨顺，感谢村神的保佑。

我也从懂事的时候起便参加了这个仪式。邻近的友人曾问过我在神社里面都做了些什么。其实和一般情况没什么两样，唯一的特别之处大概就只有大人们会叮嘱我们在祈祷结束前尽量不要弄出声响吧。因此，尽管会鞠躬行礼，却不会拍手向神明致敬。

我自己并没有那么强的信仰心。如果能进行量化的话，应该和其他同学差不多吧。不过，也许是因为我有像这样参加祭祀的经验吧，每当碰到烦恼，都会来到这座神社向神明祈祷。这成为了我不为人知的习惯。我并不清楚这是否代表我其实是信仰日本众神的，或者只是因为这个行为本身已经习惯化，成为了一种自我暗示。虽然我偶尔会对此非常好奇，但是却难以找出答案来。

最近的话，我在参加高中入学考试时去祈祷了。还有，被福部同学命名为“冰菓”事件的那个时候也去了。

而在今晚，我又向神社走去。

明天起就是神山高中文化祭了。我们神山高中多姿多彩的文化社团之一——“古籍研究社”陷入了非常棘手的状况。我不知道应当如何突破困境。尽管我是打算拼尽全力……不过有时似乎是需要一些运气的。

我将一百日元硬币投入香油钱箱，在只有月光照到的地方闭上眼睛合起双手，脑海中浮现出古籍研究社的大家。

伊原摩耶花同学。福部里志同学。折木奉太郎同学。

摩耶花睡得好吗？

摩耶花同学深深地觉得古籍研究社现在的困境全部都是她一个人造成的。其实并非如此。是我过于依赖能干的摩耶花同学了。如果我能更积极地去帮助摩耶花同学的工作，说不定就可以避免现在的事态。在这一层意义上，我也是有相应责任的。

福部同学睡得好吗？

我很怀疑福部同学的乐天主义言行有多少是出自真心。至少，那与利己主义并不是完全一致的。我不认为他会笑着装作自己没有看到摩耶花同学痛心的样子。

折木同学睡得好吗？

……应该睡得很好吧。如果折木同学不是这样，反而会让我感到很不安。

折木同学偶尔表现出来的那种看透事物本质的敏锐，总是让我感慨万分，甚至可以说是感动不已。但是平时的折木同学却……该怎么说呢，是非常不喜欢做出行动的人。实在很难判断他究竟值不值得依赖。

我在心中想着大家，献上了自己的祈祷。

祈祷接下来的三天里能给我们带来好运。希望我们能够跨越那个困境。

睁开眼睛的我在挥之不去的不安驱使之下，又从钱包里拿出了一枚五十日元硬币。

002–♣01

我睡不着觉，从枕头底下抽出导览手册。

参加团体一行感言（按照登记顺序）

·剑道社　神山高中对神山工业邀请赛。主将战将是全县首屈一指的高手对决，敬请关注。

·霹雳舞社　负责开幕表演。新人的水准很高。敬请期待。

·社交舞社　第二天三点半开始，包下体育馆举办室内舞会。请务必来参加。

·合唱社　第二天十点在体育馆进行表演。社员募集中（笑）。

·戏剧社　第三天九点在舞台开演。原创剧本。对县大赛版本进行了改良。

·侦探小说研究会　从第一天11:30开始举办悬疑午餐会。

·服装研究会　每天上午十一点和下午两点在服装室举办服装秀。征募模特。

·漫画研究会　在第一预备教室展售文集。招牌特辑“一刀两断古今漫画一百本”值得一看。

库特利亚芙卡的排序

Welcome to KANYA FESTA!

·化学社 来见识一下钠的威力吧。风险自负。化学实验室。

·2-F 播放录像带电影作品《万人的死角》。你能识破那令人惊愕的结局吗？放映日程请参考别页。

·应援团&拉拉队联合 第一天两点半起，在操场举行联合表演。

·茶道社 KANYA祭传统，超级露天茶会。今年当然也会举办。地点是在城山公园！

·美术社 在美术室恭候大家的光临。请务必来欣赏一下县美术展入选作品《青之赞歌》。

·仪仗队 从第三天两点起，在体育馆举行室内游行演奏。

·水墨画社 与美术社一同在美术室举办展览。

·巫术同好会 在二年E班教室举行各种各样的活动。还有很多小物品哦！

·文艺社 在第三预备教室和二楼通道展售文集《冰菓》。一本两百日元。

·百人一首社 拜、拜托了……谁来和我们对战吧……

·超常现象研究社 在一年F班教室进行展示。是非常严肃的研究。谢绝看戏人士。

·猜谜研究会 第一天十三点在操场举行猜谜超级大挑战7。等待你的参加。有奖品。

·天文社 KANYA祭是在白天举行啊。看不见星星啊。没办法，只好制作了太阳系。

·1-C 第一天两点起在体育馆舞台表演"非常愉快的安徒生童话"。

·广播社 每天中午十二点半起用校内广播介绍KANYA祭的最新消息。不想听也得听。

·珠算社 表演电视节目里常见的超高速心算。在专用大楼二楼第四预备教室。

·辩论社 借用三年B班的教室，从第一天十一点到第三天两点，举行英语辩论大赛。

·古筝社 上午两次下午一次，在和室举行演奏会。详细时程会贴在和室前面。

·落语研究社 第一天九点起在舞台表演。本来以为是我们打头棒，却被舞蹈社给……（哭）

·书法社 在书法室展览。

·花道社 在一楼走廊举办展览。请大家稍微停下脚步欣赏一会吧……

·生物社 神山生物环境模型。不是我自卖自夸，立体模型实在是太完美了，让你搞不清楚是在看哪个社团的展览。

·将棋社 KANYA杯淘汰赛，每人限制时间三十分钟。有豪华奖品（有夸张嫌疑）。在1-G教室举行。

·工艺社 在物理讲义室展览。企业号附舰载机。还会贩卖可爱的小物品。

·录像带电影研究会 播放独立电影《了》。于多媒体教室。放映日程请参考别页。

·摄影社 在3-G举办展览。还会实际表演传统的镁光灯摄影。

·电影研究会 在多媒体教室举行《天堂电影院》（1989·意法）放映会。

·SF研究会 在多媒体教室播放去年星云奖媒体部门获奖作品。题目是（略）。

·物理社 制作机器人。是双脚步行的，不过要推着婴儿车。

·全球行动社 在三年E班教室举行展览。请务必光临。

·历史研究会 用模型重现以“城山”闻名的神山城。验证其防御力，追踪城池失守的经纬。

·手工艺社 展示曼陀罗绒毯。不是我自卖自夸，感觉飘荡着神圣的气息。

·糕点研究会 在“符合社团活动的合适范围内”于烹饪教室前面贩卖

糕点。要来买哦！

·轻音乐社 乐队系表演请一定要先登记为轻音乐社。几乎可以全天包下武术道场。

·围棋社 在第二预备教室进行初学者讲座。当然也可对弈。

·阿卡贝拉社 固定于3-C表演。第一天11点半起会在中庭公开演唱。请来听一下！

·壁报社 KANYA祭期间每两小时发行一期号外。预定激情报道最新的消息。

·御烹饪研究会 第二天十一点半起，烹饪对决“Wild Fire”in操场！招募参加者。

·园艺社 烤地瓜……这算园艺吗？是农业吧？社长，这样好吗?!

·铜管乐社 每天一点半起在体育馆表演。曲目每天都会变换的。

·魔术社 在2-D进行近距离表演。第一天十一点半起在体育馆进行舞台表演。请大家来观赏。

·占卜研究会 三楼楼梯处。

·古籍研究社 神高文化祭为什么叫“KANYA祭”？答案就在文集《冰菓》之中。于地学教室贩售，一本两百日元。

执行本部

陆山宗芳（学生会会长·KANYA祭执行委员长）你们不要疯过头了。完毕。

八崎庆太（学生会副会长）文化祭期间，执行本部设置在学生会办公室。任何报告、联络、咨询，都请尽快过来。

庄川晴美（学生会副会长）总算到这一刻了……我心中充满了这样的感想。各位，青春无悔！

船桥胜治（文化委员长）除了KANYA祭三奖之外，今年还设置了部

门奖。竞争吧，年轻人们！

田名边治朗（总务委员长）已经设置了足够的垃圾箱，请大家注意垃圾的分类。

我大致浏览了一遍，对成果非常满意，将导览手册放到枕边。导览手册的封面用黑体字大大地印着“KANYA祭指南”，底下则用小字印着“第四十二届神山高中文化祭”，由总务委员会负责制作。也就是我福部里志隶属的委员会。

顺便一提，我除了是光荣的总务委员之外，同时也是手艺高超的手工艺社的社员，还兼任骄傲的古籍研究社社员。如果要问我在心中更倾向哪个身份……真不好说啊。应该还是古籍研究社吧。

在加入总务委员长亲自统领的导览手册制作小组时，我本来以为这是只要抄一抄去年的导览手册就能完成的简单工作。然而并非如此，实际操作起来才知道是相当难搞的差事。如果一点都不难搞的话，做起来就没有成就感了。

算是解决难题的奖励吗？我也得到了一些额外好处。分清滥用职权和额外好处的界线，这也是相当有趣的事情。以这份导览手册来说，我在最后的环节“参加团体一行感言”做了一点小恶作剧。

到去年为止，这个感言环节都是按照五十音顺序来排列的。我在今年悄悄地改成了登记顺序。虽然我跟委员长解释说“阿卡贝拉社只因为按照五十音顺序这个理由，长年来一直占据了感言环节最显眼的位置，在官方宣传中取得了优势，这种做法不够公平”，但其实真正的目的要更为单纯，我想让自己所属的团体之一——古籍研究社的感言能够尽量处于比较显眼的位置。一开始很困惑的委员长在听完我的解释后，也彻底赞成了。尽管在按照登记顺序的名义下，我没可能排除掉登记的剑道社，把古籍研究社放到第一个来，不过相对的，我们可以故意延后登记时间，让自己的社团名字出现在最后。相比“中间部分”，应该要显眼不少吧。

虽然实际上也并不会有太大的宣传效果啦。与其说是为了宣传古籍研究社，倒不如说这个小动作其实是为了让我享受一下导览手册制作小组的权限而已。

话说回来，就像学生会副会长庄川在感言中提到的那样，我也充满了“总算到了这一刻”的感受。总务委员会的工作自然很辛苦，不过手工艺社那边要更加辛苦。究竟是哪个混蛋提议要用刺绣来缝曼陀罗的绒毯啊。尽管嘴上抱怨个不停，不过缝的每一针都倾注了自己的心血。因为是自己喜欢的社团活动，所以一点都不觉得痛苦，只是眼睛实在是累死了。由于总务委员会和手工艺社占据了我大量的时间，导致我没能为古籍研究社的文集出太大的力，这让我有些不甘心。不过，数据库是不会给出结论的。就算有充足的时间，能不能写出有趣的文章也是个疑问。

我明天要先从哪里开始参观呢？总之，猜谜研究社的活动是不能错过的。由于是猜谜研究社自己举办，所以猜谜研究社的社员是不会参加的，这样一来我也有望获奖。第二天的话，烹饪竞赛似乎很有趣。只要能完成必杀的海鲜炒饭，我有信心不输给任何人。

唯一担心的是摩耶花会不会太沮丧了。不过，摩耶花是很坚强的人。而且客观上来看，摩耶花的责任是非常轻的。千反田同学似乎相当操心，我在这点上倒是挺乐观的。只能走一步算一步，船到桥头自然直啦。

啊啊，真期待。不仅文化祭本身令人期待，我们古籍研究社要怎样挽回失败也很令人期待。

有需要去克服的困难，这是多么美妙的事情啊！

总之现在睡觉吧，养足精神迎接明天。如果在难得的文化祭中能量不足的话，那我福部里志将会悔恨终生的。

003-♠01

我是夜猫子，所以迟迟没有睡意。

我本来打算看书打发时间，但是书架上找不到符合现在心情的作品。于是下楼来到客厅，拿起遥控器想看电视，但是同样没有吸引我的节目。无可奈何之下，我只好打开了客厅角落那蒙了一层灰的台式电脑。

这台电脑是老姐淘汰下来的，现在成为了折木家共用的网络终端。其实也只有我一个人在使用，而且我对于上网并没有太大的兴趣。尽管是很旧的型号，但也拥有我望尘莫及的演算能力与记忆能力。然而很遗憾的是，它的工作就只有每周显示一两次搜索引擎的新闻版面而已。这么一想，还真是可怜的电脑啊。

我打开搜索引擎。原本打算看一下新闻，不过……我改变主意在搜索引擎输入了关键字“神山高中”。经过几个链接，我打开了自己高中的网站。我不是第一次访问这个网站。除了学校沿革、历史概略、课外活动介绍等常见版面之外，还有在校生专用的留言板和聊天室，我过去曾经使用过这里的聊天室。

毕竟这是久负盛名的神山高中文化祭，网络上应该也有什么活动。果然不出所料，网站的首页上用大大的明朝体显示着“距离KANYA祭还有一天”。在画面的角落，播放着身穿神山高中校服的男女卡通形象在搬运东西的动画。目录上有活动日程、参加团体一览、交通示意图、访客注意事项，甚至还有邮购区。内容各式各样，非常丰富。

虽然不知道是哪个团体制作的，不过这网站很用心啊。加入了照片、图画、自制地图等丰富多彩的内容，画面也很简洁，能够让人很快找到自己想要的信息。我大致浏览了一遍，就在我准备看向自己所属的社团——古籍研究社的介绍时，连接中断了。不知道是哪里有问题，这台电脑的网络连接经常会突然中断。算了，我也差不多该去睡了。这时，我听到了从二楼下来的脚步声。声音非常轻快，应该是老姐吧。在狭窄的走廊碰面相让也挺麻烦的，于是我就靠在椅子上无所事事地等待着。

脚步声进入客厅旁边的厨房，接着响起了打开冰箱的声音。哐当，这是拿出玻璃杯的声音。我正准备回房间，突然被老姐叫住了。

"奉太郎。"

脚步声的判断很正确。是老姐的声音。听起来好像睡迷糊了一样。

"我说你啊，明天开始就是文化祭了吧？"

我将脸转向厨房。

"嗯。"

"早点睡吧。"

"哈？"

我发出了错愕的声音。什么要早点睡觉啦，吃饭要细嚼慢咽啦，不要忘记带纸巾和手帕啦，老姐从来不会对我唠叨这一类事情。她对我的吩咐总是关于一些更麻烦的事情。这究竟吹的什么风啊？老姐没有理会困惑的我，从厨房里传来将某种液体倒进玻璃杯的声音，然后她咕咚咕咚地喝干了。

"……反正你们碰到了什么麻烦事吧？"

我没有回答。

再次传来倒东西的声音，这次的量似乎比之前要少一些。

“一看你的态度我就知道了。不过说起来，古籍研究社的文化祭没有一次是风平浪静的。这是传统。”

啧，被诅咒了吗？

“你真是加入了麻烦的社团啊。”

“哦。”

我差点就回嘴了。明明是老姐让我加入古籍研究社的。

今年入读神山高中的我，在身为古籍研究社OG的老姐拜托下，抱着只是挂个名的心态加入了古籍研究社。我本来是打算作为唯一一名幽灵社员，去尽情享受惬意的放学后时光，然而老天爷却不让我遂愿。名叫千反田的女生带着某个目的加入了古籍研究社。历经与其“目的”有关的几件麻烦事之后，古籍研究社的社员最后变成了四名。里志将这一系列麻烦事命名为“冰菓”事件，我顺便把它拿来填充文集的内容。

顺便一提，我不晓得这个古籍研究社的存在意义。既然是古籍研究社，那么应该是要研究古典文学吧，但是感觉现在的社员里没有会去做那种事的人。由于没有前辈能够告诉我们古籍研究社是怎样的社团，所以我们就失去了方向。不过，对我个人来说，现在这样就够好了。

尽管我原本只是打算挂个名而已，但是既然作为社团存活下来了，就必须开展社团活动才行。古籍研究社是校方认可的社团，所以会把活动费拨给我们。那少得可怜的活动费在名义上是叫“文集制作费”。有预算就要使用，于是我们便开始制作文集《冰菓》。几经周折，《冰菓》姑且算是完成了。

在从明天开始的文化祭上，我们准备贩卖制作好的文集。

……只是发生了一点小问题。所以，老姐那句“反正你们肯定碰到了什么麻烦事”确实是一针见血。

顺便一提，老姐应该知道古籍研究社过去是做些什么活动的吧。不过，她最近才回日本。等她回来的时候，我已经不太在意古籍研究社原本是怎样的社团了。

总之，从主观上来看，我不认为自己加入了非常讨厌的社团。所以我没有反驳老姐，而是这么说：

“既然有那种作祟般的传统，那么就给我个护符吧，学姐。”

“你居然问我讨东西吗？”

在沉默了一会之后，有个东西从我背后飞了过来。她真的要给我护符吗？我看了过去，却发现她扔过来的是个看起来没有任何保佑作用的玩意——钢笔。不过风格倒是挺独特的。漆黑的笔身配上暗银色的镶边，应该不是便宜货吧。

“这个给你。”

“……我应该向你道谢吗？”

“顺便一提，那支笔没水了，而且笔尖开叉了。”

不要把垃圾丢给我啊。在传来把东西放进冰箱的声音后，脚步声离开了厨房。她在走廊又对我说了一句话：

“……有空的话，我会去逛逛的。”

“别，不要来。”

我毫不犹豫地回答道。本来就已经够麻烦了，再被她来搅局，那谁还受得了啊。老姐没有回应，走上了楼梯。

床上。

我等待着睡意，脑子里没有特地去思考什么。过了一会儿，我闭上眼睛，重重地吐了一口气。

今天——正确来说是昨天，一整天都耗费在文化祭的准备之中。现在的神山高中文化祭是四天日程，不过明天才算正式开始。准备就花费了整整一天，所以实际上是举行三天。

里志似乎是打算全身心投入到文化祭中去。也是啦，以他的个性来说，这不是什么意外的事情。但是，"享受文化祭"绝不是"非做不可的事情"。随便找个角落打一下瞌睡，文化祭也会过去。而且，我虽然不会说出"文化祭简直是无聊透顶"这种闹别扭的话，不过我还是会坚持自己"如果可以不去做的话，那就不做，实在非做不可的话，那就尽快解决"的信条，所以应该不会主动参与吧。

原本，我几乎不需要去做任何称得上是"参与"的事情。最多是轮流顾摊卖卖文集，当天应该可以尽情享受什么都不需要做的悠闲时光。

不过，对于已经发生的问题，我并不打算责备任何一个人。如果一定要找出罪魁祸首的话，那么我们每个人都有过失吧。因此，我也有错。而很遗憾的是，为自己擦屁股是属于"非做不可的事情"。

问题在于能否"尽快解决"。

但是，就算无法解决，终究也只是金钱上的问题，并非无法挽回。千反田想得太严重了。应该更加轻松、节能地去思考。

不过分悲观，也不过分乐观，我抱着一种Que sera sera*的态度，等待着睡意的来临。

004-♦01

突然在半夜醒来的我陷入了思考。

折木他们似乎是误会了，我并不是完美主义者。尽管无法容忍

* 西班牙语的一种说法，意思是顺其自然、船到桥头自然直。

因为准备或者调查不足而造成损失，但是进行了符合一般要求范围内的准备工作，最终还是失败了，这种情况当然也是存在的。所以，别人会失败并不是什么稀奇的事情，如此一来自己会失败也是理所当然的。并且，既然能够原谅别人，那么对自己也必须要有所容忍。但是我这个人生性易怒，即使是大家都能谅解的事情，我有时候却无法原谅。对自己的失败几乎都会火冒三丈。这是为什么呢？

阿福过去曾经这样说过：

“我说摩耶花，如果有办法随心所欲地控制自己的情感，那全天下的人都不用辛苦了。你这个烦恼实在是太没道理了。”

“我并不是在烦恼。而且，我也不想听这样的见解。”

阿福盘起手低下头去，“唔”地大声低吟。如此刻意的动作非常像阿福的风格，让人讨厌不起来。

“……这只是我的看法。其实摩耶花你对于成功或失败、完美或不完美，并不怎么会动怒的。”

“是吗？”我很感兴趣地探出身子。

“那么，我为什么会生气呢？”

“我没办法很好地形容啦。我本以为自己的词汇很丰富，却找不出派上用场的词语。”

“你脑子里全是派不上用场的词汇吗？”

“比如坦克载步兵作战、运钝根*之类的。唔，这些怎样都无所谓啦。我打个比方，奉太郎是高举‘节能’信条的吧？”

我无法坦率地点头。

“那只是那家伙自称而已吧。没人知道折木真正重视的究竟是不是‘节能’。”

“你们不是认识了很久吗？”

* 指成功的三个要素，运气、忍耐力和毅力。

“我又不关心折木。”

阿福露出了苦笑。

“算了，先不管奉太郎的事情。其实摩耶花你在内心也隐约怀着类似的信条，而且一定不是‘正确’或者‘完美’之类的。摩耶花你的逆鳞不在那里，而是在别的地方。”

是这么一回事吗？我不禁思索了一下。不过我不太喜欢谈论自己，所以那个时候只聊到这里就换话题了。

总之，现在重要的是我今晚火气很大，实在是难以入睡。真是懊悔死了，为什么我连那么基本的确认工作都没有做到呢？而且，直到最后一刻才注意到那个错误。

更让人火大的是，在需要将功补过的文化祭当天，我却完全无法抽身离开漫研半步。虽然阿福说“不是什么大不了的失败，放轻松一点吧”……

啊啊，真是不甘心啊。好恼火自己为什么会那么粗心大意。

另外还有一件让我很懊恼的事情，那就是折木说的确实很对。那个装模作样的家伙等到只有我们两个人的时候，别过头洒脱地说道：

“你就不要太往心里去了。如果你一直这样的话，先不说里志，连千反田也不得不耿耿于怀了，不是吗？”

的确如此。明明是我疏忽大意，小千却像是自己犯错了一样脸色苍白。我就算了，但不能让小千一直带着那样的表情度过文化祭。

所以，我决定稍微原谅一下自己。尽管这么想，但是一回忆起那幅情景，就实在是无法平心静气啊！

真没办法。

我对神山高中文化祭有特别的个人感情，所以神经才会格外敏感吧。可是我又不可能熬整个通宵，明天魂不守舍地出门。

我滚出被窝，从药箱里拿出安眠药。如果可以的话，我是不太想吃这玩意啦……

我将其中一颗掰成两半，一口吞下那白色药片。

二 无限积累的那玩意

2-1　005～012　古籍研究社发生了什么呢?

005-♠02

彻底享受——这种话说起来简单，实际上却是困难重重的事情。每个人理解力的差距绝非可以无视的要素，爱好的不同更是非常关键。即使观看同样的魔术，迟钝的人连百分之一的妙趣都无法明白。如此一来，就变成“观看魔术需要有魔术师的眼力”，无论接触了多么丰富的娱乐，即使能够做到“尽情享受”,“彻底享受”也是几乎不可能做到的。

早上，我比平时更早到校。今天是神山高中文化祭当天。由于福部里志频繁地喊着“好期待啊，真是好期待啊”，所以我带着些许恶意，对他说了上面那段话。结果，嬉皮笑脸的里志缓缓地摇了摇头。

“实在是真知灼见啊，虽然我很想这么说，但是太天真了，你太天真了，奉太郎。”

“嗬，哪里天真了？”

“像奉太郎你这样的木头人居然教训我什么叫做‘享受’，简直是班门弄斧、天真至极。”

他竖起食指，做作地左右摇摆。

“这种事情我心里有数。我早就知道不可能将所有乐趣都吃得一干二净，连骨头都不剩。扮演享乐主义者最重要的是要有自知之明。这是重点，如果奉太郎你哪一天准备抛弃节能主义，一定要记住这点哦，考试的时候会出的。”

“那一天是不会到来的。但是，既然有自知之明，那你为什么会如此期待呢？”

“OK，就让我来告诉你吧。首先，我并没有想要‘彻底享受’。差不多就满足了。奉太郎你知道我这个人有多懂得见好就收吧？其次，木头人奉太郎有一个遗漏的观点。”

里志停顿了一下，仿佛在问我“你知道是哪个观点吗”一样。尽管他瞄了我一眼，但我并没有想让里志刮目相看的野心，所以依旧是沉默不语。在察觉到我没有兴趣回答之后，他像是在说秘密一样压低声音说道：

“因为即使我们缺乏‘彻底享受’的素养……”

“……”

里志咧嘴一笑。

“也还是可以期待对方‘会娱乐我们’嘛！”

哦，这样啊。

里志没有把我的嘲弄当一回事，又开始说起“真是好期待呀”之类的话。我只能默默地露出苦笑。

福部里志。我跟这家伙从初中时代就认识了。

棕色的眼睛以及远看会被误当成女生的瘦小身材，是里志的外在特征。尽管他通过自行车锻炼出来的脚力不容小觑，不过光看外表的话，会认为他很弱不禁风的。

但其实，这家伙的真正特征在于精神上。从刚才的对话中也可见一斑，他对“享受”的执著非常强烈，甚至可以让他满不在乎地抛下学业、社交以及其他一切正事。他本来已经加入了手工艺社和总务委员会，但是在知道我加入古籍研究社后，就以“好像很有趣的样子”为理由入社了。

他的手里提着一个束口袋。里志总是随身带着这个袋子，不过我至今不知道里面放着什么东西。只能说有很多东西。

道路前方可以看到神山高中。尽管是文化祭，倒也不至于把外壁涂成粉红色，外观上还是一如既往的普通高中。不过里面应该已经完全准备妥当，变成文化祭样式了。为了准备文化祭，昨天的课程全部取消了。

走在人行道上的学生们今天的打扮也与以往不同。尽管大多数人还是身穿校服，不过也有不少人是穿社团服装或者便服的。而且，大部分学生都没有带书包。因为今天不需要带学习用具去学校。从这些细微的差别可以看出，大家都对即将开始的特别时刻充满了期待。

神山高中在这一带算是升学学校。话虽如此，但并没有过多的补习，考上知名大学的升学率也不比其他学校高太多。如果向神山高中的学生询问这所学校的特征，估计十人之中最多只有一人会回答是升学学校吧。剩余九人应该是这样回答的——“文科类社团活动很活跃的学校”。神高的文科类社团种类很多，并且大多数都很活跃。而社团活动的最高潮，那当然是文化祭了。准备一天，举行三天——作为高中的文化祭来说，这应该算是破格的吧。

里志突然发出非常开朗的声音。

“好了，先不说这些了。奉太郎，在那边的是摩耶花吧？”

他指了指一个女生的背影。那个女生一身便服打扮，红色开襟毛线衣加上白色棉裤。单是那个背影，我有些难以判断究竟是不是伊原摩耶花。我虽然在小学就认识伊原了，但是上了初中之后，我就几乎没有看过她的便服打扮。不过嘛，既然里志这么说了，那应该是没错的吧。

伊原向里志告白过好几次。但是里志明明应该不讨厌伊原，却一直躲躲闪闪，不肯正面回复。我不清楚他为什么要这么做，也没兴趣知道。

"我去逗逗她。"

里志回头丢下了这句话，就快步朝那个女生走去。

006-♣02

走在前面的就是摩耶花没错。即使会将奉太郎误认成路边无人祭拜的佛像，我也不可能会认错摩耶花的。我跑过去拍了一下她的肩膀。

"哟，摩耶花！早上好。"

我估计她的反应是转过头瞪我，然后骂道："搞什么啊，很痛啦！"所以我故意有些用力。但是，今天早上的摩耶花似乎没有这个心情。她的身体紧绷了一下，缓缓地转过头来。

"……早上好。"

她轻声嘟囔了一句，就别开了视线。哈哈，原来如此，我心里有数了。我面带笑容（我很擅长露出笑容，甚至擅长到忘记了自己真正的表情），准备帮忙消除摩耶花的担忧。

"这套衣服很适合你哦。"

"是吗？"

"话说，这是什么COSP……"

话还没说完，一记近身上钩拳就击中了我的胃部。很好的角度。如果不是我预料到这一击，提前绷紧了腹肌，肯定会遭受重创吧。摩耶花的眼睛里射出凶光，轻声说道：

"不要在普通人面前使用那种圈内用语。"

只不过是COSPLAY而已，在这年头已经不算是禁语了吧。算了，我了解摩耶花在这方面有多害羞，就不反驳了。顺便一提，我早就知道摩耶花今天会COSPLAY。因为摩耶花所属的漫画研究会向总务委员会提交了穿便服上学的申请。由于更衣室供不应求，所以总务委员会采取事前申请制度，允许学生在文化祭期间穿便服上学。

摩耶花身上穿的是米白色的棉裤和深红色的开襟毛衣，是能够承受十月初秋风的实用服装。上衣佩戴了装饰品，开襟毛衣里面还穿了有领子的白衬衫。另外，腹部还围了一条很粗的腰带。重点应该是那条腰带吧。

我从上往下打量了一遍。嗯，还是看不出个所以然，于是又问了一次。

“这是什么服装啊？”

就像是将老鼠说成天花板上的国王一样，我慎重地避开禁忌，换了个说法。摩耶花不再抵触，仍旧面朝前方，轻轻地回答了我。

“弗罗尔。”

“弗罗尔？你是说弗罗尔贝里契里·弗罗尔？是这样的服装啊？”

“嗯……晚点还会把手套也戴上的。”

就算她说出了答案，我还是不太能看出来。不过，这正是摩耶花所希望的吧。由于不得不遵照社团的方针进行COSPLAY，害羞的摩耶花自然会选择乍看之下不那么像COSPLAY的服装的。

伊原摩耶花。我在男生中算个头比较矮的了，摩耶花在女生中也算是比较娇小的。她如果不穿水手服的话，估计不管到哪里都能装成小学生。而现在，摩耶花没有穿水手服。不仅是体格娇小而已，通过分析脸部五官的位置关系推导出的一般结论来看，摩耶花可以说是娃娃脸。

只是，摩耶花旺盛的批判精神使得那张孩子般的脸庞上很少会出现孩子气的表情，大多数情况都是气呼呼地紧抿嘴唇。不过正因为如此，使得摩耶花的笑容拥有了不管什么东西都无可取代的珍贵价值（明明认识了这么久，奉太郎却一直没有注意到这个价值。用有眼无珠来形容他实在是再适合不过了）。

我不再观察她那违背本人意愿的COSPLAY模样，将束口袋转了一圈。

“唔，总之，您工作辛苦了。我等一下会去漫研露个脸的。”

摩耶花轻轻地点了点头，脸上露出一丝羞涩的笑容。

“摩耶花你也有给漫研的文集写稿吧。”

“嗯。”

“我会看的……话说你真是辛苦啊，同时忙古籍研究社、漫研还有那场活动。”

“是很辛苦啊。而且某人迟迟不把原稿交上来。”

我本来是打算慰问一下她的辛劳，却不想摩耶花的眼神一下子变得锐利起来。啊呀，话题要朝那个方向发展吗？拖延古籍研究社文集稿子的人，不管怎么看都是我，实在是难以辩解。既然无法辩解，那就转变话题吧。

“啊，摩耶花。那么你今天会一直待在漫研吗？”

尽管很不满我突然改变了话题，摩耶花还是点了点头。

“不到古籍研究社露个脸吗？”

“唔，我早上要先到漫研去，应该不行吧。之后，基本上也真的只能露个脸而已……说实在的，我明明必须负责善后才对啊……”

我笑得更加灿烂，拍了一下摩耶花的背。

“不要再去想那件事了！既然发生了，那也没办法嘛！”

听了我的话，摩耶花露出暧昧的笑容，点了点头。唔，不对。摩耶花的美妙表情可不是这种不上不下的笑容。

明明没有注意到摩耶花的优点，奉太郎却对我一直逃避摩耶花的告白而感到困惑不已。也是，就算是恭维，也很难说奉太郎这个人深通人情世故。即使我告诉他理由，他恐怕连十分之一都无法理解吧。说到底，这是属于我与摩耶花的问题，根本不需要奉太郎去理解。

不知不觉间，我们已经穿过了校门。我回头确认了一下，校门口立了一个大大的拱门，上面装饰着五颜六色的人造花。那是总务委员会的苦心之作，为了欢迎到文化祭来玩的人们。从校舍窗户垂下来的布幕上写着“第四十二届神山高中文化祭”这几个字。

好啦，庆典就要开始了！

我大概是充满期待的表情吧，摩耶花用手肘捅了一下仰望校舍看得入神的我。

“阿福……就算是文化祭，也不要做出太奇怪的事情来哦。即使你自己不觉得丢脸，我也会替你丢脸的啊。”

哈哈哈，我这个人还真是不被信任呢。

不过，我当然不可能什么也不做啊！

007-♠03

口袋里有个硬邦邦的东西。从刚才开始就一直让我很在意。

钢笔。正确来说，是曾经作为钢笔来使用的垃圾。里面没有墨水，笔尖也分叉了。老姐把这玩意送给我当护身符。由于不能一直丢在地板上不管，所以昨晚我就捡起来带回到自己房间去了。然后，今天早上似乎在忙乱之中把它和手帕一起带过来了。尽管完全派不上用途，不过“不能写”与“不可或缺”同音，说不定是很吉利的东西呢。

我在口袋里一会拔开笔盖一会又扣上，发出“咔嚓咔嚓”的声音走上楼梯。目的地是古籍研究社活动室所在的四楼。

神山高中的鸟瞰图呈H字型。两条直线的一边是普通大楼，里面主要是教室；另一边则是以理工科目和艺术科目的专用教室为主的专用大楼。横线是连接两座大楼的走廊。如果实际鸟瞰的话，还能看到有一条游廊从普通大楼延伸出去。在那条游廊的尽头是体育馆。

古籍研究社使用的地学教室在专用大楼里，而且还是走廊尽头的边角教室。在神山高中这个小小的世界中，那里几乎可以算是边境之地吧。平时，这个地理位置既会让人诅咒它的不方便，同时也会对它的静谧心存感激。但现在是文化祭，所以增加了另一项必须考虑的情况。那就是在这样的校园角落，会有顾客光临吗？

每一层的走廊上几乎都布满了宣传海报、吉祥物和招牌之类的东西，显得五彩缤纷，令人眼花缭乱。不过这种热闹的氛围只到三楼为止。上了四楼之后，就显得相当煞风景了。没有彩带，没有彩色纸链，也没有竖立着招牌。原本这一层就几乎没有社团在使用。

尽管如此，还是张贴了几张海报，其中就有我们古籍研究社自我主张非常含蓄的海报。但是总体来说，还是抹不掉被热闹的下界所抛弃的印象。就我个人而言，如此寂静实在是求之不得，但是对于古籍研究社这个小组织来说，却是很伤脑筋的事情。特别是身为社长的某人，这应该是让她非常担忧的状况吧。

我拉开了地学教室的门。一名女生坐在冷清教室的正中央，一看到我就马上站了起来。

“早上好，折木同学。”

她向我深深地低头行礼，长长的黑发随之轻柔地摇荡。她是古籍研究社的社长，千反田。我就知道她会第一个到。

千反田爱瑠。她有着一头披在身后的乌黑秀发，以及同样黑亮的眼睛，举手投足楚楚动人。个头以女生来说算是比较高的，身材修长苗条。配上她那温和的说话方式，散发着富贵人家千金大小姐的气质。事实上，她是“富农千反田家”的独生女，也就是真真正正的千金大小姐。

但是要我说的话，这种大和抚子的印象并非千反田的本质。

在温柔娴静的外表下，只有一处背叛了那个印象——也就是那双大眼睛。千反田的本性就在那里。已经爆炸过好几次，今后也会随时爆炸的好奇心炸弹，这就是千反田爱瑠。自从入学以来，由于她的好奇心，古籍研究社被卷入好几件麻烦事之中。我之所以无法拍胸口说自己在实践“如果可以不去做的话，那就不做;实在非做不可的话，那就尽快解决”这个信条，全都要怪这家伙。

千反田抬起头来，嘴角露出了一丝微笑。千反田尽管喜怒哀乐比较分明，不过表情并不夸张。应该算是相当矜持吧。

“终于要开始了。”

“是啊。”

“一起加油吧。”

“嗯。”

点头附和倒没有什么难度。

但是……我看向摆放在我与千反田之间的东西，轻声嘟囔道：

“……这些是靠努力可以解决掉的东西吗？”

放在那里的不是别的东西，正是古籍研究社的文集。题名是《冰菓》。作为文集的标题，这个名字稍显奇特，其中有无法用一句话交代清楚的理由。装订方式是平装，进行过PP加工的焦褐色封面上画着狗与兔子互咬的图样。这也是大有来历的设计，《冰菓》创刊号是水墨画风格，伊原今年改成了有点可爱的画风。客观来说，算是不错的品位吧。

关于这本文集的制作，我、千反田还有里志基本上只是写写原稿而已。然而，文集并不是只靠写写原稿就能完成的。还需要确定页数，选择字体和用纸，考虑原稿的配置，确定每一份原稿需要写多少页，最后还要向印刷厂下订单。这方面的工作全是由伊原一个人负责的。不仅如此，里面所有的插画都是伊原亲手绘制的。

虽然在设计方面她征询过我们的意见，但是基本上也只是同意伊原准备好的版面而已。仅仅是在一旁观望，也觉得细节部分的编辑是很麻烦的工作，我姑且不论，千反田好像有好几次主动说要帮忙。

但是，伊原却拒绝了。她说自己很习惯做这些事情，并不觉得有多辛苦。而且在她自己看来，工作量也没什么大不了的。从头开始教没做过的人反而会更加麻烦。由于她说得很在理，千反田也只能听从了。

然后，文集《冰菓》完成了。非常完美地完成了。以令人赞叹不已的完成度完成了。

据说看到完成品时，伊原哑然失声了。

而看到伊原前天拿来的文集时，我们也哑然失声了。

……在千反田与我之间，是成排摆放的文集《冰菓》。现状丝毫没有背叛“成排”这个副词的意思，甚至可以说是“一大叠一大叠”的。即使用“堆积成山”来形容也不为过。

我们事前拟定好的《冰菓》发行册数是三十册。我们每人拿一册，再除去给顾问老师的和活动室收藏用的，用来贩卖的一共是二十四册。即使是这么少的数量，我们也早就做好了卖剩的打算。

然而，印刷好的《冰菓》比我们原先预计的要稍微多一些。

稍微多了七倍左右。

我学到了一个新知识，即使是不怎么厚的文集，将两百册叠在一起也能达到“堆积如山”的效果。

这不是只靠努力就能解决的问题吧。听到我的轻声抱怨，千反田说不出话来了。淡淡的微笑显得有些僵硬。

“……唔，怎么说呢。虽然就算努力也未必能够解决，但是不努力的话，那就真的只能坐以待毙了。”

“你说的很有道理。”

问题是，具体要怎么努力呢？

背后传来门被拉开的声音。是里志。他一进来就高举右手大喊道：

“哟，早安，为库存过多而烦恼的诸位！”

你也是我们的一分子。

尽管千反田被里志如实反映现状的招呼吓到了，但仍然像对我做的那样低头行礼。

“早、早上好，福部同学……摩耶花同学呢？”

“啊，如果有时间的话，她会过来露面的。不过应该不行吧。”

“这样啊……”

千反田非常遗憾地嘟囔道。不过，这是预料之中的事情。

我和千反田除了古籍研究社之外，并没有参加其他社团，不过里志同时还是总务委员和手工艺社社员，伊原则兼任图书委员和漫画研究会社员。我们一开始就听他们说了，在文化祭期间，里志要到处跑动执行总务委员的工作，伊原也要经常待在漫研那边。

“那么，就我们几个开始吧。”

我和里志点了点头。千反田依次看了看我们的脸，慢慢地开口说道：

“距离开幕典礼没有多少时间了……要怎样才有办法尽可能地把《冰菓》卖出去？如果想到什么好点子，就请各位提出来。”

《冰菓》的定价设定为两百日元。

这是伊原和千反田拼命重新计算所得出的结果。原本我们是印三十册，每册定价四百日元。按照那个定价，如果全部卖掉的话，就能用文集收入与活动费来打平印刷成本。

然而，现在《冰菓》印刷了两百册。这本身是非常悲惨的失误，不过大量生产使得每一册的印刷成本大幅度下降。如果两百册能够全部卖完的话，定价似乎可以调低到一百二十日元。

但是，两百册全部卖完是非常不切实际的事情。最后千反田拍板决定，定价为两百日元。不仅考虑到基本没可能卖完，也为了让数字看起来比较好看。这样一来，损益分歧点就变成了一百二十册。虽然一百二十册也是相当乐观的数字……不过我这个默不作声、不出主意的人也没打算放马后炮。二百日元这个价格在文化祭贩卖的文具中，算是相当便宜的吧。

顺便一提，就算能够全部卖完，收益也不会进入我们的口袋。神山高中文化祭标榜“禁止商业性摊位”，所以不允许利用活动来赚钱。我听说一人一千日元以下的小利润会被放过，但是黑字一旦超过这个数目，就必须上缴国库——不对，是上缴学校。

神山高中的学生一共有一千人。如果以不赚不赔为目标，就必须卖给全校百分之十二的学生。而如果以将《冰菓》全部卖完作为目标，那么就需要卖给百分之二十的学生。这是相当困难的事情。换成收视率来想就知道了，即使是外行人，也能明白百分之二十的收视率有多难办到。

不过，市场并不仅限于这一千人。神山高中文化祭没有入场限制。应该会有不少普通市民到场。文化祭在星期四、五、六这三天举行，如果要将普通市民也作为贩售对象，那么第三天——星期六就显得格外重要。但是，我们根本无从预测这方面究竟能给我们带来多少销售额。

再加上……

“问题在于古籍研究社太过默默无闻，而且活动室的位置条件太糟糕了。”

“嗯，我认为这是最大的瓶颈。”

我对两人的意见深有同感。

关于这个房间——地学教室的位置之差，前面已经提到过了。至于知名度，那就更糟糕了。大部分神高学生几乎都不知道古籍研究社这个社团。事实上，如果我们今年没有入社的话，古籍研究社应该已经废社了。这与邀请茶道宗师举行华丽的露天茶会而闻名遐迩的茶道社，还有实力超强、经常被叫去参加市政府活动的阿卡贝拉社相比，情况完全不同。谁会掏钱买听都没听说过的社团制作的文集啊？

要考虑到位置条件，知名度。我说道：

“也就是说，需要在更显眼的地方搭建卖场，以及宣传古籍研究社的文字。这两件事是大前提。”

“也仅仅是大前提。”

里志插嘴了。他的意思是就算达成这两件，也无法保证文集能够卖完吧。这我当然知道。虽然知道，但是没办法啊，目前只能做到这么多了。

另一方面，千反田佩服似的点了点头。

“搭建新的卖场吗？我一直思考着要怎样才能将顾客带到这里来。折木同学你真厉害，是思考的逆转吧。”

“不，这也算不上是逆转……”

“但是，都到了文化祭当天，这种做法能够得到许可吗？”

那我就不清楚了。这种事情属于总务委员的里志的管辖范围。但是，里志没有把握地歪着头说道：

“我也不太确定。虽然空间还有很多，但必须就事论事。可以只允许古籍研究社拥有这种特权吗？这必须去问我们的委员长，要不然就是学生会长才知道。”

“总务委员长是……”

“二年级的田名边学长。文化祭期间，总务委员会一直待在会议室里，你就去问问看吧。”

“不能由你去拜托吗？”

我忍不住从旁插嘴。里志暧昧地点了点头。

“唔，是可以这样做啦……但是老实说，我对于交涉并没有什么自信。要不然，由千反田同学去提议，而我则负责在一旁帮腔，这样会比较好吧。”

原来如此。这样说不定是比较聪明的做法。但是，千反田却显得有些不安。尽管她是非常强势的千金大小姐，不过碰上需要讲道理的交涉，她也和里志一样没什么自信吧。只是，我也不擅长那种事情，所以不打算伸出援手。

现状不管怎么看都算不上乐观。然而，里志却是一副乐滋滋的模样。算了，反正福部里志这个人无论什么事情都能乐在其中，说不定就连麻烦事都让他求之不得呢。他兴冲冲地说道：

“我会尽我所能去宣传的。”

“喏，宣传啊。有什么好方法吗？”

“当然有，而且还是秘策呢。”

我有不祥的预感。因为里志不可能想出实用的秘策来。

“欸，有什么好方法吗！”

千反田大感兴趣。里志挺起胸膛说道：

“这个文化祭到处都在举办比赛和竞技活动，我们可以用古籍研究社的名义去参加。只要取得好成绩，古籍研究社也就能得以扬名立万了！”

“这、这真是不错的方法啊。”

哪里好了？我揉了揉眉头。千反田被欺骗了。里志只不过是想参加文化祭的各个活动而已。毫无疑问，那肯定是里志原本就想做的事情，只是将参赛者的名字改成古籍研究社罢了。

不过，这不是有害的方法。应该也有一定的宣传效果。以目前的情况来说，也只能做到这些吧。我看了一眼时钟。

“虽然很粗略，不过确定好方针了。千反田负责进行扩大卖场的交涉，里志负责宣传。”

“暂且就按这个方针进行吧。话说，折木同学你呢？”

我吗？

其实我也有秘策。不仅可以为《冰菓》的销售做出重大贡献，也不会违背我个人的生活信条。我轻咳了一下，严肃地说道：

“……我啊。”

“嗯。”

“留在这里负责看摊。”

千反田眨了眨眼睛，里志“啊啊”地嘟囔了一声。

“……也对，必须要有人看着才行。”

“是吧？是需要有人看摊的。”

怎么样，无可挑剔吧。

“好了，既然决定了，那么差不多该走了。没多少时间了。”

我用眼神指了指墙上的时钟。距离开幕典礼只剩不到十分钟了。文化祭也是教育活动的一环，自然少不了点名。但是，由于大多数教室都被莫名其妙的展示物占据，所以在文化祭期间，所有学生每天早上都必须参加每天早上的仪式来代替点名。也就是说，如果开幕典礼晚到，就会被视为迟到。

千反田重重地点了点头，咳嗽了一声。然后她深深地吸了一口气，很有社长威严地激励我们说：

“那么，就按刚才的分配来进行。要尽可能多卖出一册文集。目标是卖完两百册《冰菓》！我们一起努力吧！”

噢噢耶~

……不过我压根就不认为能将两百册全部卖掉。

【剩余两百册】

008–♥02

容纳千名神高学生的体育馆笼罩在黑暗之中。所有的窗户都被遮光窗帘盖住，尽管是十月，却因为人们的呼吸而变得非常闷热。在这当中，只有舞台在照明灯的聚焦下显得光耀夺目。不过，现在那个光芒也消失了。体育馆一瞬间变得一片漆黑，紧接着聚光灯打到舞台上。站在光芒之中的男生似乎是学生会长。那个人个子相当高，长相精悍，话语间带着爽朗的气息，有点太符合学生会长的一般形象了。

学生会长对着麦克风深深地吸了一口气，即使在很远的位置也能将这个动作看得一清二楚。然后，没有任何开场白，他就直接高声宣布：

“第四十二届KANYA祭现在正式开幕！”

与此同时，震撼全身的低沉音乐阵阵响起。仿佛与之呼应一般，千名神高学生之间传出了嘈杂喧闹的声音。神山高中文化祭开幕仪式开始了。

根据总务委员会发行的《KANYA祭指南》，霹雳舞社团出席开幕仪式的表演。说出来不怕大家笑话，我还从来没有看过霹雳舞表演。我知道是舞蹈，但是加上霹雳两个字，总觉得挺可怕的。希望不是我曾经看到过的那种在舞台上破坏东西的表演就好了。

红黄蓝绿四种颜色的光照射在舞台上，眼花缭乱地动了起来。我有点好奇光是从哪里打出来的，于是抬头一看，发现左右的狭窄通道里各有一人影在忙碌地操作着灯光。如果那个乱舞的灯光是预先排演好的话，那么动作真是熟练得惊人。究竟是即兴表演还是预先决定好的呢，如果有机会询问相关人员，我一定会问个清楚的。

舞台两侧缓缓地喷出烟雾来。音乐瞬间停止，接着各有两人以仿佛要将烟雾踹开一般的气势从左右两边冲了出来。顿时，再次响起震耳欲聋的音乐。那是地动山摇的电子音乐。打个比方来说，就像是壮阔的宇宙一样吧。舞台上的四人配合音乐开始跳舞。

这就是霹雳舞吗？四个人频频做出上锁似的动作，还有蛙泳般的手势和踢腿的姿势。张弛有度，充满了跃动感。甚至可以说是不像人类吧。感觉有些无机质的动作确实拥有不可思议的魅力。

哇，跳起来了！

哇，转圈了！

哇，倒立了！

这次他们在倒立状态下开始旋转了。咦，那个样子摩擦应该是全部集中在头顶吧，不会烫吗？头发不会被磨断吗？我很好奇呢。

然后，舞蹈的节奏变化了。很快很快，手脚的动作基本上就只剩下机器人般的印象了。实在是非常完美。曲子也一口气进入高潮……唔，这么响的话，耳朵会有点痛的。我不怎么喜欢太响的声音。

过了一会，五颜六色的灯光集中到舞台中央，四个人同时停止了动作，曲子也结束了。响起了排山倒海的掌声。我也一同鼓掌赞美霹雳舞社的同学们。

曲子似乎要进入第二首。这次的旋律有点类似非洲部落的民族音乐。与刚才截然不同的音乐氛围，会展现出怎样的舞蹈呢？真是让人好奇啊。而且我还想观看开幕仪式之后的落语研究会演出……但是情况可不允许。

不知不觉间，学生们开始三三两两地从出入口出去了，是为了去准备摆摊或者是要表演的节目吧。我小心翼翼地注意不要打扰到霹雳舞社，悄悄地溜出了体育馆。

我用比平常稍大的步伐匆匆走过走廊。不知是哪个社团，似乎是来不及完成准备，现在正在用金银彩带装饰教室门口。他们实在是太慌乱了，我差点忍不住要上前帮忙。不行不行，我们古籍研究社自身正处于危急关头呢。

我一边在嘴里不停练习应该如何开口，一边朝会议室进发。根据《KANYA祭指南》上面的记载，总务委员会的本部似乎设在会议室里面。

会议室在普通大楼的二楼。普通大楼和体育馆以一条游廊连接在一起，所以并不远。我不一会就来到会议室前面。和其他教室一样的横向拉门上面贴着“总务委员会”的贴纸。我敲了一下门。

“……”

咦？

“打扰了。”

没有回应。我转动了一下门把，但是上锁了。

也对，仔细想想，我是中途在开幕仪式上溜出来的。就算总务委员会的人都还没有回来，那也没什么好奇怪的。我来得有点太早了。

看来由于心里一直想着不能浪费时间，使得我有些操之过急了。这种时候最好做个深呼吸。深深地吸气，吐气。再一次，吸气，吐气。

我环视了一圈，总务委员会的人没有要出现的样子。

门旁的公告牌上，贴着十分醒目的文化祭宣传海报。我在校内和镇上看到过好几种宣传海报，不过这张海报我还是第一次见到。海报用摩耶花同学有时候会画的漫画式画风，画着正在准备文化祭的男女学生。人物的造型很可爱，服装也非常有质感，从中可以看出品质之高和作画的熟练。

唯一的不满是海报的题目是“第四十二届KANYA祭”。神山高中文化祭有神山高中文化祭这个正式名称，而KANYA祭是意义不怎么好的俗称。至于怎么个不好法，那就有些不太好解释了。我在海报的角落看到了“学生会执行部”这几个文字，既然是执行部专门制作的海报，我真希望他们能回避KANYA祭这个名字啊。

我将视线从海报上移开，再次环视四周，还是没有人来。唔，真伤脑筋啊。我应该在这里一直等下去吗？可是，我没有多少时间可以浪费啊。

不，越是这种时候，就越需要冷静。我再次深呼吸。用力地吸气，用力地吐气……好，再来一次……

“……请问，有什么事吗？”

“哇。”

我不停地进行深呼吸，让自己融入到天地之中，这时突然有人出声叫住了我。吓了一跳的我不自觉地发出奇怪的声音。我慌慌张张地摆着手，想要掩饰自己没有在做什么，然后朝对我说话的人低头行礼。

“早上好，您是总务委员长田名边学长吧？”

我以前在壁报《神高月报》上看过那张脸。我不会认错的，就是田名边总务委员长。他的脸型修长，戴着一副样式秀气的眼镜。再配上短短的整齐发型，给人一种认真老实的印象。田名边学长显得有些惊讶，但还是很有礼貌地向我回礼。

“啊啊，早上好。我是田名边没错……你找总务委员会有什么事吗？”

“是的。”

我点了点头，将练习过无数遍的台词说出口。

“请增加古籍研究社的卖场。”

“……啥？”

田名边学长瞪大了眼睛。啊啊，对哦，我太冒失了。这次我小心翼翼、慢慢地提出了请求。

“不好意思，我忘记自我介绍了。我是古籍研究社的社长，一年A班的千反田爱瑠。我有事要拜托总务委员会，希望能增加古籍研究社的卖场。”

田名边学长皱起眉头，露出非常为难的表情。我感到有些不安。

“我不太明白这是怎么一回事……”

我觉得我说得很简单明了了吧。

“我们是按照事先决定好的事项来推动KANYA祭的，所以你突然来要求增加卖场，我们是不能随便答应的。”

“……不行吗？”

“非常抱歉。”

这样啊。虽然非常遗憾，不过既然总务委员会说不行，那就无计可施了。啊啊，对不起，摩耶花同学，福部同学，折木同学。千反田爱瑠没能完成使命。

我知道了，非常感谢——我想要好好道谢，以免有失礼数，声音却小得几乎听不到。然后我思考着接下来该怎么办，正准备离开，这时田名边学长叫住了我。

“啊，你等一下。我刚才说的是原则。如果有什么特殊情况的话，就说说看吧。虽然我无法保证一定会答应你。”

特殊情况。

……这么说来，我似乎完全没有向他说明我们这边的情况。以前折木同学就提醒过我，说我有时候太过单刀直入了。我自己倒不怎么觉得……搞不好我真的有这样的毛病吧。要好好反省才行。

总之，我不能辜负了田名边学长的好意。于是，准备转身离去的我再次面向田名边学长。

说明来龙去脉。

说明前因后果。

原本应该只印三十册的印刷册数变成了两百册，这其实并非摩耶花同学的责任。我也看过了发印单，摩耶花同学确实是向印刷厂发印三十册没错。只是摩耶花同学同时还向印刷厂委托印刷两百册个人的文集。至于摩耶花同学为什么要发印多达两百册的个人文集，那我就不得而知了。问题在于，印刷厂把摩耶花同学的文集错当成《冰菓》。摩耶花同学很自责，说都怪自己没有好好确认。但是，又有谁能预料到这种情况呢？

我将这些情况也告诉了田名边学长。尽管内容很长，但田名边学长没有打断我，一直静静地听着。

听我说完，田名边学长的表情变得更加凝重了。

“那还真是不得了啊。”

田名边学长稍微思考了一下，慎重地继续往下说。

“两百册啊。就算是漫研也卖不了这么多。嗯，我明白你们想要增加卖场来多卖几本的心情。虽然我很想帮帮你们……但是每个社团都有自己的情况。我们没可能突然专门为古籍研究社提供卖场的。”

确实，印太多文集完全是古籍研究社自己的问题。这一点我一开始就心知肚明，可是……

“果然不行吗？”

田名边学长轻轻地点了点头……真是太遗憾了。

不过，正当我再次向他行礼，转身真的准备离去的时候，背后的田名边学长向我传授了一个妙计。

“啊，不过，如果你们把古籍研究社的文集放到其他社团的摊位上寄卖，那我们是不会干涉的。”

原、原来如此，还有这个方法啊！真是茅塞顿开。确实，如果去拜托现有的摊位让我们寄卖文集，那么就不算是特别优待古籍研究社了。

“这真是个不错的方法啊。”

我忍不住笑逐颜开。

“非常感谢，我会考虑一下的！”

我这样说着，深深地向他低头行礼。

……话说回来，之前在地学教室我们是商议好，在我和总务委员会交涉的时候，福部同学应该负责在一旁帮腔才对啊。福部同学跑哪去了呢？

009–♣03

哇哈哈哈哈哈。

不、不行，情绪HIGH过头了，导致对搞笑的耐性大幅下降。即使是冷静想想似乎很烂的段子，也会捧腹大笑。以现在这个状态，就算只是筷子掉在地上，我也可能会笑出来吧。

讲台上的两个人我都认识，都是落语研究会的人（顺便一提，这个社团根本就是挂羊头卖狗肉。神山高中的落语研究会并没有研究落语，而是专注于相声与小品。至于神高里面专门研究落语的社团……我也不知道有没有)。

“哎呀，太久没有在日式包厢吃高级寿司了，所以不自觉坐了很久。明明必须快点赶回去，却不小心坐过了时间。”

“哦哦。”

“然后，我们匆匆忙忙地跳上车子准备回家，但是老哥一直不肯发车。任凭引擎开在那里不管，一脸怪笑地盯着我。”

“你的哥哥不是出名老实的吗？”

“是啊是啊。所以，我也担心起来。就跟他说：‘老哥，快点开车吧，回去要晚了哦。’你在笑些什么啊。”

“哦哦，然后呢？”

“老哥哭笑不得地说道：‘我双脚发麻，没办法踩刹车了。这样你还是要让我开车吗？’很危险的，对吧？”

“那确实是很危险啊。”

“于是，我就跟他说，既然能踩油门，那就开车吧。”

“危险的是你吧！”

哇哈哈哈哈哈。

010–♦02

在开幕仪式的霹雳舞表演告一段落之后，我离开了体育馆。在出去之前，我转头看了一下笼罩在黑暗中的体育馆，似乎有一半左右的学生留下来继续看表演。

其实，我想去古籍研究社帮忙的心情比较强烈。没有仔细确认给印刷厂的订单，这确实是我的大失误。对此我当然感到自责。但是，我发现了，我之所以那么想去古籍研究社，其中有一半原因是我不太想去漫研。

我并不讨厌漫研。尽管我入学前对于漫画研究会抱有的期待未能实现，但是我照样喜欢现在的漫研。我可以自豪地说，我热爱漫画。但是，同好聚集到一起并不一定是毫无纷争的。

……开始前就心情沉重可不是什么好事。我大概很容易就将事情往坏的方面想吧。能够以开襟毛衣和棉裤这样轻松的打扮在校内行走，仅是这项特权，文化祭也应该是相当愉快的时光啊。

漫研的社团活动室在普通大楼二楼的第一预备教室。与古籍研究社使用的地学教室相比，在普通教室旁边的位置可谓是得天独厚。走廊上只是放了一个写着“漫画研究会”几个字的招牌，并没有太招摇的摆设。这是社长——汤浅尚子学姐的想法。

为了迎接即将到来的客人，拉门完全敞开了。

“早上好。”

我不像小千那样咬字清晰，所以变成了“咋上好”似的发音。我并不觉得这有多么特别，不过至今为止，无论是漫画还是小说，我从来没有看到哪个角色早上打招呼是说“咋上好”的。

“哦，伊原，你来了啊。”

随和地向我打招呼的是二年级的河内亚也子学姐。她个性积极，脑子动得快，看过很多漫画，自己的创作水准也很高，是漫研的中心人物。漫研社员在文化祭期间要——呃，COSPLAY的这个主意正是河内学姐提出来的。河内学姐不愧是提案人，在扮装上花了很大的心力。

学姐穿着中式服装，应该全部都是亲手制作的吧。不是旗袍，也不是中山装，而是类似道教的道士会穿的服装。宽大蓬松的紫色长裤配上垂到脚边的宽松黄色长袖。袖子有缺口，手可以从旁边伸出来。覆盖全身的衣物是红色的，不过胸口部分的布料颜色不同。在原作里，胸口应该是整个露出来的。但是学姐没打算忠实到那种程度吧。她头上戴着向上展开的帽子，有咒符从帽檐垂到右眼外侧。

腰上系着黄色的缎带，背上应该绑了一个很大的蝴蝶结吧。河内学姐原本就是短发，再加上眼神向来很锐利，所以这个角色相当适合中等身材的她。

“是僵尸吗？”

“官方说法是幽灵。”

河内学姐从头到脚打量着我的装扮，看到我的脚上穿着平常用的校内拖鞋，便说道：

“最好在鞋子上也下点苦功。”

然后，她就去找其他人了。我的服装一看就知道没怎么用心，但是学姐并没有点破。不过刚才的气氛可能稍微有些紧绷吧……毕竟我直到最后都还是反对COSPLAY的。

“啊，早。”

旁边有人出声向我打招呼。是汤浅社长。

社长身穿神山高中的校服——水手服。没有扮演任何角色。不过，原本需要COSPLAY的就只有留在活动室顾摊兼叫卖的五个人而已。社长并不在其中。明明只比我大一岁而已，但社长有着大人般的宽容，也极具包容力。说难听一点，她有时候看起来像是脑袋空空的样子。甚至觉得她很适合与小猫、套廊一起出现。在那张丰满的脸上，有一对双眼皮的大眼睛。汤浅社长看了一眼我的装扮，说道：

“没花多少钱吧？”

“是的。也就只有腰带的钱而已。”

“有收据的话记得交上来报销哦。”

“不用了。反正以后还能用，没关系啦。”

社长微微一笑，没有再坚持要用社费帮我报销。虽然比古籍研究社要多一些，但漫研的预算也不是那么丰厚。

感觉距离客人正式上门还有一点时间。我看了看把桌子摆成缺口长方形的第一预备教室。漫研这次的重点是文集《世阿弥'ｓ》，里面收录了一百本古今漫画的书评。我问过文集的名字为什么要叫《世阿弥'ｓ》，结果得到的回答是因为去年的文集是叫《观阿弥'ｓ》。至于去年为什么要叫《观阿弥'ｓ》，总觉得太蠢了，就懒得问了。除此之外，这里还摆放了社员们的一些作品。这次是免费赠送，不是用来卖的。如果想赚钱的话，可以自己去参加同人志贩卖会。

"嗨。"

"早哟。"

随着时间的过去，漫研社员渐渐到齐了。

有几名原本不需要COSPLAY的社员也装扮好过来了。将近二十人的社员全部到齐后，就自然而然地分成了几个小团体。

一个是男生的团体。我不知道其他学校是怎样的情况，在神高的漫研里，男生是少数派。而且其中没有人自告奋勇想做些什么，缺少了男子气概，是一群人畜无害的家伙。

另一个是以河内学姐为中心的团体。尽管人数不多，但是她们的发言权绝对是主流派。COSPLAY的人基本上都聚集在身为提议者的河内学姐身边。也许是会了即将到来的商战做准备，那个团体中时而会传来吆喝打气一般的声音。

"好，大家，打起精神来！"

差不多是这样吧。

而第三个团体——是实在跟不上河内学姐步调的一群人。有的人只是单纯不喜欢吵闹，有的人则是对河内学姐的言行抱有难以形容的别扭感。这些人聚集的地方就是……

"呐，摩耶花，你这是在扮演谁？"

"摩耶花，零钱我就放这里了。"

“……啊，真想快点结束啊。”

不知为何，她们都聚在我的身边。

大概是因为只有我一个人敢正面反对河内学姐吧。

气氛并没有紧绷，也没有火花四溅。大家都很喜欢漫画。但是怎么说呢，感觉在文化祭期间，我实在是难以从漫研脱身。这样的我能为古籍研究社做到的，估计就只有拜托社长让《冰菓》在漫研寄卖吧。如果能在漫研卖《冰菓》，从知名度来看，应该可以卖个二十本左右吧。现在气氛上不太好开口，等到稍微缓和了一些，我就会去拜托的。越快越好。

古籍研究社。阿福他们现在在做什么呢？会是谁在看摊呢？

……啊啊，看摊的人猜都不需要猜吧。

那个懒鬼肯定会毛遂自荐。

“请问，已经开始卖了吗？”

听到声音，我转过头去，看到门口站着两名男生。我马上挤出做生意的笑容，也为了振奋自己，以开朗到有些过分的声音大喊道：

“欢迎光临！第一号客人上门了哦！”

011–♠04

不出所料，算无遗策，地学教室果然是门可罗雀。宁静，和平，无所事事。说到唯一能感受到的文化祭氛围，就只有中庭对面的普通大楼传来的些微喧闹声、如同剩下的残渣一般的沙沙声。太棒了。看摊万岁。

……我睁开紧闭的双眼，看到了焦褐色的“山”。对于眼睛来说，那是剧毒。为了维持内心的安稳，一直闭目养神才是最好的方法。

如果能解决掉这座大山的话，那当然是再好不过的事情了。在这本《冰菓》中也有我写的原稿。倒不如说，将学年一开始的“冰菓”事件整理成文章的人正是我。所以我的原稿在文集《冰菓》中占了相当大的比例。

古籍研究社的活动目的不明，这使得《冰菓》的内容也变得毫无章法。不用翻开我也记得，我和千反田负责将“冰菓”事件的来龙去脉写下来，伊原的文章是关于那些被奉为经典的漫画，里志则是写了与古典悖论相关的笑话来充当专栏。

尽管我的信条是“实在非做不可的话，那就尽快解决”，但这并不代表我对自己写的东西是毫无感情的。如果可以的话，我实在不想看到在文化祭结束后，这两百册文集变成棘手的垃圾，让人丢也不是、留也不是。

即使无视掉我对文集那不值一提的感情，一想到千反田和伊原面对这些变成垃圾山的文集会有怎样的反应，我就感到心情沉重。

所以我还是很期待千反田和里志的行动的。我并不是没有梦想过他们以我想象不到的手段达成了非常大的宣传效果，使得地学教室人满为患，让负责看摊的我一刻都停不下来。

但是，现在还是沉浸在平静之中，委身于安逸吧。闭着眼睛，那荡漾般的淡淡睡意实在是舒服极了。我趴到了桌子上。

音乐传入我的耳中。

而且是层次丰富的和声。

相比霹雳舞社表演时播放的电子音乐和民族音乐，这一种更符合我的喜好。这是阿卡贝拉。那么应该是阿卡贝拉社在唱，地点是在中庭吧。我缓缓地支起身子，走近窗边。阿卡贝拉社大概是在练习吧。他们一开始的和声就像是招揽客人的笛声一样，将学生们都吸引到面向中庭的窗边。

五个穿着笔挺校服的学生排成一横列。其中一人向前跨出一步，从中庭仰望四周，向在窗边观赏的我们行了个礼。接着，响起了零零星星的鼓掌声。他回到原来的队列中，马上开始了合唱。

一开始是小试牛刀吧。底下传来的是阿卡贝拉中耳熟能详的歌曲——《狮子今晚睡着了》。

曼曼马乌耶。

……嗯嗯。唱得真棒，技术上可以说是无可挑剔吧。但是，对于直到刚才还睡意旺盛的我来说，这首旋律安稳的歌曲无异于一首摇篮曲……

我倚靠在窗边，一边与越来越难缠的睡魔战斗，一边想着就算这样睡着也没什么关系吧。还没等我得出结论，歌曲就结束了。热情的掌声从普通大楼和专用大楼倾注而下。我也清醒过来，拍了拍手。阿卡贝拉社的五人同时一鞠躬，然后围住事先放在旁边的大冰桶。其中一人打开了冰桶。由于距离比较远，看得不是很清楚，不过估计应该是放了矿泉水瓶之类的东西吧。也就是说要先补充水分，再开始唱第二首。

“咦？”

哦呀？

阿卡贝拉社的动作不太对劲。有人指着大冰桶不停地叫嚷着什么，其他人有的频频摇头，有的看向冰桶里面，举动非常奇怪。发生了什么事情吗？

算了，既然第二首歌曲不会马上开始，我也没必要一直趴在窗边。于是我离开窗边，回到刚才的位置，一边打哈欠一边等待歌声重新响起。

就在哈欠到达最高潮，下巴甚至有点发痛的时候——

敞开的门口出现了人影。噢噢，来了一个很厉害的家伙啊。那人用别针将破破烂烂的衬衫别住，手指和脖子上戴着银饰品。朋克，朋克来了啊。不过眼神不知为何显得有些提心吊胆。他是来做什么的啊？我正感到惊讶，朋克客客气气地向我询问：

“请问，这里是做什么的啊？”

“没什么……啊啊，不对，是在卖文集。”

“文集？”

朋克的视线对准了堆积如山的《冰菓》。他肯定直到刚才都没有发觉这堆东西其实是文集吧。“好多啊。”

“……有特殊情况。我们原本并没有打算要印这么多。”

“请给我一本。”

噢噢，是顾客吗，顾客吗？要热情一点，必须热情待客才行。

“两百日元。”

啊啊，一点都不热情。这种事情突然之间怎么做得到嘛。

朋克完全没有在意我的态度，拿出了钱包。然后，他不知为何非常过意不去地低着头，接过了《冰菓》。他是闲得没事做才跑到这里来的吗？就在我这样想的时候，朋克的态度突然骤变。

“你、你，这个是？”

怎么了啊？难道《冰菓》里夹了蟑螂吗？

不对。朋克注视的是放在《冰菓》之山旁边的垃圾——坏掉的钢笔。朋克像是捧起宝物一般，恭恭敬敬地将钢笔拿了起来。

“就是这个！这个很不错！”

他突然在我面前兴奋起来，我只好相应地变得越来越冷淡了。我忘了直到刚才还在提醒自己要热情待客，冷冷地说道：

“这个垃圾有什么问题吗？”

“啊，啊啊。抱歉。”

朋克总算回过神来。

“我是服装研究社的人。我们正在举办服装秀，可是我遗漏了可以搭配正式服装胸前口袋的装饰品了。最基本的搭配是白手帕，但是我们这次服装秀的主题是要稍微跳脱基本，所以希望能有一点变化。时间所剩无几，我却一直想不出好主意来，实在是烦恼透了。这个，你看，不觉得插在口袋里会很显眼吗？嗯，很不错。我非常中意。”

朋克眯着眼睛端详着钢笔，脸上露出了窃喜的笑容。好吧，既然他这么喜欢，那么垃圾也算是死得其所吧。

“送给你吧。”

“真的可以给我吗？”

他嘴上这么说，却已经将钢笔紧紧抱在怀中了。

“那、那么，这个就给你吧。”

朋克在口袋里翻弄了一下，拿出一个胸章。说是胸章，其实只是用胶带将别针贴在写有号码的塑料牌背面而已，是非常简陋的东西。这是什么玩意啊？我困惑不解地看着，朋克将那东西塞到我的手上。

“这是我们服装秀的优先券。你拿着这个就可以过来了。地点在服装室。没问题的，我们会帮你搭配好看的造型的。虽然说是服装秀，但并不需要走台步。没事的，不要想太多了。那我走了！”

朋克一口气说完，就逃也似的跑掉了。用不着这么慌张，我又不会让你把钢笔还回来。不对，他是迫不及待地想拿回去和正式服装搭配吧？

我看了一下手中的胸章。根据朋克所说的内容，总而言之只要拿着这个到服装研究社的会场去，就能当模特吗？

根本用不着，于是我将它顺手扔进书桌里面。

……算了，不管怎么说他都是值得纪念的第一号客人。两百册文集里，考虑到现状，古籍研究社社员各领两册，再加上给顾问老师和保存用的两册，已经先扣除了十册。这样一来，现在还剩下一百八十九册。

非常好。我感到满足，再次开始打哈欠。这时，阿卡贝拉社的歌声又响起来了。传来的是快节奏的流行音乐。唔，这种就不像摇篮曲了。

【剩余一百八十九册】

012–♥03

六首歌，每一首都很美妙。我向阿卡贝拉社的社员们献上热烈的掌声，拍得自己的手都发痛了。

声音会产生那么绝妙的回响，一定与他们在校舍环绕的中庭唱歌有关系。阿卡贝拉社说不定在校内到处排练，以找到音效最好的场所。究竟是不是这样呢？我有点好奇。

我无比满足地离开窗边，然后不经意地看了一下手表。

……欸？

已、已经这么晚了吗？快到十二点了。时间过得真快啊。这可不行，一遇到感兴趣的事情就停下脚步来的话，那岂不是根本无法完成使命吗？

我怀着坚定的决心，离开了窗边。

我移回了视线，在走廊上有巫术同好会可疑的布帘、福部同学倾尽心力制作的手工艺社招牌、摄影社构图耐人寻味的海报……

啊啊，怎么不给我一副只能看到正前方的眼镜啊！

2-2　013～019　猜谜超级大挑战

013–♣04

神山高中猜谜研究会主办，猜谜超级大挑战……那是神山市最大型的猜谜大会！

不过，也只是因为我从没听说过这个镇上还有其他猜谜大会罢了。

对于我来说，这个猜谜超级大挑战是第一天的重头戏。绝对不能错过。我要让所有人都知道，真正的数据库究竟是谁！

不过还真是让人吃惊啊。老实说，我没有想到参赛者居然如此之多。看样子应该有两百人左右吧。虽然能看到零星的普通市民，但绝大多数还都是神高学生。也就是说，实际的动员率将近百分之二十！真是羡慕死人了，能各分一百人给手工艺社和古籍研究社吗？

这里是操场的一角，晨会讲台的前面。周围传来嘈杂的声音。

“……结束后要不要去铜管乐社那边看看？”

“……电影研怎么样？希望片子不要太偏门……”

“……真的吗？哈哈哈，那还真糟糕……”

“……所以啰，真让人觉得不要开玩笑了啊……”

其实我大致能猜到会有这么多人来参加的理由。我可不相信两百人全部都从昨天晚上开始就摩拳擦掌，对猜谜大会充满了期待。这是宣传的效果。

午饭时间，十二点半起就会播放全校广播。是广播社的模拟电台节目。那个节目以轻快的流行音乐开场，将神山高中文化祭最新最热门的话题即时带给每一位听众。其中花了大约十五分钟采访了猜谜研的社长。内容就像这样：

“今年是第七届。怎么说呢，我们准备了相当不错的奖品，而且问题的分配也并不是对‘擅长猜谜的人’特别有利。另外，理所当然的，猜谜研的社员不会参加猜谜大会。老实说，我认为这是一个很好的机会。希望各方面的人士都能来参加……再说，正好是在午饭时间之后举行，在操场玩○×猜谜跑来跑去，应该非常有助消化吧。”

真是恰到好处的煽动性宣传啊——我不禁感到有些佩服。再加上是全校广播，应该多少有些效果吧。却不想，效果居然那么好。除去凑热闹的人，光是参加者大概就有两百人（这是目测数据，也许有些偏高，但绝对不会少于一百人的）。

另外不能忘记的是，壁报社也提到了猜谜研。在文化祭期间，壁报社每两小时就会贴出一次号外。在“第一天十二点号外”里，有篇报道提到猜谜研的活动应该会很有趣。由于是贴在全校的公告栏上，宣传效果可不容小觑啊。

广播社和壁报社的影响力，在制定古籍研究社的宣传作战时最好将它们考虑在内。我晚点再告诉千反田同学吧。

不过，不管怎样，那都是之后的事情。现在要将全部精力集中在猜谜超级大挑战，因为这可是第一场争夺排名的活动。我能够像这样心无旁骛地参加喜欢的活动，真多亏了“为古籍研究社宣传”这个名目。而且，虽然这样说有点太狂妄了，但是能够获得猜谜大会胜利的古籍研究社社员就只有我了。因此，我可不能轻易落败。

猜谜研究会的社长走上了晨会讲台。不认识的面孔。是神山高中的学生，但我不认识，看来他不属于奇人怪人的族群吧。他手上拿的不是扩音器，而是麦克风。“嘎嘎”，扬声器发出一小段噪音后，猜谜研究会的社长开始致辞了。欢迎大家来参加猜谜超级大挑战。人数之多真是让我吓了一大跳。这次是第七届猜谜超级大挑战，看来是至今为止最大的规模。如此这般。等等等等。然后——

“那么，马上开始吧。首先是预赛的○×猜谜，左边是○，右边是×。我们的社团会举牌指示，请不要搞错了。最后剩下五人，或者是我们准备好的题目都用完了，预赛就会宣告结束。时间限制是十五秒。好了，那么，猜谜超级大挑战7开始！”

说完，猜谜研究会的社长将麦克风交给中途上台的女生，走下讲台。我顿时感到有些安心了。那个社长咬字不清，听不太清楚他到底在说些什么。接过麦克风的女生看着手上的记事本，用清楚的发音念道：

“第一题！金刚石就是钻石，绿柱玉就是绿宝石。是○还是×！”

哦，第一题的难度也就这样了吧。

当然是○（如果是“绿柱石”的话，还包括了化学成分一样的海蓝宝石，但是“绿柱玉”指的就是绿宝石）!

014–♦03

比想象中还要冷清。

之所以会这么认为，是因为我习惯了同人志贩售会氛围吧。现在不是贩售会，是文化祭。由于到场的并不都是对漫画或动画感兴趣的人，所以也就这么回事吧。我回想起去年还是初中生的时候，跟阿福一起过来的情况……嗯，当时人也没多少。记得我在校舍的昏暗角落找到那个宝物的时候，旁边是没有什么人在的。

不过，确实有很多社员无所事事。那种闲到发慌的感觉让社内的气氛显得有些紧张……似乎还是没办法提出寄卖的要求。

客人的人潮突然停止了，房间里一下子静了下来。这时，远处传来了扬声器的声音。由于隔着中庭和专用大楼，在普通大楼的这个教室里是听不太清楚操场上扬声器的声音的。

“摩耶花，怎么了？”

旁边的售货员女生问我。

“唔，操场那边好像有什么声音。”

“哦，那一定是猜谜研的活动啦。”

说起来，广播似乎有提到。猜谜大会啊。那么阿福肯定是有参加的。我集中注意力去听，听出扬声器的声音正在念问题。

“……十二题！‘darui（发懒）’的语源是英语的‘dull’，是〇！还是×……呢！”

欸？

这种事情我想都没想过。出的问题好奇怪啊。不过既然是〇×猜谜，目的大概是为了淘汰参赛者，所以加入一些只能靠直觉来回答的问题会比较好吧。

旁边的女生似乎也竖起了耳朵，她笑着对我小声说道：

“呐，你觉得是对还是错？”

“唔……”

我记得“saboru（偷懒）”的语源是“sabotage”。那么，“darui”的语源是“dull”也没有什么好奇怪的吧。于是，我小声回答道：

“是〇吧？”

015-♣05

十五秒的时间限制过去，〇区与×区的分界绳举了起来。我看了一下周围，〇区有五人，×区有四人。既然〇×猜谜是预赛，那么这大概是最后一题了吧。

“答案是……”

晨会讲台上的主持人小姐吊足了大家的胃口。

“……”

呃，你也拖太久了吧。

“……是×！预赛结束！”

呀嘀（我不知道“darui”的语源，不过既然“darui”是写作“怠惰”，那么应该不是外来语吧）。随着比赛的进展，主持人小姐越来越兴奋，她几乎手舞足蹈地指示着我们说：

“恭喜你们，现在站在×区的四个人通过了预赛！在决赛开始之前，请走到讲台上来！”

哦呀，宣传的好机会。我可以说是为了这个时刻才参加的。我匆匆忙忙地朝晨会讲台走去，这时有人从背后拍了一下我的肩膀。

“哟，福部，没想到你也留下来了啊。”

并且还出声和我说话。

……稍等一下，我会想起来的。我认识这个人，虽然认识……总之，我先昂首挺胸地回话了。

“是啦。”

“你根本没有注意到我吧。”

“哈哈，我全神贯注在猜谜嘛。”

是谁，是谁呢？虽然应该是同学没错吧。

不是总务委员，也不是手工艺社的社员。这样一来，应该是同学吧。可是，说到班上值得瞩目的人，应该只有十文字同学而已呀。

啊，对了，我终于想起来了。嗯，不会错的。我的人名记忆力还是不容小觑的。

“那么谷同学，围棋社那边怎么样啊？”

谷惟之。围棋社社员。只有围棋社社员这一点算是有点意思，所以我勉强记住了他的名字。在班上碰到的话，就会像现在这样聊聊天，但其实，他属于那种长相与名字连不起来、维持若即若离关系的“熟人”之一。仔细一看，他身材魁梧，脸型方正，鼻子圆滚滚的，总体来说算是很有味道的长相。尽管如此，却还是没有给我留下深刻的印象，这表示他过去的言行没有任何出奇的地方吧。

我喜欢有意外性的人。比如说，千反田同学就让我很感兴趣，进入神高之后的奉太郎也让我惊喜连连。如果没有意外性的话，即使长得很有趣或者参加的社团很有趣，我都很难记住那个人的名字的。

然而，谷同学通过了猜谜大挑战的预赛。尽管只是预赛而已，问题并不都是很简单的。原来如此，看来谷同学并不是我认为的那么平凡。不知道是知识量还是运气，他的其中一项似乎值得我去关注。

谷同学毫不掩饰得意洋洋的表情。

“你说围棋社吗？其实发生了一件有点意思的事情，你要听吗？”

有意思的事情吗？虽然稍微改变了一些印象，但是谷同学完全不像是能提供有趣话题的人。因此，我不是特别感兴趣。就在这时——

“请到台上来！”

催促的声音再次响起。啊，对哦，那可是宝贵的宣传机会。我做了个手势向谷同学比了比晨会讲台，示意“走吧”。

上台的有三名男生和一名女生。看到这些人，我不禁松了口气。除了谷同学，另外两人我都不认识。如果决赛有“女帝”入须冬实学姐、总务委员会田名边治朗学长、“图书馆的新馆主”十文字香穗同学参加的话，那么我就可能直接举白旗投降了。尽管我自信在知识量上是不会输给他们的，然而不知为何，总觉得面对这些人我就毫无胜算。这方面的不思进取也是我不得不屈居于数据库的理由所在。

包括谷同学在内的三人在主持人小姐的询问下，报上了自己的姓名和班级。好了，要轮到我了。主持人小姐重新拿好麦克风，笑容满面地说道：

“接下来是第四名决赛参加者！那么，就报上班级和姓名吧！”

我咳了一声，昂首挺胸向两百名参赛者以及校内数百名应该正在听扬声器声音的人说道：

“我是古籍研究社的福部里志。”

“哈？”

“古籍研究社。研究现代国语与古籍的古籍研究社。”

主持人小姐一瞬间愣了一下。如果她是会被预料之外的发展吓到的人，那可就冷场了啊。我刚这么想，她马上重重地点了点头，然后说道：

“原来如此。还有古籍研究社这样的社团啊。这个学校奇奇怪怪的社团实在是太多了呀。”嗯，很不错的进展。我提醒自己不要越说越快，接下来就任由话语自然而然地脱口而出吧。即使是信口开河，也能将自己想说的话表达得淋漓尽致，这可以说是我为数不多的武器之一。我兴高采烈地说道：

“说是研究古籍，也并非在研究《徒然草》之类的。其实我们自己也不知道古籍研究社究竟是做什么的，这一点显得有些特别吧。因为这是一个原本社员为零，后来却得以大逆转大复活的社团。不过，我们唯一知道的是，这个社团会创作文集，于是我们就决定制作文集。而这个文集哦，不是我自卖自夸，真的很厉害啊。是下了很大的力气哦。”

016–♠05

“下了很大的力气哦。”

啊啊，是啊。

主要在数量方面。

【剩余一百八十五册】

017–♣06

“因为它揭露了这个KANYA祭的重大秘密。”

“嗬，嗬。怎么说？”

主持人兴致勃勃地附和着，应该不是演技吧。这是理所当然的，既然是猜谜研究会的社员，一听到有自己不知道的知识，那肯定会轻易上钩的（不，我并没有在揶揄哦。只是因为我自己也有“猜谜研究会社员的要素”，所以感同身受罢了）。我自信十足地大声说道：

“就是KANYA祭这个名字本身。我要说明，这并不是神山高中文化祭等于KANYA祭这么简单的事情。古籍研究社解开了这个名字的由来。”

“咦，具体来说是？”

“答案就是……”

我卖了一下关子。

“那当然是秘密喽。文集卖不出去的话，我们也会很伤脑筋的。放心啦，一册只要两百日元而已！非常便宜！只需要花区区两百日元，你就能知道神山高中文化祭三十三年的秘密！古籍研究社的文集《冰菓》在专用大楼四楼地学教室绝赞发售中！”

然后，我睥睨众人，强有力地举起右拳。

我是不是有些努力过头了？我一瞬间不安起来……

底下响起了鼓掌与欢呼声。不出所料，就跟开场时的我一样。大家对活动的感受性越来越高涨。只要稍微推一把，就会跟着一起欢腾。宣传成功了！

我维持着握拳姿势，一时之间感动得热泪盈眶了。

猜谜大会已经怎样都无所谓了。

018–♥04

“在地学教室绝赞发售中！”

欸，被绝赞了吗？

我都不知道呢。

真是令人欣喜的事情啊。让人对未来充满了希望。

操场那边隐约传来参赛者们沸沸扬扬的声音。福部同学的开场白似乎多多少少打动了大家。他接着又说了一些话，然后响起了格外响亮的声音，宣布猜谜大会的决赛正式开始。福部同学，请好好加油。我在心中祝他好运。

我也不能落后于人。

我思考过了，拜托其他社团让我们寄卖这个方法应该确实很有效。但是，就算其他社团同意让我们寄卖《冰菓》，也不会因此增加《冰菓》的魅力。虽然扩大卖场是必须要解决的问题，但是与此同时，增加《冰菓》的魅力也是刻不容缓的事情。

我一边吃午饭，一边不停地思索着。以我家的情况为例，我们制作的米与销售途径基本上是固定的。即使拓宽了销售途径，只要米的品质与政府米相差无几，那么就难以期待会有更多的客人愿意购买。

因为稻米说起来算是有些生产过剩的农作物。这和古籍研究社的现状很相似，因为文集对于大家来说并不是不可或缺的商品。

为了让更多的人购买，就只有制作出更为精良的米来。在“精良”之中也包含了“好吃”“安全”等方面的基准，同时还有“便宜”这个基准。

但是，我们的《冰菓》已经完成了。我自认为我们没有懈怠对品质的追求，而且事到如今，不管怎样都无法进行任何改动了。在完成后的现在能操作的部分，最先能想到的就是“便宜”这点了。不过考虑到收支平衡，如果可以的话，我不是太想去改动价格。

于是，我想到了，只要在“名气”这个基准上让我们的《冰菓》变得更好不就可以了吗？

就在这时，我看到了壁报《神高月报》的号外。仔细阅读后，我发现这个号外是以每两小时一期的频率不断更新的。如果能在这上面报道《冰菓》的事情，那么大家就会知道《冰菓》的存在了。幸运的是，我认识壁报社的社长。我知道认识一个人有时候可以成为非常有用的武器。

因此，吃完有些迟的午饭后，我就去找壁报社的社长。但是……

“啊，千反田同学，要不要来参观一下？”

呃，抱歉，我很赶时间。

“来吧来吧，魔术社的第二场公演还有五分钟就要开始了哦。”

……呃，啊啊，我是要去壁报社。真让人恋恋不舍啊。

“你看了吗？2–F的那部电影。”

“哦哦，看了看了。相当不错吧？”

唔。

这些文化祭的装饰、热闹的气氛，都深深地迷惑了我的心绪。这种时候，我就特别羡慕折木同学那种不管任何事情都不为所动的能力。

尽管如此，我总算是来到了专用大楼三楼——生物教室的前面。这里面的房间——生物准备室就是壁报社的活动室。不过壁报社的社员们不是在准备室里面，而是在教室里放了一大堆笔、剪刀、浆糊和一次性相机，似乎把那里当成了工作场所。总共是四个人。他们围着实验用的大桌子，可能是现在不忙，正在和乐融融地谈笑。其中一人——认识我的远垣内将司学长注意到我了，便站起身来。

我在女生中算是个子比较高的了，但是面对远垣内学长，还是需要稍稍抬头仰视。远垣内学长的父亲和我的父亲有很深的交情，因此我才会认识远垣内学长。不过，在今年的七月我才第一次和他说上话。

远垣内学长和善地向我打招呼：

“哟，你好。”

我向他低头行礼。有了刚才对田名边学长冒失的前车之鉴，为了不重蹈覆辙，我慎重地说道：“你好，远垣内学长。我想麻烦壁报社帮忙报道一下古籍研究社，请问可以吗？”

但是，远垣内学长也一样瞪大了眼睛。我说了什么不该说的话吗？于是，我慌忙回想自己所说的话，并没有发现有什么失礼的地方。

啊……我又忘记说明情况了吗？

远垣内学长转头看了一眼其他社员，然后重新面向我，压低声音说道：

“……该怎么说才好呢。你突然这么跟我说，我也很为难啦。”

“对不起，我应该事先预约吧？”

“不，我不是这个意思。”

远垣内学长挠了挠太阳穴。

“我已经不是壁报社的人了。”

“欸？”

“我是三年级的人嘛。已经引退了。”

啊。

我、我是何等的糊涂啊。平时可不是这个样子的啊。对哦，我都忘了远垣内学长已经三年级了。

“对、对不起。”

“啊，你也用不着道歉啦……”

由于失去了门路，我好一会沉浸在悲伤的心情之中。不过，我马上想到了好方法。既然远垣内学长已经引退了，那么就只有这么做了。

“那么，能请学长介绍后辈给我认识吗？我有事情想拜托壁报社。”

然而，远垣内学长却显得越来越困惑了。

“唔，介绍给你认识那是没什么问题啦。但是很抱歉，我想你只会白费力气。”

“白费力气？”

“我们每两小时会出一期号外，内容都是事先决定好的。现在要临时插进古籍研究社的报道，实在是有些困难。”

原来如此。我本来也很好奇要怎样才能做到每两小时贴出新的壁报，不过没想到居然事先就准备好了通稿。这让我深感佩服，可是这样一来……

“也就是说，一点办法也没有了吗？”

我的声音变得有些消沉了。

“也不是完全不行。第二天的中午，版面还有点富余。要放的话，还是能放进去。可是……”

不知道是不是我的心理作用，远垣内学长的表情似乎变得有些紧绷了。

“不能因为你来拜托我们了，我们就帮你把报道登上去。KANYA祭有五十个以上的团体参加。我们没办法全部都介绍一遍，所以要优先介绍值得注目的团体。别怪我说得难听，我记得古籍研究社只是出了本文集而已吧。”

这是非常严苛的话语。只是出了本文集而已，这么说也确实没错。

“可、可是，内容……”

“不管是哪个社团，在内容方面都是很认真的。如果有什么能够吸引大家目光的话题，我们反而会抢着去报道呢。”

话题。我们并没准备这种东西。

福部同学刚才把《冰菓》揭露了KANYA祭的语源作为特点举了出来。但是，远垣内学长刚说过，不管哪个社团在内容方面都是很认真的。要说我们的《冰菓》除了内容以外，还有什么值得注目的地方……

很遗憾，我没脸去见福部同学、摩耶花同学和折木同学了。我又没能完成使命。

“……这样啊。占用了学长的时间，真的是非常抱歉……”

远垣内学长鼓励我似的说道：

“如果有发现什么有趣的事情，就再来找我吧。说不定能帮上你的忙。”

我点了点头，动作却显得有气无力。

事情不如人愿的时候，会感到全身乏力也是无可奈何的事情吧。但是，如果表现得过于无精打采，那也未免太难看了。所以，我尽量让自己像平时一样走路。尽管如此，我的失落之情还是溢于言表。

就在我一边走一边思索着接下来该怎么做的时候，突然有人出声叫住了我。“怎么了，爱瑠？看你一脸消沉的样子。”

我看了过去，楼梯口处搭建了一个小帐篷一样的东西。说是帐篷，其实更像印第安人使用的梯皮*。声音似乎是从里面传出来的。于是我走过去，悄悄地把脑袋伸了进去。

“你的肩膀很沮丧地耷拉下来了啊。出了什么事吗？”

梯皮里面摆着一组平时教室里用的课桌椅。坐在椅子上的是与我很要好的人。我微笑着对她说道：

“出了一点事……”

“嗬？”

她歪了歪脑袋，然后微微一笑，轻轻地抚摸了一下桌子上——摆在绸布上的精美水晶球。

“要不要我帮你占卜一下？”

她的名字叫十文字香穗。神山市有一座名叫荒楠神社的古老大神社，香穗同学就是那家人的女儿。千反田家的春秋祭典并没有麻烦到荒楠神社，不过因为一些缘分，我和香穗同学非常要好。柔顺的头发和秀气的眼镜非常引人注目，她是一个极具魅力的人。而且香穗同学看起来相当成熟，有着典雅的独特气息，这让我很喜欢。

香穗同学从小就喜欢图书馆，所以非常博学，知道很多我不知道的事情。在知道她参加了社团之后，我不禁大吃一惊。因为香穗同学不太喜欢与人相处。

“占卜吗？”

“嗯，我是占卜研究会的人。”

“其他社员在做些什么呢？”

---

*　梯皮是一种圆锥体状的帐篷，由桦树皮或兽皮制成，流行于北美大平原上的美国原住民中，一度成为印第安人的刻板象征。

听到我这么问，香穗同学浮现出自嘲的笑容。

“占卜研究会只有我一个人。”

“唉，那还真是意外啊。感觉应该是挺有人气的社团。”

“学校还有一个巫术同好会。那边就很有人气。”

这么说来，我似乎看到过那个社团的招牌。

“那么，你要不要占卜？”

香穗同学一边说，一边在桌上摆出各种各样的东西来。

“如果不喜欢水晶球占卜的话，要不要试试看竹签或者扑克牌占卜？虽然都只是有样学样罢了。比较奇怪的则有咖啡占卜。对了对了，还有必不可少的塔罗牌……”

香穗同学从脚边的纸袋里陆续拿出提到的那些道具，但是说到塔罗牌的时候，她的手却突然停了下来。

“啊，塔罗牌不行。”

“欸，为什么啊？”

香穗同学难得语带苦涩，这勾起了我的兴趣。而且，暑假的时候古籍研究社提到了塔罗牌的话题，如果要占卜的话，我是很想试试看塔罗牌的。

香穗同学瞥了一眼我的表情。

“……是哦，爱瑠你也许很喜欢这种事情。要看一下吗？”

她从纸袋中取出了一张卡片。一看到她递过来的卡片，我就立刻看得入神了。在那张卡片上面以相当大的字体写着这样的内容：

> 占卜研究社，已经失去了命运之轮
>
> 十文字

“这是……”

“因为是一个人摆摊，所以经常会有不在摊位上的时候。在我离开一会回来的时候，发现塔罗牌里面少了‘命运之轮’。然后就是留下了这张卡片。”

被偷走了吗？可是，最后的署名……

“可是上面写着‘十文字’呀。”

“不知道是什么意思，是指我吗？”

十文字家有两个孩子。但是，现在在神高就读的只有十文字香穗同学，我也没听说过这个镇上还有其他姓十文字的人。也就是说，在神山高中提到十文字基本上就是指香穗同学。冒用香穗同学的名字来偷走香穗同学的东西，这太不可思议了。

真是一件怪事。我提出了自己最为在意的问题：

“那么，你找到那张塔罗牌了吗？”

香穗同学苦笑着说道：

“如果找到的话，我就不会说塔罗牌不行了。”

啊，说起来也是啊。

“真让人担心啊。”

“嗯。虽然是便宜货，但怎么说也是占卜的道具。希望不要被拿去做蠢事啊。不过……”

香穗同学一边说，一边从口袋里拿出一张异于刚才那张卡片的小便条纸。

“我倒是没怎么担心啦。不知道那个人在想些什么，还留下了这个东西。”

那是一张从便条纸上撕下来的纸条，上面潦草地写着“文化祭结束后就会还回来”这几个字……作为小偷，还真是奇怪呢。我觉得越来越有趣了。香穗同学笑着对这样的我说道：

“你的表情开朗起来了啊。”

“是吗？”

“你对这个很好奇吗？”

我歪着头回答道：

“……是的，有一点。”

“有一点啊。那么我最后再给你看个东西。”

她从纸袋里拿出来的那个是我也有的东西。《KANYA祭指南》，是神山高中文化祭的导览手册。我目不转睛地盯着放在水晶球旁边的那本手册，询问道：

“这个有什么特别的地方吗？”

香穗同学摇了摇头。

“内容和大家手上的一样。不过，这本手册是和那张卡片一起留下来的。而且还翻开了最后的，参加团体一行感言的那一页。”

参加团体的一行感言是在这本导览手册的卷末。一共数页，让参加这个文化祭的团体在上面用一段话来进行自我宣传。

我觉得那一页并没有写了什么特别奇怪的事情呀。

“……有什么特别意义吗？”

香穗同学浅浅一笑，耸了耸肩膀。

“谁知道呢。现在是文化祭，就算有想出怪点子的人，那也没什么好奇怪的。对我来说，只要‘命运之轮’能够平安归还，那就可以了。除此之外的事情，我是毫无兴趣的。”

019–♣07

决赛是抢答形式，先取得七分的人获胜。

虽然胜败根本无所谓，不过我只有作为数据库才有看点，不努力一下还是有点浪费难得的机会。

猜谜研究会的社长在校内广播说过,“并不是对‘擅长猜谜的人’特别有利”。果然所言不虚。除了艺能、体育、社会局势、流行等一般猜谜会出的题目之外，还有相当一大部分是当地色彩浓厚的题目以及高中生本分的学业问题。当地问题我倒是很擅长的，但是学业方面就……不用我说大家也知道吧。碰到要解公式的问题，我的手连动都没法动，实在是丢脸啊。真受不了，我到底是怎样通过数学考试的啊?

四人中有三人获得六分。分别是我、谷同学和那名女生（谷同学不会对奇怪的问题出手，但是对基本题的反应却非常迅速）。剩下的那个人也获得了五分，可以说是一场激战。观众也应该看得津津有味吧。对于猜谜研究会来说，这场活动算是大获成功了。

不过，就让我来为这场比赛画下休止符吧。接下来的一分我拿定了!

“……那么，下一个问题。神山高中的……”

是当地问题。全神贯注……

“学生会长的全名。”

我知道答案。但是，稍等一下，说不定是陷阱。“……的全名叫某某，那么校长的全名是什么呢”——像这种是最常见的陷阱手法。

“请回答出来。”

好，电光火石，我以迅雷不及掩耳之势按了下去！灯亮了。

“好，清水同学请回答。”

咦？不是我吗？清水同学——也就是只差一分的女生用沉稳的声音回答道:

“陆山宗芳。”

“……”

主持人小姐，你就别卖关子了。这是正确答案不会错的。在停顿了很长的时间之后，主持人小姐欢蹦乱跳地高举右手。

“回答正确！猜谜大挑战7,优胜者是三年E班,清水纪子同学！”

哈哈，唉，真是遗憾懊悔啊。

只有优胜者能够获得奖品。清水纪子同学（即使是需要用到古怪杂学知识的问题，她也能面不改色地回答出来，是个很有意思的人。把她的名字记下来吧）接过来的那份东西被包装纸给包起来了，看不出究竟是什么东西。不过，我不是吃不到葡萄就说葡萄酸的人，我一开始就对奖品没有一丁点兴趣。

以掌声表扬优胜者的颁奖典礼结束后，猜谜大挑战在猜谜研究会社长的致辞中拉下了帷幕。观众四散而去，三三两两地回到校舍去了。嗯，相当有意思啊。而且也宣传了古籍研究社，算是很满足了。那么，接下来去哪里逛呢？就在我笑着准备回去的时候，有人叫住了我。

“哟，福部。”

是谷同学。我笑容满面地举起手来。

“哟，我们都很可惜啊。”

“是啊，我们打了个平手。”

说什么平手，我又不是和谷同学在竞争……算了，这种事也不值得一一反驳。

“是啊。”

就这样回答好了。

“那么，还有什么事？”

“我想到决赛开始前提到的那件‘有趣的事情’说到一半还没说完呢。”

说起来是提到过那样的事情，我几乎忘记了。我应该并没有表现出很想知道的样子来，也就是说，谷同学是很想告诉别人吧。反正不会有什么损失，就听他说说看吧。

“对哦。那么围棋社发生了什么事情啊？”

谷同学满意地点了点头。

“嗯，有几颗围棋的棋子被偷了。”

“哦。”

原来是这样的。我的感想就只有这么多了。

“不是不见了，而是被偷了啊。为什么你能这么断定？”

“因为棋盒里放了犯罪声明。”

谷同学说着，露出了一丝笑容。

“上面写着‘我从围棋社拿走了棋子’。更有趣的是，我们根本不知道是不是真的被偷走了。因为棋盒里面的棋子并不会全部都用到，就算有人拿走一两颗，甚至拿走十颗左右，也不容易被察觉的。”

“偷走那种东西能干什么啊？”

“那当然是拿去玩五子棋啊。”

谷同学很俏皮地说道。虽然我不觉得是多有趣的玩笑，但还是意思意思跟着笑了一下。既然“有趣的事情”只是这种程度而已，那我也没必要继续奉陪下去了吧。我收起笑容，冷淡地说道：

“是围棋社其他人开的玩笑吧。”

似乎是对我不当一回事而感到不满，谷同学的声音变得稍微低沉了一些。

“唔，也许有这个可能吧。”

“嗯，那我走了。”

“呃，等一下等一下。”

我停下了正准备迈出去的脚步。谷同学露出有些僵硬的笑容，说道：

“福部，你接下来还会继续参加比赛吗？”

“……会是会啦。”

看到我点了点头，谷同学将右手微微伸向我。

“我是不会输给你的。就这样平手让我很不甘心。让我们一决胜负吧。”

……我不知道该怎么回答。

谷同学不知道是如何理解这段沉默和总是挂在我脸上的暧昧笑容的，他心满意足地问道：

“很好。那么你接下来会参加哪个比赛？”

我一瞬间反应不过来要如何作答，于是很普通地回答道：

“……应该是明天御烹饪研究会的比赛吧。”

“OK。那么这场胜负就留待那个时候做个了结吧！我很期待的哦！”

谷同学兴冲冲地说完，挥挥手就走掉了。

唔，这可真是伤脑筋啊。

一决胜负吗？我可从来没想过这种事情。我才不管谷同学甘不甘心呢。

我确实享受着各种各样的事情。由于各种各样的事情实在是太有趣了，甚至惹得奉太郎对这样的我冷眼相看。

但是有一点很重要，那就是我注重的是个人的体验。我喜欢将享受这件事情还原成纯粹的传达者与接收者的关系。所以，无论是对夏洛克·福尔摩斯的兴趣还是对本草学的兴趣，我都不会想要与我最好的朋友（哇，这样写出来还真是让人不好意思，但是我确实第一个就想到了他的名字，这也是没办法的事情嘛）奉太郎或者是那个美妙绝伦的摩耶花共享。

我认为喜欢、有趣、开心之类的都是相当敏感的部分。打个比方来说，就像是自己中意的书架一样。专门摆出来给别人看的，陈列着参考书或者消遣用小说的书架也就罢了，但是自己房间角落的书架，我是绝对不会给别人看的（如果摩耶花非看不可的话，那我说不定会……不过，摩耶花是不会说出这种话来的）。同理，我想在传达者一对一的关系中，静静地提升心中的期待，悠然自得地畅游其中。

居然有人闯入我的冒牌享乐主义之中，要求“一决胜负”！

唔，实在是太不解风情了。

不过，这只是琐碎的问题。我可没打算去配合。仔细想想，谷同学要参加我参加的活动，那是他的自由。

我从一眨眼就变得空荡荡的操场信步走向校舍。顺便一提，独自享乐与担心朋友完全是两码事。

奉太郎怎么样了呢？

摩耶花在安安分分地看摊吗？

2-3　020～022　另一场风暴

020-♦04

我本来是打算安安分分地看摊的。

根本就没打算引起争论。

事情的开端是在没有客人上门的几分钟之间，河内学姐对汤浅社长这样说道：

“唔，还是因为那个吧。失败的原因果然在于太低调了吧。完全没有客人上门嘛。亡羊补牢，尚未为晚。来尝试改变一下氛围吧。表现出特色来，反正也很闲，画张海报也用不了多少时间吧。”

我觉得客人的流量并没有河内学姐说的那么少。文集也卖掉了不少。不过，确实不管再怎么放宽标准，也实在难以称得上是门庭若市。对于画张角色海报来改变氛围的这个点子，我并不反对的。相比进行更暴露的COSPLAY来吸引男生的主意要好上一万倍。

但是，让我有点不爽的是，河内学姐的追随者们看到河内学姐质疑社长，也跟着包围了社长。看起来感觉像是群起而攻之一样。汤浅社长虽然脸上露出了温和的笑容，但是内心究竟是怎样的想法呢？

“嗯，可是，大家决定了要走这样的路线……”

“说是大家，但也不是多数人决定的吧？而且说到底，这文集就很有问题。一百篇书评也太艰涩了。谁会想看这种东西啊。我就说要多出一些同人作品才会有人看啊。”

如果想出“同人作品”的话，漫研的社员不管是谁都可以自行推出的。事实上，现在摊位上也摆了几本作品。之所以量这么少，单纯是因为大家都不好意思将自己的作品放在文化祭上面卖。或者是不愿意赚同学的钱而已。把所有的一切都归罪到文集《世阿弥's》上面那也太奇怪了。

辛苦制作的文集被说成“谁会想看这种东西啊”，感觉社内的气氛微妙地紧张起来了。而且老实说，河内学姐她们的团体在《世阿弥's》的制作上，一直采取不合作的态度。更准确来说，是她们嫌麻烦，把事情都推给别人做。就连那个懒鬼折木，尽管嘴上一直在抱怨好麻烦好麻烦，最后还是会将分配给他的原稿写好。河内学姐的那些追随者根本就是纯粹在偷懒。现在也是，河内学姐的团体中没有一个人在当售货员。她们的这种态度在社内也引起了不少人的反感。

大家的不满情绪之所以没有爆发，是因为河内学姐本人三两下就写出了相当有趣的专栏。可是，她何必在文化祭当天说出这种话来呢？

河内学姐从袖子又长又宽的道士服肩膀附近的切口伸出手来，双手交叉在胸前。然后，她抬起下巴，倦懒地说道：

“说到底，这世上根本没有无聊的漫画，所以将评论有趣无聊重复个一百篇，简直就是白费力气。毫无意义，毫无意义。对吧？”

说完，她向周围征求同意。虽然声音小得像蚊子的嗡嗡声，不过她的追随者中响起了“就是这样，没错”的附和声。既然要当应声虫，那么态度就给我表现得更加明确一点啊。

话说回来，毫无意义吗？唔……

有几名社员的视线朝向了坐在椅子上当售货员的我……曾经正面反对过河内学姐的人确实只有我而已。但真希望他们不要因为这样就看向我啊。

河内学姐继续说道：

“既然如此，利用大家都熟悉的人气角色来招揽客人，不是更合乎道理吗？不要拿那种死气沉沉的文集当卖点，搞得更加气派一点吧！”

这回，她扫视了一下追随者以外的漫研社员们。默默做着售货员的我也被河内学姐瞄到了。

而且，这应该不是我的错觉，只有在看着我的时候，河内学姐微微扬起了嘴角。

挑衅？她对我露出的笑容是挑衅吗？

阿福会相信我吗？脑海中突然闪过这样的想法。应该不会相信吧。但是，这是真的。在文化祭期间，在漫研里，我原本是打算安安分分地做个乖孩子的。而且还必须向社长提出寄卖的事情。

可是，不行啊。为什么我就是这样呢？坐在椅子上说出来的话，冰冷得连我自己都被吓到了。

“什么叫白费力气、毫无意义啊，学姐？”

学姐似乎料到只有我会提出反驳。她很干脆地转身背对原本在质疑的汤浅社长，露出清晰的笑容面向我。

“评论有趣还是无聊根本就是白费力气。就是这样原原本本的意思。你听不懂吗？”

“我知道你表达的意思。但是我完全无法理解你为什么会得出这个结论。为了制作这个文集，我花了非常多的时间，其他人也是。

“我不会说因为我们花了很多心力，就要求别人一定要肯定。但是，既然你断定是白费力气，那么能请你说明清楚吗？”

从容不迫的河内学姐与有点咄咄逼人的我。我突然想到，看在别人眼中，我才是愚蠢的那个人吧。

河内学姐露出嘲笑似的表情，向我逼近一步。

“是哦，毫无意义这个说法用错了。对不起，伊原。我其实是非常想说那是有害的。”

“你想说什么那随便你。我是在问理由。”

“因为啊，你想想看嘛。”

河内学姐缓缓地张开双手，像是在展示宽度似的。

“不管是什么漫画，全部都有可能成为名作吧。无论是怎样的作品，都有可能变成某人的‘我心中的经典一册’。即使一千人中有九百九十九人说这是一部烂作，也无法改变这一点。然而这本文集明明没有多宽广的视野，却大放厥词地批判这个很无聊啦这个很垃圾啦，只是在自作聪明地散播偏见而已吧？老实说，根本就是有害。”

我刚想回嘴，一瞬间犹豫了一下。这时，在我旁边的社员发出了近乎惨叫的声音。

“你凭什么一口咬定是偏见啊！”

我虽然能够理解你想这么说的心情，但是这个时候被插嘴我就不好做了。不过河内学姐只是瞥了那个社员一眼，就无视掉了。只要将话题转入“那是否算是偏见”，就可以借助争论“偏见究竟为何”的定义，轻易地让这个话题不了了之。可是，学姐故意放弃了这个机会。

也就是说，她并不打算不了了之。

我咽了一口唾沫。

“我想确认一下，学姐你指的是主观吧？”

“没错。”

“学姐你的意思是‘在主观上，不管是什么作品都有可能成为名作，所以将某部作品说成是坏作品是毫无意义甚至有害的’，没错吧？”

河内学姐满意地点了点头。

“嗯。我就是这个意思。”

“这……”

我正要开口，有一只手从旁边伸了过来。汤浅社长将堆积在我面前的《世阿弥's》挪开了。我没有特别在意。

学姐的这句话有一个决定性的弱点。但是，河内学姐会没注意到这点吗？我尽管感到有些不安，但还是刻意维持平静的语气说出来了：

“同时不也等于‘在主观上，不管怎样的作品都有可能成为烂作，所以将某部作品说成是好作品是毫无意义甚至是有害的’吗？”

她没可能会对这句话表示YES的。如果做出否定的话，那么学姐就要将自己的意见转换成更为温和的说法。然而，我以为自己戳中了决定性的矛盾，河内学姐的笑容却越来越灿烂了。

“正是如此。”

“什么……”

我一瞬间哑然失声。河内学姐的那帮追随者之中似乎也掀起了一片喧哗。似乎一种碰触到虚无的感觉掠过心头。肯定我这句话代表了怎样的意义，所有人都是一清二楚的。

河内学姐没有放过我的动摇，开心地说道：

“就是这样呀。伊原你不是这样想的吗？

“无聊不是漫画本身无聊，而是因为读者的感性太低，无法感受到那本漫画的趣味，所以才会说‘无聊’。因此，不喜欢使用过激词语的胆小鬼们就会用‘不合自己胃口’来代替‘无聊’吧。

“那么同理，有趣不是漫画本身有趣，而是因为读者的感性很高，能够轻松理解那本漫画的趣味，所以就说‘很有趣’。你明白我的意思吧？”

我以前就觉得河内学姐有些自暴自弃的地方。作为漫研的中心人物之一，受到很多社员的仰慕，却总给人一种甚至会蔑视那些仰慕者的感觉。我现在似乎知道那种感觉的根源了。河内学姐就是这种人。

我不会输……我才不会输给这种论调。

我一开始是因为大家制作的文集被露骨地评为毫无意义而很恼火，才顶撞了河内学姐。但是，现在不只是如此。我在更深层的地方被她嘲笑了。我的性格才没有好到会对这种事情赔笑脸，息事宁人。斗志涌了上来，我舔了舔嘴唇。

“……那么，学姐你是说名作漫画或者杰作漫画是不存在的吗？除了漫画以外，音乐、绘画、小说，无论哪个领域都普遍存在名作、杰作，学姐你也全部不承认吗？还是说，你的意思是只有漫画是不存在名作、杰作的？”

我，还有大部分漫研社员应该都不认为漫画这种表现手段具有致命的缺陷。

即使是河内学姐，她也不至于说出因为是漫画所以不可能成为名作这种话来吧。

学姐的确没有这样说。

“我又没说漫画里不存在名作或杰作。”

“跟说了没什么区别吧！学姐你不是说了吗，不管什么作品，在主观上都可能变成垃圾。”

“我是这样说了没错。”

她依旧是从容不迫的样子，嘲弄别人的笑容也没有消失。

“但是啊，名作是可能有的。

“漫长的岁月，大量的鉴赏者，这类东西经过不断地锤炼、淘汰，渐渐就只剩下最大公约数。这些就权且称作‘名作’，是吧？如果你对最大公约数这个说法不满意的话，那么换成‘获得普遍认同的作品’也可以。反正是一回事。

“所以我才会这么说，在漫研搞评论实在是愚蠢透顶。我和你说这个好那个不好又有什么意义，根本就是不自量力。不需要做这种事情，拿到什么就看什么，只管哈哈大笑就好了。”

“那么学姐你……”

我几乎是条件反射般地快速回嘴道。

“不承认某些作品有可能成为名作，或者能从中看出天才作家的潜能吗？不承认会对一个人、一部作品赞不绝口，认为有流芳百世的价值吗？”

“你很啰嗦啊，伊原。当然不会承认啊。那只是你的看法，是主观的问题。我说过了，对于没有经过时间考验的东西倾注太多感情是错误的。”

“……”

学姐的眼神变得比刚才还要锐利。我大概也在瞪学姐。真想做个深呼吸。

我感觉该是亮出王牌来的时候了。

为了否定学姐，我必须将自己的宝物拿出来。如果不否定学姐的话，那么我的宝物们就会被否定。虽然不太情愿，但这也是没办法的事情。我缓缓地开口说道：

“不对。”

“哪里不对？”

“那不是主观的问题，而是经验的问题。学姐你单纯只是没有遇到惊世骇俗之作的经验罢了。只是没碰到过那种让人觉得总有一天会画出惊人作品的作者而已。”

“嗬，你还真是大言不惭啊。”

扮装成僵尸的学姐用有些阴沉的声音说道。我没有畏缩，继续往下说：

“按照学姐的说法，我画的漫画也与其他所有漫画拥有相等的价值。但这是不可能的。不管在任何意义上，都存在着与我的漫画根本无法相提并论的作品，而且是还没有经过时间考验的作品。

“比方说，学姐你看过去年在这个学校的文化祭上贩卖的漫画《黄昏已成骸》吗？”

不知不觉之间，学姐已经失去了从容不迫的表情，她露出仿佛想将我勒死一般的表情，简短地回答道：

“……没看过。”

“那么……”

如果那个都不行的话，就没办法了。如果连那个宝物都不被认可的话，那我就只有举白旗投降了。

“我会拿过来给你看的。如果你看了之后还是不肯承认，那么我就无话可说了。”

呼，我长吁了一口气。既然都说了眼见为实，那么现在就只能到此为止了。然后，我又叹了口气。寄卖《冰菓》的事情这下子绝对无法提出来了。

这时我突然发现了一件事，忍不住惊叫出声。

“这是怎么回事？”

教室里几乎挤满了人。明明刚才还只有漫研社员而已，现在却塞满了客人。为、为什么？从什么时候开始的？他们是什么时候进来的？我在大吵大嚷的样子全被看光了？

我目瞪口呆地环视客人们，结果所有人都回避了我的视线。然后，他们都过意不去地排好队伍，买了《世阿弥’s》。原本摆在桌上的两叠（一叠十本）《世阿弥’s》几乎都卖光了。我看到汤浅社长拿出新的一叠来。

那个，这是……

我做了个深呼吸，露出无比灿烂的笑容。

“欢迎光临。”

本来还在偷瞄我的人们一下子全都转身背对我了。虽然我刚才的语气可能是有些粗暴，但是需要把我当成危险物品来看待吗？

如果是漫画的话，这个时候笑容满面的我应该会在太阳穴上浮现出青筋吧。

021–♥05

> 不容错过！　正在决战中！
> 少女之战in漫研　热烈讨论MANGA论（僵尸VS两性体）

……这张海报是在说什么啊？上面是非常粗的马克笔写下的POP字体。

因为刚好来到附近，所以我就走到漫画研究会附近，想看一下摩耶花同学的情况。由于外面贴出了一张奇怪的海报，我忍不住看得入神了。

这场少女之战现在还在进行吗？我正准备探头往里面看，一名女生冲了出来。我认识她，她是漫画研究会的社长，汤浅尚子学姐。

“请问，这是……”

我指着海报询问道。但是，汤浅学姐露出温柔的微笑，以迅雷不及掩耳之势将海报撕了下来。然后，汤浅学姐对瞠目结舌的我说道：

“已经结束了。明天上午还会再进行一场。请务必来观看哦。请多多关照漫画研究社哦。”

唉。

怎么说呢。

……古籍研究社也请多多关照。

022–♠06

时针马上就要指向五点了。第一天的日程即将结束。

分散在校内的古籍研究社社员这个时候全部集中在地学教室。千反田和里志时不时会过来露一下脸，但伊原则是从今天早上瞄过一眼以来，第一次和她碰面。

由于实在是很闲，我就将大部分《冰菓》都装到纸板箱里面，藏了起来。之所以这么做，是因为我发现将大量库存暴露在外，会让客人产生疑虑，而且负责看摊的我也会觉得心情沉重。

“那么，怎么样？我的宣传多少起了作用吧？”

里志询问道。我虽然没兴趣取悦这个嬉皮笑脸的家伙，但还是淡淡地说出了事实。

“嗯，算是吧。”

“欸，真的吗？”

我点了点头。事实上，在里志的演讲宣传之后，真的来了几名客人。宣传这回事比我想象的还要不容小觑。对于那些想要享受文化祭却不知从何下手的人来说，如果有人在背后推上那么一把，似乎就能产生很大的作用力。

里志摆出了胜利姿势。

“太好了！我再努力一把吧。明天上午有御烹饪研究会的比赛。”

伊原看着里志心花怒放的侧脸，不经意地说道：

“那个三人一组的比赛吗？”

“哈？”

里志的笑容僵硬了。

“三人一组？真的吗？”

他慌慌张张地取出了导览手册。身为总务会员却没有掌握活动内容，这可不行啊。

而千反田则意志消沉。

“对不起，我……进行得很不顺利……”

“不要在意啦。”

老实说，我并没有对千反田太过期待。我不是不相信千反田的能力，但是文化祭已经开始了，我并不期待古籍研究社能够获得特别的优待。低垂着脑袋的千反田似乎突然想到了什么，猛地抬起头来。

“啊，不过，有件事情让我很好奇。”

有让她好奇的事情？

听到这句话，我感到一阵战栗。这位大小姐只要一说出“我很好奇”这句话，就意味着无路可退了。好奇心极其旺盛的千反田对于觉得不可思议的事情，不追根究底查个水落石出是不会罢休的。

就因为这家伙的“我很好奇”这一句话，我至今为止……不对，我们至今为止是多么……简直是说者落泪，闻者伤心啊。过去的情景不停地在我的脑海里打转。

但是，我们现在根本没空去管闲事。尽管千反田一旦发动了好奇心是无论如何都难以抑制的，不过千反田也不是毫无限制地放纵自己的好奇心。比如说，她不会高举好奇心的大旗随随便便地闯入别人的内心。同样的，如果有其他必须要做的事情，那么她也不会以自己的好奇心为最优先事项。

她本人也对现在的危机状况有所自觉吧，不自觉地将视线转向装着《冰菓》的纸板箱。

“……不，我没有什么好奇的事情。”

撤回了前言。非常好。

然后，伊原则是一副气呼呼的样子。如果说这是她一如既往的样子，那我也只能同意了。但是，总觉得她有什么心事，说起话来也是断断续续的。虽然没有发出声音，嘴唇却好像在自言自语一样微微动着。于是我轻描淡写地问道：

"伊原，漫研里发生了什么事吗？"

"什么事都没有！"

结果被她怒吼了。我说了什么不该说的话吗？也用不着涨红了脸吼我嘛。

"那么，奉太郎，战果如何？"

我缓缓地靠在椅子上，回答了里志的问题。

"十三册。"

这个数字可以说是相当不错的起步。如果按照原本预定的二十四册来看，第一天就卖了十三册，可以说是一大壮举。毕竟重点是放在第三天——星期六。

但是，我没有把这些话说出口。因为说出来的话，听起来就像是对伊原的讥讽。里志一脸悠然自得的表情，只是应了一句"这样啊"。

还有两天……就算想要吸引顾客，也没有那么容易想到好点子。只有期待会发生什么爆炸性事件吗？不，那基本上就相当于在等待奇迹的发生。

铃声响起。神山高中文化祭第一天的日程结束了。

【剩余一百七十七册】

三　『十文字』事件

3-1　023 ~ 028　早上的风景

023-♦05

《黄昏已成骸》是一本短篇集，收录了三篇各三十页左右的短篇。虽然标题看起来有些可怕，不过应该是改编自莲如法师的名句“朝红颜夕白骨”吧。

贯穿整本短篇集的，就是那句名言所体现出来的难以形容的无常观。以古色古香、保留了昭和气息的城镇为舞台，描写了美丽或怀旧的事物总会变迁，以及接受方的悲伤。话虽如此，也并非纯粹沉浸于怀古兴趣之中，同时还描写了女高中生极为柏拉图式的恋爱。是富有娱乐性的作品。

初中三年级的我在神山高中文化祭无意间买下这部作品，结果却因为那无比惊艳的完成度而深受震撼，都不知道该如何用话语表达出来。明明主题并没有特殊之处，却仿佛烙印在脑海中一般鲜明强烈。

台词与剧情发展非常耐人寻味，给我留下了很深的印象。而充满个性且细腻的画风为故事打下了牢靠的基础，甚至可以说与歌舞伎的招牌亮相很相似。在关键场面会插入一整幅以写实主义的观点来看几乎算是不合理的图。那个做法非常有效果。在拥有震撼人心的画面这点上，即使包括商业作品在内，我也没有遇到过比《黄昏已成骸》更胜一筹的作品。

而且，即使我费尽千言万语来描述，也难以表达出其魅力之万一。《黄昏已成骸》就是如此强而有力的漫画。非要鸡蛋里挑骨头的话，就是背景画得还不够细致，不过我不认为那算是致命伤。

我彻底拜服了。至今为止，只有两部同人作品如此震撼我的心灵。其中一部就是《黄昏已成骸》，另一部是在与神高完全无关的同人贩售会买到的《BODY TALK》。这两本都是我的宝物。不过，如果必须在两本中挑选出最好的那一本，尽管是非常艰难的抉择，我应该还是会选择《黄昏已成骸》吧。

要想驳倒河内学姐，就必须将超越个人喜好的作品展现给她看，让她见识到真正的超凡魅力。我确信《黄昏已成骸》就拥有这样的实力。

考上神山高中的时候，我真的是非常高兴。除了升上高中的喜悦之外，更在于那是宛如贩卖罐装果汁一般若无其事地将那种杰作摆出来卖的神山高中。我的憧憬得以成真，这简直让我心花怒放。入学之后，我马上就加入了漫画研究会。

但是随后，我就体味到些许失望。

因为漫画研究会里面没有人知道《黄昏已成骸》的作者是谁。

尽管如此，能与志同道合的朋友交流仍旧是非常开心的事情，所以我认为加入漫研本身是一个不错的选择。

……虽然我是这么想的。

神山高中文化祭第二天的早晨，我怀着沉重的心情去上学。但是，延后也不是什么好办法。在代替点名的仪式开始之前，我前往了漫研。

我虽然很早就出门了，不过河内学姐比我还要先到。她今天穿着一身笔挺的晚礼服。那大概是穿着男装的泰拳手吧。由于身材不够挺拔，所以没有昨天的装扮合适。河内学姐打算全部扮演游戏角色，或者说三天都扮演不同的角色吗？虽然我今天扮的角色也和昨天不一样，但是论花费的金钱与时间，我和河内学姐完全是天壤之别吧。

学姐看到我——准确来说是我胸口上的心型别针，就开口说道：

“你又剑走偏锋，选了老作品啊。”

我在女式衬衫上面披了一件开襟毛衣，长袜搭配喇叭裙，是随处可见的平常服装。只有那个别针和戴在头上的贝雷帽有那么一点COSPLAY的味道。

“可以发射仁丹吗？”

“不行。虚有其表罢了。”

“既然要COS魔美，真希望你能在发型上也下点工夫啊。”

开什么玩笑。那种违反重力的发型实在是丢脸死了。而且，头发的量也不够。

正题是——

“那么，你找到《黄昏已成骸》了吗？”

学姐主动提了出来。我吃了一惊，没想到学姐将我只说过一次的书名记得清清楚楚。不过，虽然学姐的想法跟我合不来，但我早就知道她是一个头脑聪明的人。

现在还在准备中，只有漫研社团员的教室内顿时变得鸦雀无声。包括昨天不在场的人在内，所有人都知道我与河内学姐之间发生了什么。

昨天从容不迫的河内学姐似乎也露出了紧张的表情。

好、好尴尬。

但是，事到如今我也不能逃避。我深深地吸了一口气，鼓足勇气，不卑不亢地说道：

“对不起，我没有找到。”

“什么？”

“我可能在暑假的时候不小心带回乡下老家了。”

没错。我昨晚熬夜、今天早起，翻箱倒柜地寻找，还是没能从我的房间里找出《黄昏已成骸》。

想得到的地方全都找过了。在摆放着我所有心爱作品的书架上翻了十遍，其他书架，还有书架上拿不下来的装着漫画的纸板箱，我都仔仔细细地找过了一遍。

然而，还是找不到《黄昏已成骸》。我不记得自己有借给别人。就连阿福，我也没有给他看过。我记得自己第一学期看了好几遍呀……

我有想过要不要用《BODY TALK》来代替。但是，在决定要用《黄昏已成骸》之后却改成《BODY TALK》，总有那么一点凑数的感觉。我认为与其拿无法完全满意的东西过去，还不如什么都不拿。

不过，找不到《黄昏已成骸》并没有让我大受打击。夏天的时候我整理了房间，将几箱旧书放到父亲老家的仓库去了，我估计应该是混在那里面了。只要去找，应该是能找到的。

但是，我都夸下了那样的海口，却说找不到书，这实在是太丢脸了。我最近愚蠢的失败实在是太多了。反省也没用，现在能做的就只有老老实实地承认失败。

欸欸？不知从何处传来短短的抗议声。我看了一眼那边，却只看到表情和善的汤浅社长。是我搞错方向了吗？

“嗬。没有啊。”

河内学姐的表情放松了。相对的，我则咬紧了嘴唇。

我现在是砧板上的鱼，任人宰割。尽管如果我据理力争的话，胜负还尚未分晓，但是我已经说了要用证据来说话，却又拿不出来，这样一来根本就是无计可施了。河内学姐的追随者们露出得意洋洋的笑容，让我看了很不爽。其中一人说道：

“伊原，我说你啊，昨天说得那么神气活现，结果今天却说找不到，你以为这样能了事吗？”

其他人也跟着附和。

“是啊是啊。你就不能诚心诚意地好好道歉吗？”

需要我下跪她们才会满意吗？我无视了她们。这件事是我与河内学姐的问题。如果学姐要求我下跪的话，那么我就只有照做了。

但是，河内学姐仿佛对我失去了兴趣一般，倦懒地摆了摆手，简短地说道：

“哦。那么，帮我画海报。”

“海报吗？”

“要萌系的……我有事要出去一下。”

留下这句话，河内学姐就马上转身离开了教室。

留下来的追随者们朝我射出冰冷的视线，我转向汤浅社长问道：

“社长，有能画海报的用具吗？”

“咦？嗯，有的。”

我点了点头，看了一下手表。差不多要到该去体育馆的时间了。我指着自己的手表，说道：

“我回来就画。”

学姐派了任务让我投入进去，我觉得这是非常宽容的处置。胜利者的指示是“萌系海报”。好了，我要画什么呢？

024–♣08

刚结束点名，我就马上冲出了体育馆。

并不是因为有想看的节目。别看我这个样子，我好歹也是一名总务委员，而总务委员肩负着让文化祭整体进展顺利的义务。必须在规定好的时间去总务委员会聚集处——会议室露面，执行包括委员长在内的领导层下达的命令。有时候是与保安相关的事情，也有与整理会场有关的事情。如果需要支援人手的话，我们也会去帮忙各个团体进行活动的准备与撤除。顺便一提，如果没有任何任务，那么就可以马上离开。我胸怀崇高的使命感，敲了敲会议室的门。

“我是福部。没有工作要做吧？那么请恕我就此告辞。”

真是遗憾，我没有机会为总务委员会乃至神山高中文化祭工作。SF研似乎在多媒体教室搞些什么奇怪的举动，去那里看看好了——我刚想到这里，就被叫住了。

“慢着，福部。有工作哦。”

欸。

室内只有田名边委员长一个人。他正和贴在白板上的日程表大眼瞪小眼。过了一会，他将视线投向我，苦笑着说道：

“你怎么露出一脸百般不情愿的表情啊。”

“不不，这是得到机会做出贡献的喜悦表情。”

算了，反正今天的正戏是十一点半开始的御烹饪研究会活动，能作为总务委员会在暗中工作也蛮符合我的喜好。我现在脸上的表情只是在故意开玩笑罢了，实际上并没有不情愿到这种地步。我打开原本准备关上的门，进入了会议室。

我搓着手问道：

“那么，是什么工作啊？只要能在十一点半之前结束，就算是上刀山下火海，小的也在所不惜。”

“马上就能好。来宾用的鞋袋应该送到职员出入口的玄关了，你只要到每个门口各补充两袋就可以了。”

确实是花不了多少时间的工作。

我和田名边委员长是制作导览手册时的战友。这时，我突然产生了与他多聊一会的念头。

“学长，你不去文化祭逛逛吗？”

“嗯？哦。”

还在看日程表的学长回头看了我一眼，柔和地说道：

“杂事还是蛮多的。不过，为了处理杂事，我得到校内到处跑动，所以也不像你担心的那样，什么都没看到。啊啊对了，2-F的电影相当不错啊。”

噢噢，这对我们来说是非常开心的事情。但是……

“但是，你没有报名参加任何活动吧？”

学长露出了一丝苦笑。

“就算没有在做总务委员会的工作，我也应该不会报名参加吧。我和你不一样，没有才艺也没有特别的兴趣。”

在他人看来，我是多才多艺而且兴趣多多的样子吗？

“那么，怎么样，在文化祭上面有发生什么有趣的事情吗？”

“有趣的事情吗？”

我思考了一会。古籍研究社的库存两百册作为段子恐怕拥有最强烈的效果吧，可是把那件事情当成笑话来讲，感觉有些对不起摩耶花他们。紧接着开幕仪式的落研表演虽然相当有趣，但那主要是因为我的情绪高涨，起到了助推效果，所以才会觉得非常有趣。其他的我也到处看了不少，不过像这样被人询问有什么有趣的事情，却想不到有什么特别值得一提的。

唔。尽管我自己并不是特别感兴趣，可是这时候说“没有”也未免太扫兴了，试试看这个吧？

“围棋社好像有怪盗出没哦。”

“啊？”

“听说从棋盒里偷走了棋子，还留下了犯罪声明。”

“哦。”

有点让我意外，田名边委员的附和声似乎显得相当感兴趣。

“这样啊。围棋社发生了这样的事情啊。”

反正八成是围棋社社员自导自演的吧——我正打算用这样的话来结束这个话题，田名边委员长突然轻声地说道：

“我从冈野那里听说，阿卡贝拉社似乎也发生了类似的事情。”

“嗬？”

这次换成我热心地做出了应对。既然阿卡贝拉社也发生了类似事件，那么围棋社内部开玩笑的可能性就完全没了吧。

“嗯。似乎是从大冰桶里面偷走了一瓶饮料。”

“也留下了犯罪声明吗？”

“我不知道是不是犯罪声明，不过里面好像放了一张奇怪的便条。”

这下有点意思了。至少比昨天谷同学告诉我的时候，要更能引起我的兴趣。以这个神山高中文化祭为舞台，发生了怪盗事件！没想到居然会有人开出这么有趣的玩笑来。

嗯嗯。如此一来，我今后应该怎么行动呢？

……不不，还没到采取行动的阶段吧。

“怎么了，福部？一脸笑眯眯的。”

“不不，什么都没有啦。”

要拿这件事寻乐子还太早了。即使确实发生了怪盗事件，目前还不了解怪盗同学对这场玩笑到底有多认真。如果对方三两下就收摊，那么我们就只能傻眼了。以我的经验来看，一旦碰到那样的情况，那会是相当冷场。能陪我一起玩的家伙，必须是值得期待的对象才行。

再加上，这件事还没有在校内闹得沸沸扬扬。就连我都只是刚刚听说而已。虽然别人会不会来凑热闹属于我的兴趣范围之外，但是要想跳舞的话，现在的笛声未免太轻了。

还是继续观望一段时间，等了解到犯人的品位与干劲，再决定要不要参加这场活动也不迟。如果不好玩的话，那么将这件事忘得一干二净就好。

好了，就这样。唔，当务之急是鞋袋的工作。

“那么，我去工作了。”

“哦，麻烦你了。”

田名边委员长在激励我之后，又去继续面对日程表了。

025–♠07

我今天一定要加油！千反田留下这句话就出去了。我心不在焉地目送她离去。

好了，今天也要开始看摊了。

但是怎么说呢，老实说我没有想过，原来守着无人光顾的摊位当售货员会是这么无聊的事情。虽然我喜欢游手好闲和悠闲度日，但还没到积极地去喜欢无聊的地步。而且，摊位上准备了相当数量的零钱用来找钱，没办法随随便便到处乱晃，就连上个厕所都要再三小心，可还是几乎没有客人上门。算了，我今天准备了用来打发时间的平装书，心态和昨天不同了。应该可以避免由于太过无聊而燃起节能主义者不应有的对活动鬼迷心窍般的期待吧。

总之，先把《冰菓》摆出来。摆个十本左右，应该就能充充门面了吧。

我刚把文集摆放好，就有客人上门了。是不认识的男生。从领子上的徽章看来，似乎是二年级学生。

“开卖了吗？”

真是个好兆头。要热情啊，热情。

“已经开卖了。”

唔，还是不够热情啊。“已经开卖喽，嘿嘿”这样吗？这已经跟热情不搭边了吧。二年级学生信步走到《冰菓》旁边，盯着封面看。

“刊载了KANYA祭语源的就是这本吗？”

哦哟，看来里志的麦克风宣传影响力还在。还是大家口耳相传？不管怎样，这都是一件好事情。我点了点头，二年级学生问道：

“可以不买只站着看吗？”

“不行。”

“有什么关系嘛。是两百日元吧？”

“是两百日元，请买一册吧。剩太多让人都要哭了。”

虽然哭的人不是我。

二年级学生哈哈一笑，拿出了钱包。他买了一册。噢，感谢惠顾。就在他将钱包塞回到口袋里的时候，我注意到了一件事情。

“学长，裤链*开了哦。”

“欸，不是吧？”

他慌慌张张地将手伸向胯下。在确认真的大开之后，二年级学生仰天长叹。

“啊，这可真不好办。居然断掉了。”

仔细一看，裤裆垂着一条黑色的线头。原来是这么回事，我明白了。

“拉链坏掉了吗？”

“是啊。我缝起来，本来以为至少能撑过今天的。”

---

* 原文为“社会の窓”，即“社会之窗”，这个说法源于1948–1960年间播放的NHK广播节目“社会之窗”，节目内容以挖掘社会内幕为主，后来“社会之窗”一词演变出“隐藏重要东西的场所”的意思。隐藏男性重要部位的裤子拉链处便因此而得名。

这还真是悲惨啊。但是很抱歉，我是爱莫能助。

啊，不对，也不是完全没有办法。应该还没有丢掉吧？我在桌子里面翻找了一下，那东西还在。是昨天通过交换入手的胸章。我没去参加服装秀，而这玩意的别针只是用胶布贴在上面而已。能够轻易地拆下来。

“不知道一个够不够用。请拿去试试看吧。”

我将别针递了过去，二年级学生仿佛得到上天的恩赐一般，高兴得跳了起来。

“噢噢，你真厉害啊。居然有这么好的东西！”

别住了……唔。仔细一看，还是有那么一点别扭，不过应该没问题吧。二年级学生欢喜不已地发出了低吼般的声音。

“你真是太赞了。谢谢，帮了我一个大忙。”

“道谢就免了，请再买一册吧。”

二年级学生笑着摆了摆手。

“不需要。”

不过，他似乎想到了什么，把手伸到腰的后面——好像是在屁股口袋里找东西，然后他居然拿出了一把手枪。我目不转动地盯着朝向我的枪口，说道：

“我这时候应该高举双手吗？”

“傻瓜，这是水枪啦。”

二年级学生将那个东西放到我的面前。

“就当做是谢礼。给你。”

“哦。”

我轮流看了看水枪和二年级学生。

“……这是你的兴趣吗？”

二年级学生卷起刚买到手的《冰菓》，毫不客气地敲打了一下我的脑袋。

“你傻啊，园艺社在烤地瓜啦。”

我听不明白究竟是怎么一回事。二年级学生得意洋洋地停顿了一下。

“要烤地瓜就要用到火吧。要用到火，就要准备水来以防万一。可是只准备水桶的话不就太缺乏创意了吗？”

哈哈，原来如此。拿着水枪站岗放哨吗……没想到还有干这种无聊事情的社团啊。我将视线垂落到手枪上。

“那么，不是还用得着吗？”

“如果还有用的话，我就不会给你了。这是副武器，主武器是别的。卡拉什尼科夫自动步枪哦。”

这样啊。其实，如果火真的烧起来，我觉得水枪根本就是杯水车薪。希望他们用火能够小心谨慎些。

话说，古籍研究社的售货员拿着水枪能做什么啊？感觉拿到了比胸章更加没有使用价值的东西。算了，我也不会强烈拒绝啦。

“再见，谢谢啦！”

二年级学生精神抖擞地离开了地学教室。我仔细地观察着他留下来的手枪，自言自语道：

“……格洛克17啊。”

主武器是AK，副武器是格洛克。这也太没节操了。

【剩余一百七十六册】

026-♥06

今天一定要好好加油。

我昨晚想了很多。田名边学长和远垣内学长说的话都很在理。我不仅没有成功增加卖场，也没能请壁报社对古籍研究社进行报道。

但是现在就彻底放弃，认为已经无计可施，那还是有些为时过早。

根据我听到的传闻，二年F班制作的录像带电影似乎非常有人气。我问了几个朋友，得知第一天每一场播放的时候，多媒体教室都几乎满座。

我们古籍研究社也稍微参与了二年F班的录像电影拍摄。而福部同学将拍摄期间发生的问题以及解决过程称为“女帝”事件。我基本上没有出什么力，不过折木同学的助言似乎帮了二年F班很大的忙。因此，二年F班的录像带电影大受好评，对我来说也是一件欣喜的事情。

我和二年F班的入须冬实学姐有那么一点交情。说起来，我们之所以会和“女帝”事件扯上关系，也是通过入须学姐。而入须学姐在二年F班的录像带电影制作计划中负责类似总指挥的工作。

如果能将我们的《冰菓》摆在大受欢迎的录像带电影播映会场卖，应该可以带来不少销量吧。今天我要从这场交涉开始。

我会努力的。

多媒体教室正好在上映录像带电影《万人的死角》。教室的门开着，遮光窗帘隔绝了外界的光线。这场也是满座吧？因为遮光窗帘的阻挡，我看不见里面的情况。比我的个子还要高的大招牌上面写着“万人的死角 绝赞上映中”，底下贴了一张写着上映时间的纸。

门口摆着几张桌子，姑且充当了柜台。不过录像带电影的上映是免费的，并不需要验票。二年F班似乎是在那里贩卖录像带电影的小册子。是由女生负责看店，因为现在电影还在上映中，没有客人来买东西，所以她在和别人聊天。

而与她聊天的那个人正是入须学姐。这还真是幸运啊。我本来已经做好了心理准备，最坏的情况是有可能需要找遍学校才能找到她。我等两人的对话告一段落，便上前跟入须学姐打招呼。

“早上好，入须学姐。”

“嗯？哦，是千反田啊。”

入须学姐一注意到我，就马上结束了与看摊女生的对话。她将我带到离多媒体教室稍微有点远的防火门前面。

入须冬实学姐是距离神山高中非常近的恋合医院院长的女儿。身高和我差不多，不过比我要更苗条。为了慎重起见，我要声明一下，我并不是身材很丰满的人。入须学姐的脸型越接近下巴越尖细，给人一种锐利的感觉。她有着毅然决然的、不管什么事情仿佛都能迎刃而解的气场，我有些崇拜这样的入须学姐。

我还没有开口说话，入须学姐就指着多媒体教室的方向说道：

“托你们的福，正如你所见，二年F班的班级展览大获成功。有段时期甚至连能不能完成都是未知数的。真的非常感谢你们的帮忙。”

“不不，不敢当，请不要道谢……本乡学姐没事了吗？”

本乡学姐是原先预定要写这部录像带电影剧本的人。我听说她因为精神压力而病倒了。

“嗯，已经彻底恢复健康了。你要见见她吗？”

“好啊……不了，现在有些不方便。”

可能是觉得我突然改口很奇怪吧，入须学姐稍稍压低了声音。

“怎么，找我有事吗？”

“是的。与其说是找入须学姐有事，倒不如说是有事想要拜托二年F班的各位。”

我重重地点了点头。

接下来很重要。

“请帮忙贩卖古籍研究社的文集。”

入须学姐眨了两下眼睛，然后马上说道：

“你的意思是，让我们在二年F班上映录像带电影的会场贩卖你们的文集吗？”

“是的，就是这样。”

“好，我知道了。多少本？”

欸？

“您、您答应了吗？”

大吃一惊的我忍不住再三反问，入须学姐皱起眉头说道：

“为什么这么吃惊？”

“啊，呃，这个……”

由于昨天都是被很干脆地当场拒绝，所以像入须学姐这样毫不犹豫地一口答应，我反而不知道该怎么应对了……而且，我又忘记先把情况说明清楚了。

“……非常感谢。”

“等卖掉了你再道谢吧。那么，多少本，每本多少钱？”

入须学姐右手叉腰，靠在墙壁上询问道。

“我们印刷了两百册……”

“两百？”

入须学姐的小眼睛一瞬间瞪得滚圆。

“太多了吧。”

“因为一些失误，导致印太多了。为了能尽可能多卖一些，我、我……”

糟糕。一想到入须学姐愿意帮助我们，我就激动得说不出话来了。情况还没有交代完啊，我用力咬紧牙关，平复自己的情绪。

“不好意思。入须学姐您是想知道价格吧。一册两百日元。”

入须学姐轻轻地点了点头。

“降到一百五十日元一册，然后拿二十册给我。”

“欸。要降价吗？”

“我们的小册子是五十日元。跟你们的文集凑在一起，卖两百日元。稍微动动脑筋才有办法卖出去。”

“可是，那个，不需要跟二年F班其他的学长学姐商量一下吗……”

“嗯，我等一下会跟他们说的。”

真不可思议。感觉只要是入须学姐出马，就能毫不费力地获得大家的同意。话说回来，寄卖二十册不会给他们添麻烦吗？我们最初的预定销量是三天二十四册啊……

或许是我的不安显现在脸上了吧，入须学姐若无其事地进行了补充。

“大概今天就能卖完。如果卖完的话，你们可以再多拿一些来。”

“没问题吗？”

“没问题的。”

……我再次心头一紧。

入须学姐把叉在腰上的右手伸向我。是要握手吗？这样想着，我伸出了手，但是她马上缩了回去。

“？”

“我干吗要和你握手啊？你应该有带试阅本过来吧。”

试阅本？我摇了摇头。见状，入须学姐轻轻地叹了一口气。我做错了什么吗？入须学姐静静地对忐忑不安的我说道：

“……现在还没什么，不过如果你还打算继续推销文集的话，最好把试阅本带在身上。这样说服力会大不相同的。”

原、原来如此。应该在这种地方也多花点心思啊。

“我知道了，非常感谢提醒！”

这时，我突然想到了。昨天的结果可谓是惨不忍睹。虽然将所有的情况都考虑清楚，仔细制定出下一步方案会浪费太多时间，但是什么都不想就去拜托别人，也只会被拒绝而已。田名边学长和远垣内学长说的话都很在理，只不过我觉得如果换成入须学姐去拜托的话，说不定就不会被拒绝了。

没错。我不能再像昨天一样了，必须提高成功率才行。

下定决心之后，我向入须学姐提出了另一个请求。

“入须学姐。”

“什、什么事啊？”

啊，我不自觉靠得太近了。折木同学也经常提醒过我这个坏习惯。于是，我往后退了一步。

“入须学姐你很擅长拜托别人事情吧。”

“……”

“请传授我拜托别人的方法！”

“啊？”

入须学姐发出了不符合她行事风格的惊慌声音。不过，乱了阵脚也只是一瞬间的事情。入须学姐微微一笑——

“……呵呵，虽然大家对我有各式各样的评价，但还是第一次有人说我‘擅长拜托事情’啊。”我听到了这样的嘟囔声。

入须学姐挺直靠在防火门上面的背，注视着我，缓缓地说道：

“也是啦，你说话做事过于单刀直入。我应该可以指点你一些记住会比较好的事情吧。”

“非、非常感谢！”

“至于能不能派上用场，那我就不知道了。”

入须学姐稍稍低下头，闭上了眼睛。她在沉思。我还是第一次看到入须学姐花时间去思考。紧张感让我的身体变僵硬了。

“……我想想……嗯，大概就这样吧。”

入须学姐嘟囔着睁开了眼睛，接着突然将握紧的拳头朝我伸了过来。我条件反射地把身体往后仰。

“拜托别人事情这个行为是分成两个种类的。一种是，可以提供回报的请求。”

她竖起了食指。

“另一种是没有回报的请求。”

接着,她竖起了中指。然后她的手再次恢复成拳头,再放回腰上。

“如果是可以提供回报的请求，那么就不能信任对方。”

“欸？”

入须学姐的语气非常平静。稳重的声音以文化祭的遥远喧嚣为背景，沁入我的内心。

“如果预料到不会长久来往，那么对方十有八九是想着不劳而获的。即使不会那么想，也必然会将自己的劳力压低到最低限度。因此，如果为对方准备了回报，那么不要认为自己要求什么对方就会做什么，在日程和工作量上都要尽量宽松。还必须考虑到对方无法行动的情况，制定好预备的计划。如果不愿意变成这样，就要让对方也承担一定的风险。

“虽然可以反过来利用对方希望不劳而获的心理，达成让对方帮忙做事的结果，但是对于你来说，这是很难做到的事情吧。我说的都是以短期内打交道为前提的情况，值得信任的是后者，也就是没有回报的请求。

“在这种情况中，驱使对方行动的原动力是精神上的满足感。人们为了获取物质上的满足是有可能偷工减料的，但是想要获得精神上的满足，就必须倾尽全力才行。如果能够利用‘领袖魅力’或者‘传统’的话，那是最好不过了。不过，这些都不是随心所欲就能利用的东西。‘信仰’与‘爱’也很强大，但是需要足够的准备时间。而且，这两个我也没有使用过。

“可以的话，最好是能利用‘正义感’‘使命感’或者‘专业意识’‘自尊心’，但这些也是中级以上的手法吧。只要掌握了窍门，这些都是具有广泛适用性的。

“如果要攻其不备，可以利用‘恐惧’或者‘暴露缺点’。不过这些和现在没什么关系吧。

“你现在能够马上使用的，就只有初级的‘期待’吧。

“听好了。让对方产生‘这家伙除了依靠我之外就别无他法了’这样的想法。当一个人认为自己是独一无二的支柱时，就会轻易地为别人付出，甚至连自我牺牲也在所不惜，这种事情并不罕见。你要去期待对方。装出样子来就好。

“另外，你还要注意一点。就是不能让问题显得过于严重。如果让对方产生‘只要我伸出援手，就能让这家伙脱离穷途末路的危机’这样的想法，那就不行了。在这世上，没有多少人会欣然提供举手之劳，让别人得到庞大的利益或者回避致命的危机。对自己来说只是一些琐碎的事情，但是对那家伙来说似乎是比较重要的事情——关键是要以这样的标准来展开攻势。这样一来，就能刺激对方的优越感。

“还有一点。尽可能选择避人耳目的地方来拜托异性。”

虽然只有短短的一瞬间，但是我感到脑袋变得飘飘然了。

我、我学到了非常不得了的知识啊。全都是一些我想也没想过的事情。对于无法长期来往的对象要反过来利用其不劳而获的心理爱与信仰期待的优越感则应该避人耳目……似乎没办法马上就融会贯通啊。

看来需要慢慢地加深理解。总之，必须先向入须学姐道谢才行。

“那、那个，我……”

“快点把文集拿过来。”

但是入须学姐只说了这么一句，就快步朝多媒体教室的方向走去。

我怀着由衷的感谢，朝她的背影行了一礼。

非常感谢！

我绝对不会辜负入须学姐的教诲！

027-♠08

带过来的平装书实在是太乏味了。

由于是在新书旧书都有卖的书店花一百日元买来的书，所以在金钱上并没有什么损失，但是有一种被卖掉这本书的家伙硬塞了一张鬼牌的感觉。尽管我并不打算勉强自己继续看下去，却又无事可做，只有打打哈欠而已。我真应该多带一点书来作为预备啊。

回想起来，昨天的阿卡贝拉社真是相当不错的消遣。还会不会有那一类的活动呢？我带着这样的想法站起身来，打开了窗户……是枯叶燃烧的气味。在几乎正下方，有一群人正在烧火。周围有哨兵在站岗放哨。那是园艺社的人吧。

烤地瓜。只闻气味未免也太空虚了。就算不是烤地瓜那种能填饱肚子的东西也行，我现在真想找点能塞进嘴巴里的东西啊。今天早上睡过头了，我没有吃早饭。这都是因为老姐擅自到我的房间把闹钟给拿走了。先不说这个，总之我现在肚子有点饿了。我看了一下手表，刚过十一点。吃便当还有点太早。

就在我俯视着篝火思考着这种事情的时候——

“不给糖就捣乱！”

“耶！”

库特利亚芙卡的排序

Welcome to KANYA FESTA!

伴随着奇妙的吆喝声，有人闯了进来。那是女孩子的声音，至于是谁，就算看了脸也不知道。不对，根本看不到脸。闯入者共有两名，她们都披着白布，手提篮子，头上戴着南瓜头套。南瓜？

怎、怎么回事？南瓜头吗？这是模仿疯狂万圣节吗？她们对着困惑不已、不知该如何反应的我——

“不给糖就捣乱！”

“耶！”

南瓜二人组手脚乱蹬，重复了与刚才相同的话。

莫非她们是在跳舞吗？

……我逐渐冷静下来了。明白了。简而言之就是万圣节吧。万圣节是要撒豆子吗？还是要泼甜茶？不，不对。应该是这样。我用冰冷的视线看着还在跳舞的南瓜，说道：

“这里没有糖可以给你们，滚吧。”

顿时，其中一颗南瓜头大喊道：

“哇，好冷淡！”

“不过这里有文集可以卖给你们。”

“哇，不需要！”

“你们到底是谁啊？”

瞬间，两颗南瓜头整齐地排好队伍。她们同时将手上的篮子递给我。估计是训练了很久吧，连声音都整齐划一。

“我们是糕点研究会的推销员。要不要来点曲奇、饼干或者泡芙啊？”

“如果我说不要呢？”

“……不给糖就捣乱！”

“耶！”

知道了。我知道了，你们就别跳了。你们是强行推销吗？

不过她们倒是来得正好。

“饼干多少钱？”

“嘿嘿，这位老爷，一袋一百日元哦。”

真是一帮说话没有统一感的家伙。我将文集《冰菓》递了过去。

“……这是什么？”

哦，变回正常的声音啦。

“古籍研究社的文集。定价两百日元。我想以物换物，跟你们交换两袋饼干，如何？”

“我们又不需要。”

“好了，别这么说嘛。我想要饼干呀。”

“需求与供给根本没有取得平衡嘛。”

不行啊。就在我准备取出钱包的时候——

“哇，这是什么？好帅气！”

在周围东翻翻西找找的另一颗南瓜头突然大叫道。她的手上拿着格洛克17。

“哇啊，哇啊，你为什么会有这种东西？你是枪械发烧友吗？”

“啊，带着这个去推销应该很不错！”

是吗？我倒是觉得会吓到别人哦。

算了，既然她们这么想要——

“现在的话，两袋饼干可以换文集并且附赠那把半自动手枪哦。”

“欸？你愿意送给我们吗？”

看到我点了点头，南瓜头拿着格洛克，又开始跳舞了。她利落地转了一圈之后，打开篮子，从里面取出两小袋饼干，以及一个黄色的小纸袋。

“作为南瓜的感谢之意，我把这个送给你。”

“这是什么？”

“耶！”

“耶！”

两颗南瓜头没有回答我的疑问，就抓着格洛克和一册《冰菓》跑掉了。可能是重心比较高吧，跑起来显得有些脚步不稳……不要摔倒哦。

我把纸袋抓过来，翻到背面。

面粉。括弧，低筋。

变成更加没处可用的东西了。

钢笔换了胸章，胸章换了格洛克，格洛克换了面粉。感觉就像是民间故事《稻草富翁》一样，不同的是换到手的东西完全没有增值。话说，她们该不会是不小心带错东西了，觉得很碍事，才把面粉丢给我的吧？

我从钱包里拿出两百日元，丢进代替收银机的糖果盒，然后我坐在窗边，撕开了饼干的袋子。

【剩余一百七十一册】

028-♣09

过十一点了。御烹饪研的决战是从十一点半开始。

虽然这样说听起来好像是在自夸，不过说真的，我对烹饪是有那么点自信的。唯一的失算就是，没想到居然是三人一组。尽管我的信条是一个人享乐，可是既然一个人没法参加比赛，那就没办法了。算了，反正我这个信条也没有重要到坚决不能让步的程度。于是，我拜托摩耶花和千反田同学来帮忙。让奉太郎拿菜刀应该也挺有趣的，只是就算我求他，他也绝对不会来的。

但是啊……我知道摩耶花会做饭做菜。因为，她有时候会自己做了便当带过来。可是，千反田同学呢？完全是个未知数啊。我拜托她参加比赛的时候，她倒是回答说“好的，既然能带来宣传效果，那我就参加”，很干脆地就答应了。

我内心有一抹不安。不对，是两抹不安吧。话说，不安的单位是“抹”吗？不安是可计量名词吗？话说回来，“抹”是什么啊？嗯，这值得调查一下。总之，还有一颗不安的种子。那就是摩耶花能不能从漫研脱身。

我朝第一预备教室走去，打算探一下情况。

噢，人蛮多的嘛。摩耶花昨天明明说漫研也是门可罗雀啊。虽然不是超满员，但是能有如此盛况已经够好了吧。我这样想着，准备走进去看看。这时我注意到了贴在外面的海报。

超级神速！海报制作生死大对决

漫画研究会引以为傲的两位高手大汇演（超能力者VS黑豹）

没有丝毫迷惘的下笔速度与转瞬即逝的感性光辉　现在公开表演中

……我没听说有这样的活动呀。

于是探头观望了一下。

“……哇啊。”

情不自禁地发出了声音。

摩耶花身上穿着女士衬衫，外面披了一件开襟毛衣，头上戴着贝雷帽。她现在面朝A3大小左右的纸，专心致志地动着笔。好认真，这个摩耶花是非常认真的。沙沙沙，即使是站在这里，也能够听到笔尖接触纸面的声音。她的脸颊甚至有些微微泛红。从这里看不见她在画些什么。

在摩耶花旁边的晚礼服女生也很厉害。她目不转睛地盯着还留有很多空白的图，突然像得到天启一般，拿起笔来以大胆的动作涂上颜色。

虽然我也看不见她到底在画些什么，不过不到五分钟——

“好了，完成！”

然后她将图交给在一旁等待的女生。很快就有几个人拥了上去，拿着垫板扇风，是为了将那幅画吹干吧。瞬间我看到图了。是月刊杂志人气连载作品的女性角色。画得很好。而且是摩耶花的画风。看来似乎是由摩耶花负责作画，晚礼服女生负责上色。

漫画研究会引以为傲的高手啊。真不错呢。

我微微一笑。然后转身离去。

即使因为摩耶花无法出场导致不战而败，我也不会感到遗憾吧。

3-2 029～036 Wild Fire

029-♥07

我将碍事的长发简单地扎在了脑后。

御烹饪研究会为什么叫御烹饪研究会这个名字呢？

御烹饪研的会长马上回答了这个疑问。

“在发生丑闻导致烹饪研究会废社之后，就换了个名字重新出发。”

真是让人非常好奇的原委啊。

在福部同学的再三邀请下，我参加了御烹饪研究会的活动——“野火烹饪大对决”。我觉得野火真是一个奇特的名字，不过在实际参加之后，就马上明白命名的原因了。野火烹饪大对决的舞台不是在烹饪教室，而是在操场上。

用桌子排列而成的厨房非常狭窄，水量也受到限制。用火只能依靠两个准备好的桌上煤气炉……没想到居然有人会想出这么奇特的活动来。虽然对于观众来说，这样确实比较容易观赏吧。

话说，这个活动应该是三人一组来参加的呀……

“摩耶花同学好慢啊。”

登记已经结束，距离比赛开始的十一点半只剩三分钟左右了。但是，福部同学却意外地平静。

“反正是每二十分钟换一次人，只要让摩耶花当大将就可以了。如果过了四十分钟她还是来不了，那也是没办法的事情。我们的目的是为了提升古籍研究社的名气，就算赢不了也没关系。”

话虽如此……我还是忍不住频频看向楼梯口。

这时，从后面传来了男生的声音。

“就算赢不了也没关系？这个态度可不好啊，福部！”

我不认识这个男生，是福部同学的朋友吗？

平时精力充沛的福部同学似乎也因为在这场文化祭上太活跃而累坏了吧。他和朋友说话的语气非常漫不经心，让我不禁吓了一跳。

“呃，唔，我会努力啦。”

不过，那位朋友并没有对福部同学的态度感到惊讶，仍旧是一脸笑眯眯的。

“说起来，三人一组真是很棒的规则啊！即使我不擅长烹饪，只要剩余两人发挥正常，那就有办法获胜。反过来说，只有一个人厨艺高超，那也是无济于事的。真是不错的主意啊。”

“算不上什么不错的主意，团体战一般都是这样。”

“你找到好队友了吗？你知道B班的须原吗？他可是我们镇上‘味乐’的儿子哦。”

“哦，我听说过。”

“他加入我的队伍了。”

福部同学露出暧昧的笑容。

“嗬，那真是厉害啊。我们都好好加油吧。”

果然有点不对劲。我认识的福部同学应该是个更加亲切和善的人才对。尽管如此，他的朋友还是满心欢喜地回到了自己的队伍中去。我诚惶诚恐地在福部同学背后问道：

“福部同学……你的身体不舒服吗？”

然而，转过头来的是一如既往的福部同学。

“身体？状态良好啊！你就好好见识一下我的福部流海鲜炒饭吧！”

看来是我多虑了。我冲他微微一笑。

“真是让人期待啊……不过，如果我没有理解错误的话，这个大会的饭要从米开始煮起。所以，福部同学你必须当大将才有办法做炒饭哦。”

福部同学的脸色一下子变得很差。他或许真的累积了很多不为人知的疲劳吧。

聚集了不少观众。一百人，两百人，不对，还要更多？要在这么多人面前做饭做菜吗……唔，有点不好意思啊。

“那个……大将是摩耶花同学，那先锋由谁来呢？”

“嗯？千反田同学你不是说想煮饭吗？那么，就只能是千反田同学你来担任先锋吧。”

“不，煮饭花不了一小时的。更重要的是，我有点……”

虽然我没办法很好地表达出来，不过福部同学似乎从我在意周围的目光中察觉到了，他对我说道：

“好吧，我来当先锋。既然没办法做福部流海鲜炒饭，不管什么时候出场都一样！”

呃，我觉得这不是应该说得这么轻松的台词吧。

晨会讲台被搬到临时厨房的旁边。御烹饪研究会的会长走上台，从刚开始就一直在致辞和说明规则。接着，他以格外响亮的声音介绍起出场队伍。

“一共有五个队伍报名，但是由于厨房数量的关系，所以只有先报名的四队能参加。这四支队伍将争夺野火杯。

“那么，现在就来介绍各个队伍。参赛队一号，好味队！”

那是由三名三年级男生组成的队伍。我看到其中有两人的指甲很长，估计是平时不怎么会做菜的人吧。

“参赛队二号！法塔·摩根娜队！”

是福部同学刚才那位朋友的队伍。里面有一个拥有大将之风，非常沉着冷静的人。那就是“味乐”的儿子吧。

“参赛队三号！天文社队！”

咦？没想到居然还有一个社团与福部同学有着相同的想法啊。挥舞双手在吸引观众的是……我们都认识的泽木口学姐。她今天也在头上的两边绑了两个发髻。啊，她甚至向观众抛出了飞吻。不知为何，我觉得她是一个强敌。

“参赛队四号！古籍研究社队！”

福部同学强而有力地挥起了右拳。我不知道该做些什么才好，姑且对着四面八方的观众依序行礼。

“规则就像刚才说明的那样。请各队制作三道菜。食材就在中央的篮子里，先到先得！请留意不要出现只拿到白米的情况哦。如果不够用的话，只要是在神高的校园范围内，不管从哪里补给都没问题！园艺社在烤地瓜哦！”

啊，我差点忘记了，食材是先到先得。也就是说先锋要事先准备好副将、大将的食材。让福部同学担任先锋真是太好了。因为我很容易三心两意的。

“那么，各位先锋，请各就各位……”

“好了，我过去喽。”

福部同学摆摆手，朝用书桌搭建的简易厨房走去。四个简易厨房围绕着放食材的篮子设置。御烹饪研的社长在台上大喊：

“野火烹饪大对决，开始！”

福部同学获得的食材有“米三盒”、“小鱼干一袋”、“油豆腐若干”、“甜醋蘘荷一瓶”、“豆腐四块”、“白萝卜二分之一根”、“长葱三条”、“土豆六个”、“黑芝麻少许”、“碎猪肉两百克”、“甜虾一盒”、“太白粉一袋”。味噌、酱油等调味料，还有芥末、一味唐辛子和胡椒等香辛料，按照规定是不受限制的。

福部同学思考了一会，开始煮开水。他利用水还没有煮开的这段时间，切起了长葱。把拿到的三条长葱里的一条全部切成葱花。不是“咚咚咚咚咚”那样的速度，而是“嗵嗵嗵”这样的感觉，显得相当稳健。接着，他拿出了小鱼干。是要做酱汤吧。

御烹饪研的会长走到晨会讲台上，向观众们实况转播场上的情况。

“噢噢，古籍研究社队，做法非常细腻！把小鱼干的头和内脏都一一去掉了！这样的预先处理是非常重要的！”

福部同学用处理好的小鱼干熬高汤，然后趁这段时间切下一点白萝卜，并且进一步切成四分之一的圆片。

啊，福、福部同学，虽然他的刀工很完美，但是白萝卜还没有削皮啊！这样可不行。可是，规则上禁止向队友提出建议。白萝卜！白萝卜！我比手画脚地想要提醒他……白萝卜！

在切完之后，福部同学这才注意到自己的失误。他拿出了削皮器。呃，不行啦，把切好的白萝卜一一削皮也太浪费时间了……你看，开水、开水，再煮下去的话，高汤会变得腥臭味很重的啊！

福部同学削完皮之后，赶紧将小鱼干都捞了出来……好在小鱼干事先处理过了，应该不至于太腥吧。接下来福部同学拿出了碎猪肉，然后他跑到中央，将味噌也拿过来了。他在白、红、麴这三种味噌中选择了白味噌。到了这一步，我也看明白了。他要煮的不是普通的酱汤。福部同学左手拿着味噌过滤网，右手握着调羹。

二十分钟过去后，我们厨房的桌上煤气炉上面已经煮好了猪肉汤。

“好了，二十分钟已到！请交换选手！”

福部同学跑了回来。他开口第一句话就是——

“我搞砸了！”

“是说削皮的地方吗？”

福部同学用力地摇了摇头。

“虽然那里也是，不过最大的失误在于煮猪肉汤没必要将小鱼干清理得那么干净！那个步骤花了我不少时间……”

话虽如此，不过我觉得那一步做了总比没做要好。

“拜、拜托你了，千反田同学。”

我点了点头。

包在我身上。

030–♣10

我还在想千反田同学的厨艺究竟如何……

好、好快！不仅动作很快，而且还干净利落、有条不紊，再加上空间的狭小，感觉就像是三头六臂一般。实况转播也将焦点集中到千反田同学身上。

“天文社队的第二棒泽木口，那是在做什么啊？那是一道什么菜啊？话说，那能算饭菜吗……噢噢，各位请看古籍研究社的第二棒——千反田，她、她将白萝卜切成长薄片的刀工实在是太精湛了！”

白萝卜三两下就变得像一张薄纸一般。砧板上已经准备好了长葱的绿色部分和甜醋蘘荷。千反田同学做菜的动作怎么会这么利落呢，平时明明是那么迟钝……不不，应该说是温文尔雅吧。

千反田同学用白萝卜薄片卷起蘘荷和长葱，盛到小碟子上。一道菜完成了。哇，才开始了两分钟啊。

这时，千反田同学的动作突然停止了。就这样维持了十秒钟。

死机了？我正这么想，她马上慌慌张张地动了起来。对啊，米饭米饭。太好了，千反田同学果然还是那个千反田同学。

她开始洗米，动作同样是无比精湛。

“古籍研究社队开始淘米……水只有六升而已，但是古籍研究社队却毫不吝惜地将洗完米的水给倒掉了！为了米饭的美味，古籍研究社队一点都不在乎浪费资源。还有那个搓洗方式，各位学弟学妹看好了，那就是正确的洗米方法！”

仔细，但是动作迅速无比。在量好水点上火之后，千反田同学就看也不看锅子一眼了。

“……好味队完成了第二道味噌汤。全是味噌汤吗？味噌汤全席吗？好了，让我们来看看法塔·摩根娜队，这道红烧的菜已经进入佳境了！”

千反田同学的动作越来越流畅。她用抹布包住豆腐挤掉水分，放到研钵里面，撒上盐和砂糖。接着，她对平底锅进行加热。不对，那不是普通的平底锅，而是用油炒过黑芝麻的平底锅。她磨碎豆腐，均匀地撒到平底锅上。实况播报员叫了起来：

“噢噢，古籍研究社队，那、那是素豆腐*！太感人了，太感人了，古籍研究社队中坚千反田！”

这道菜我连听都没有听说过……

千反田同学接下来开始削土豆的皮。这段期间，她将平底锅里面的东西翻面，等到砧板上削好皮的土豆被切成块之后，平底锅里面就煎好了色泽恰到好处的豆腐。她用菜刀在豆腐上划出刀痕，然后放到碟子上。又一道菜完成了。

砂糖烧焦的甜美气味也传入我的鼻子之中。还有炒芝麻的香气。实在是难以形容。真、真是让人口水直流啊！

*　一种斋菜。

“……古籍研究社队那边飘来了甜美的香气！太有心计了，古籍研究社队，是用气味来勾起我们的食欲吗！”

不过，酱油的芬芳焦味马上就盖过了我们这边的香气。是谷同学的那一队。

“好了，法塔·摩根娜队也完成了红烧菜式。颜色很赞啊。难以相信这两人居然都还是学生，他们到底是何方神圣！”

她是富农千反田家的女儿，千反田爱瑠大小姐！你们给我好好记住吧！

没时间洗平底锅了。往锅里倒水，点火，等待沸腾。不对，没有在等，千反田同学趁这段时间去掉甜虾的头，迅速地剥掉虾壳。煮饭的锅沸腾了。改成小火。将土豆倒进沸腾的开水里。将剩余白萝卜做成萝卜丝，同时开始制作芥末酱油。嗯，甜虾就只有这个做法了。

紧接着，千反田同学简单地清洗了一下刚才磨豆腐的研钵，将太白粉倒进去。她准备怎么做呢？我兴致勃勃地看得入神了。

土豆似乎是煮好了，不过千反田同学没有把开水倒掉。她用筷子和味噌过滤网灵巧地将土豆取出来，滤掉水分后，丢进装着太白粉的研钵。她很擅长用研钵来做菜吗？太白粉和煮好的土豆，会做出什么来呢？烹饪还真是深奥啊。另外，拥有意外性的人果然非常有趣，能让我乐在其中。千反田同学将做好的白色物体用抹布捏成一口的大小，然后接连丢进刚才煮土豆的开水中。

“天文社队的前卫菜式还在继续。但愿诸位评审能够保持健康……好了，让我们来看看古籍研究社队，这次是土豆饼！真是动作熟练啊，千反田！但是，没问题吗？”

原来是土豆饼啊。我是蛮喜欢那个的。话说，时间。我看了一下手表。只剩不到两分钟了。不对，实况播报员应该不是指时间上的问题吧？

我看向厨房。上面摆放着菜肴、烹饪器具，现在进行时的菜肴，还有食材……

“啊啊！”

我刚发出声音，马上——

“哦哟，古籍研究社队，向队友提建议是犯规的哦。”

呜，好难受。

原来是这样，我刚刚才注意到！糟糕，千反田同学犯下了重大失误。还有办法挽救吗？我用双手朝着千反田同学比划出大叉的手势，希望她能注意到自己的失误。大叉，大叉。

千反田同学注意到了我的动作。注意到了，然后呢？

她微微一笑，对我回以同样的大叉手势。

“……”

沟通无法成立。

不行了。就算她领会到我的意思，也已经无计可施了。

她从锅里捞出煮好的土豆饼，盛到小碟子上，倒上酱油。然后，就像是算好时间一样——

“四十分钟到了！请将大将换上来！”

传来了宣布换人的声音。

“怎么样？”

明明做菜的动作那么迅速，千反田同学却没有一丝一毫的疲态，她面带微笑向我问道。我也只能这么做了，对她回以微笑。

“千反田同学，你真厉害啊。我完全不知道你的厨艺这么高超呢。”

千反田同学露出了羞涩的笑容。

“是吗？我很喜欢做菜的。”

“嗯，非常非常精彩。只是……”

“只是？”

她的表情顿时暗了下来。

“……有什么不对的地方吗？”

负责实况转播的御烹饪研社长大喊：

“古籍研究社队的大将还没有现身！到目前为止一直是精彩绝伦的表现……”

“千反田同学，这是三人一组的比赛。”

“是啊。摩耶花同学怎么还没来，真是让人担心啊。”

“不，就算她来了……”

我指着千反田同学激战过后的临时厨房。

就要煮好的米饭。甜醋蘘荷与葱的白萝卜卷。素豆腐。土豆饼。生甜虾。猪肉汤。

千反田同学很努力。她让我们见识了精彩的厨艺表演，但是……千反田同学的头往右倾，接着又往左歪。然后，她恍然大悟似的捂住了嘴巴。

“……啊！”

当笑话看倒是蛮不赖的。简易厨房剩下的食材就只有被削掉外层的白萝卜和一点长葱的尖端。几乎就相当于一堆厨余。

哈哈哈，摩耶花，抱歉。

031-♦06

如果多花点时间的话，我能画得更像，不过一旦要追求速度，不管怎么注意都会变成我自己的画风。由于对此不满意，我不断地在细节上进行了修改。我知道早已过了和阿福约好的时间。但是，我必须先将这个眼睛的形状修改好才行，我可不想把比例明显有问题的东西交出去上色。

话虽如此，我也知道需要适时而退。于是，我狠下心来妥协，描好线，擦掉底稿。时间转瞬即逝。

“完成！”

河内学姐皱起眉头注视着微笑少女的画像，嘟囔道：

“虽然不太像，不过还是能看出是哪个角色。就这样吧。”

在大概两个半小时的时间内，我画了五张全身画和八张大头画。虽然还不够格到处炫耀说自己画得很快，但也相当不错了吧。我负责的部分只到擦掉底稿线为止，有些画还没有上好色，但是我非走不可了。阿福说只要十二点到就还能赶上，可是现在都已经超过十分钟以上了。

汤浅社长拿着卷好的海报，对我说道：

“谢谢你，伊原。你还和别人有约吧，真是对不起了。”

社长不会画画，所以她帮忙当售货员或者是张贴完成的海报。我向社长稍稍行了个礼，就冲出了第一预备教室。

顿时，文化祭的特别氛围笼罩着我。一直到走廊的尽头，到处都布满了宣传海报和装饰品。表情轻松的学生们来来往往。我在他们之间穿梭奔跑。在这种时候，个子娇小就很方便了。

刚才我集中精神在画海报，所以没有听见，但是如果仔细听的话，会发现就像昨天猜谜研究会的活动一样，能听到操场上扬声器发出的声音。

“……好了，好味队在削苹果准备做甜点。不过这是要把苹果切块吗？皮的厚度变得很有意思！古籍研究社队的大将还是没有出现……”

我打滑似的弯过走廊拐角，连蹦带跳地冲下贴满海报的走廊楼梯。连把室内拖鞋塞进鞋柜都嫌麻烦，就趿着鞋子跌跌撞撞地跑了出去。一直盯着白色海报纸的眼睛被太阳刺得快睁不开了。操场上人山人海，从人群缝隙间看到的小千在指着我。我还是第一次看到把头发扎在脑后的小千。我的脑海里刚闪过这样的想法，人群的视线全都集中到我的身上，扬声器里传来了响亮的声音：

“噢噢，那个穿便服的女生是古籍研究社的大将吗？但是，还来得及吗？”

不知为何，人群里响起了鼓掌声。听到实况转播，我才意识到自己现在的服装。对了，我现在还在COSPLAY……

我感到体温一个劲地往上蹿。真是受不了，这种时候就让我抱怨一下吧，其实我一点都不想穿成这样！好吧，既然都这样了，我就豁出去了！

我跃入会场，跑到小千和阿福的旁边。阿福马上举起手，对拿着麦克风站在晨会讲台上的男生说道：

“裁判！为了古籍研究社迟来的大将，我希望能向她说明一下现在的情况！”

台上的男生犹豫了一下，然后放下麦克风说道：

“请简短一些。”

大概事先就整理好了要告诉我的事情吧，阿福说话的语速非常快。

“右边的锅在煮饭，已经可以进入蒸的阶段了。左边的锅里是猪肉汤。倒出来之前再重新加热一下。至于材料……”

另一方面，小千的脸上露出几乎快要哭出来的表情……该不会是阿福在欺负她吧？

“对不起，摩耶花同学！”

“……根据规则，除了厨房里剩下的东西，还能在校内筹措。

真是对不起，每次都让你抽到坏签。我们事后会向你赔礼道歉的，你就先想好补偿的要求吧。那么，就交给你了。"

他在背后推了我一把，把我推向临时厨房。

我首先检查米饭的情况。火是小火，蒸气没有冒出盖子，竖起耳朵能听到轻微的吱吱声。旁边有湿抹布。我关掉火，打开锅盖，马上盖上抹布，米饭这样应该就可以了。然后我接下来要做什么呢？

"……欸？"

呃……

那个，该怎么说呢？厨房里只剩下相当于厨余的东西呀。用掉很多的白萝卜，一点点长葱的绿色部分。长葱和白萝卜……要炖吗？还是拿来炒？

四个围成圆形的临时厨房中央摆了几个篮子。我看到那里有软管芥末酱，说不定还有别的什么东西。于是，我一路小跑冲过去查看。

……篮子里的食材只剩下连我都可以一只手握住的，又小又丑的洋葱。另外还有一些应该是用来冰镇生鲜食材的冰块……不管怎么看都是没人要才剩下的。

另一方面，我看了一下已经摆好菜的碟子，不仅菜式非常精致，摆得也相当赏心悦目。阿福是做不到这种程度的，所以应该是小千做的菜吧。唔，真厉害。我根本学不来。而现在重要的是，必须在这个精美的菜式旁边，搭配上勉强还过得去的像样菜式。如果做出不三不四的东西来，只会给小千精心制作的好菜拖后腿。

用掉很多的白萝卜、长葱的绿色部分、难看的洋葱……这是哪门子命题烹饪啊？我目不转睛地盯着砧板，迟迟无法行动。我终于明白阿福说的"坏签"是什么意思了。晨会讲台上的男生实况转播听起来是越来越刺耳了。

"哎呀，古籍研究社队，一波未平，一波又起！已经没有食材了。

如果不做点什么，大将的分数自然是零分。英勇奋战的古籍研究社队就到此为止了吗！”

好了，要怎么办？

……还有办法吗？

032-♠09

“已经没有食材了。如果不做点什么，大将的分数自然是零分。英勇奋战的古籍研究社队就到此为止了吗！”

他们在搞些什么啊……

从专用大楼四楼的地学教室，能够比较清楚地看到操场。既然能够看清楚，就代表也能够听清楚，所以我掌握了“野火烹饪大对决”的战况。虽然只靠实况转播，我不是很清楚三人共用的食材为什么在第二人时就用光了，不过我知道古籍研究社队的第二人是千反田，所以并不觉得这是什么不可思议的事情。我轻声地嘟囔道：

“那么，要怎么办呢？”

这个“要怎么办呢”并不是“伊原打算怎么做呢”的意思，而是在询问我自己，是否愿意不惜丢人现眼也要解救伊原脱离苦境、弥补千反田的失误、帮助里志进行宣传呢。

答案从一开始就知道了。

NO。

……反正终究只是一场游戏罢了。我从窗边回到原来的座位上，把玩着无趣到令人看不下去的平装书。

【剩余一百五十册】

033-♣11

千反田解下绑住头发的橡皮筋，恢复了长发。她凝视着摩耶花，嘟囔道：

“只有那么点食材，摩耶花同学会怎么做呢？……我很好奇。”

这都是谁害的啊？

悲哀的是，由于对方是千反田同学，没办法一记手背打过去吐槽。会把人憋出内伤来的。

摩耶花还是僵在原地，没有动静。如果换成我的话，一定是毫不犹豫地把长葱、白萝卜、洋葱放下去炒，但是摩耶花不会那样做吧。她应该是觉得做出这么奇怪的东西，会影响到千反田同学的菜式。

我之前没有关注其他队伍的情况，现在大致扫视了一下，大概只有谷同学的法塔·摩根娜够资格当古籍研究社的对手。饭馆的儿子担任中坚，现在是谷同学本人在做菜……似乎是蛋包饭。他选择了困难的菜式呢。真是辛苦了。

摩耶花双手撑在简易厨房上，陷入了沉思。然后她高举双手，似乎是在说“这下我可没辙了”。摩耶花是不会轻言放弃的性格。但是，她刚才在漫研高速画图，现在应该是筋疲力尽了吧。实况马上进行转播：

“古籍研究社队，束手（……志！……）无策。还剩下十分钟，就这样等待结束吗？”

嗯？在刚才的实况转播中，似乎还混杂了呼唤我的声音吧？

我还以为是自己的错觉，但是耳朵比我灵敏很多的千反田同学也朝着四周东张西望。

“刚才是不是有人叫福部同学的名字？”

“啊，果然是这样吗？”

“天文社队，这已经不是地球上的菜式了。该说是很有天文社的风格吗？就像是在做外星人的食物一样。他们居然用高汤在煮香蕉！飘出了难以形容的味道啊！”

虽然我对炖香蕉也很感兴趣，不过……

“不好意思，麻烦安静一下。”

听到我这么要求，御烹饪研会长有些扫兴地放下麦克风，询问道：“有什么事吗？”趁着这个机会，我终于听得一清二楚了。

“里志！”

是奉太郎的声音。好远。是在哪里？

“在那里，社团活动室！”

我猛地回头。

千反田同学指的方向是专用大楼四楼的地学教室。真是让人难以置信，奉太郎居然在窗边朝这边用力地挥手！

奉、奉太郎扯开嗓门，探出身子在为我们加油。不可能，这怎么可能啊。我一直深信除非地球上的人全部死光了，否则奉太郎是不可能做出这种事情来的。然后，越来越多的观众将注意力集中到奉太郎身上了。

“……那是怎么回事啊……”

“……他是谁啊……”

我听到大家在议论纷纷。

“福部同学，他在招手啊。”

千反田同学小声地对我说道。是吗？嗯，是哦，听千反田同学这么一说，我发现奉太郎确实不是单纯地在挥手。他是在向我们招手。奉太郎继续大喊道：

“里志，过来。给我到正下方来！”

究竟是怎么回事啊？身为节能主义者的奉太郎居然会专门做出这种行为来。

摩耶花也愣愣地望着四楼，一副丈二和尚摸不着头脑的样子。既然是奉太郎叫我过去，应该有什么急事吧。太阳打西边出来了啊，这当中一定有什么缘由。我这样想着，对千反田同学说道：

“既然他在喊我过去，那我就去看看吧。”

从设置在操场上的临时厨房到地学教室的正下方大概是一百米的距离。我小跑步过去，仰头用手做出扩音器的形状。

“有什么事啊？”

“给我接好了。”

奉太郎手上拿着某样东西。接好了？什么？我还来不及多想，奉太郎就把那东西丢下来了。哇，我还没做好心理准备……

有一个东西在慢镜头的视野里缓缓落下。

由于是从正上方丢下来，实在是很难掌握距离感。那个东西以自由落体跨越了四层楼的距离，带着足够的速度落到我的手上。

沉甸甸的手感。Nice catch！唔，这是什么啊？

“……这、这是！”

我难以置信地注视着手中的东西。奉太郎为什么会有这种东西？

034–♦07

阿福手上拿着黄色的纸袋，冲了回来。然后，他无言地将那个东西丢给了我。我条件反射地接住纸袋，吓了一跳。这是折木丢下来的东西吧？

折木为什么会有这种东西？袋子上写着“面粉（低筋）”。

阿福的脸蛋因为全力冲刺而微微泛红了，他朝我竖起了大拇指。晨会讲台上面，进行实况转播的男生高声喊叫：

“古、古籍研究社队，这是何等惊人的发展！规则上确实允许在校内补充食材。那个莫非是面粉吗！”

这东西的来源就留到事后再烦恼吧。面粉，面粉和长葱、白萝卜、洋葱。还有，还有……完成图在我的大脑中闪现。紧接着，步骤也逐一浮现出来。

很好。

035-♣12

摩耶花开始行动了。

她将面粉倒进小盆里面，注入清水。然后从中央的篮子里取出冰块放进去。

接着，她给平底锅倒上油，开始加热。将长葱的绿色部分切成适当的长度，把洋葱切成薄片，准备好擦菜板，接下来就要发挥摩耶花的巧思了。

“古、古籍研究社队开始收集中坚千反田刚才切下来的甜虾头。她是打算怎么做啊！”

甜虾头倒不是不能吃啦，不过要把它拿来跟面粉做什么呢？我正在纳闷，旁边的千反田同学轻轻地嘟囔道：

“……炸什锦。”

原来是这样啊！我看向临时厨房。没错，摩耶花是准备制作炸什锦。

所有人都认为是零散东西或者厨余的食材，但是摩耶花没有错过隐藏其中的光辉。现在，摩耶花正在为被当成垃圾的食材注入名为炸什锦的新生命。摩耶花教导了我们永不放弃的力量！这世上是没有垃圾的！无论是谁，都一定有办法绽放光芒！摩耶花万岁！真正的我们万岁！我现在的心情就像是《中学生日记》或者是《儿童之友》。

摩耶花将蔬菜和甜虾头放进融化的面粉里。油已经热了，但是——

“野火烹饪大对决，还剩五分钟。”

来、来得及吗？

摩耶花似乎在找什么东西。是什么啊？炸什锦的材料应该都准备好了才对呀。在检查了好几遍摆放烹饪器具的方形盘之后，摩耶花瞪着台上的会长说道：

“烹饪研！至少也要准备一下汤勺吧！”

没错，上面没有汤勺。我在做猪肉汤的时候也觉得相当不方便。后来是用调羹勉强克服了这个问题。受到指责的会长慌了手脚，对台下的女生下达了指示。那个女生却只是惊慌失措地东张西望。快点，不管怎样都好，总之快一点，就要没时间了！过了一会，那个女生终于跑了起来，她将其他队伍没在用的汤勺借过来，拿到摩耶花那里。啊啊，可是浪费了宝贵的一分钟！

摩耶花抢夺似的拿过汤勺，将炸什锦的材料放到热油里，立刻传来了滋滋滋滋的悦耳声音。接下来的动作之迅速可谓是胜过鬼神。把白萝卜磨成泥，点火加热猪肉汤，用酱油和甜料酒调佐料，把饭舀进大碗里……大碗？

“古籍研究社队在奋起直追，在奋起直追！还剩一分钟，来得及吗！”

实况转播在吊人胃口，但摩耶花则在目不转睛地盯着热油，一副尽人事听天命的样子。短短数十秒漫长得让人难以置信，沉默与静止，然后是突然朝着秋阳挥起的筷子带来的闪耀。摩耶花将热乎乎的炸什锦摆到大腕上面，还添上了萝卜泥。

“加油——”

“没时间了——”

“干得好——”

观众们纷纷加油助威。摩耶花的奋斗打动了所有观众的心灵。

“摩耶花同学！”

千反田感动到了极点，听起来像是连眼睛都湿润了。

真不愧是摩耶花。我为摩耶花感到无比骄傲。

“结束！”

淋上佐料。在炸什锦盖饭完成的同时，野火烹饪大对决也结束了。

无怨无悔。无论是怎样的结果，我都无怨无悔。

（古籍研究社队的菜式如下——

先锋，福部里志：猪肉汤。

中坚，千反田爱瑠：甜醋蘘荷与葱的白萝卜卷、素豆腐、生甜虾、土豆饼。

大将，伊原摩耶花：炸什锦盖饭）

036–♥08

摩耶花同学的动作干净利落，刀工也出类拔萃。最重要的是，她居然能在那么紧迫的状况下想出炸什锦盖饭这个主意，实在是让我佩服不已。然后，我望向四楼的地学教室。我不知道折木同学为什么会有面粉，不过他是非常敏锐的人，说不定事前就已有所预感了。尽管现在窗边已经看不到人影了，我还是朝那边行了一礼。

掌声雷动，摩耶花同学回来了。头上的贝雷帽和衬衫胸口的心形别针很可爱，非常引人注目。不过与那身可爱的打扮截然相反，摩耶花同学露出了无比严峻的表情。我回想起自己的失败。心想至少要向摩耶花同学道个歉，但是摩耶花同学开口的第一句话仿佛是从喉咙中挤出来一般叫喊：

“没有炸透！”

"不不,时间不够,而且也没有其他选择,你已经干得非常棒了。"

尽管福部同学这样称赞她，但摩耶花同学似乎还是很不甘心。

"没有汤勺啊。因为有擦菜板和削皮器，所以我以为一定有汤勺的。没有汤勺害我浪费了将近一分钟的时间。如果不是因为那样，我就可以炸得更好的。我也太不懂变通了，既然没有汤勺，用其他东西来代替就可以了嘛！"

"哎呀，真的是非常抱歉。"

有人在旁边插嘴。是刚才在晨会讲台上进行实况转播的御烹饪研会长。他在台上是一副滑稽搞笑的样子，现在却非常诚恳地为他们的疏忽而向摩耶花同学道歉。

"我们有检查过一遍烹饪器具……最后应该再检查一遍才好啊。"

福部同学站在两人之间调解。

"其实，我在做猪肉汤的时候就觉得不对劲了。那个时候我应该确认一下的。反正我有多余的时间。"

"……算了，也没什么啦。"

摩耶花同学这样说着，接受了会长的道歉。

不过,我觉得炸成那样应该差不多了吧——会长接着这样说道。而我则暂时失陪，朝临时厨房走去。已经检查过一遍的烹饪器具在正式比赛的时候却缺少了一个，这让我感到好奇。

试吃已经开始了。大家的注意力都集中在负责试吃的三名评委身上。一名评审将天文社制作的不知该说是黄绿色还是嫩竹色的绿色物体放入嘴中，紧紧地闭上眼睛仰起头来。对于那道菜的味道，我一点都不好奇。至今为止，我从来没有赞同过"有些事情还是不知道会比较幸福"这句话，不过从今天开始，我要稍微改变一下宗旨。

一整套烹饪器具都摆放在铺着抹布的方形盘上。像这样一看，就连我们三人没有用到的、不太常用的烹饪器具，也是一应俱全。比如竹串、榨汁器、好味烧的小铲子等等，却少了汤勺这样的基本器具。这只是单纯的失误吗？

我并没有期待那里会有什么，也不是因为发现任何异状。我真的只是一时兴起，拿起了方形盘。“咦？”

卡片。还有面朝底下打开放在那里的导览手册《KANYA祭指南》。我似乎在哪里见过这个搭配。

莫非，莫非……

“福部同学！摩耶花同学！”

我转头向他们喊道。会长还有工作要做，已经回到了晨会讲台上。

“哟，千反田同学。那个会长好像对你神魂颠倒了哦。”

什么神魂颠倒啊，我对那位会长还一无所知呢，真是伤脑筋啊。不对，这种事无关紧要，重要的是——

“我在方形盘下面发现了这个东西。”

“这是什么？”

摩耶花同学很随意地将我指着的卡片拿了起来。但是，在瞥了一眼卡片之后，摩耶花同学的表情就僵住了。不出所料，在那上面的是似曾相识的文字内容。

> 御烹饪研已经失去了汤勺
>
> 十文字

“这是……”

注视着卡片的福部同学两眼放光。我兴冲冲地说道：

“跟占卜研究会一样啊！”

“跟围棋社一样啊！”

欸？

我吃惊地望向福部同学，我们四目相接了。福部同学瞪大了双眼，可能我也露出了相差无几的表情吧。

只有摩耶花同学一个人是很冷静的。她将《KANYA祭指南》翻过来。正如香穗同学说的那样，盖在那里的是参加团体一行感言的那一页。“第二天十一点半起，烹饪对决‘Wild Fire’in操场！招募参加者”——正好是有御烹饪研究社感言的那一页。

摩耶花同学先是看向福部同学，接着看向我，然后缓缓地开口问道：

“这是怎么一回事？”

即使问我，我也不是很清楚啊。

……究竟是怎么一回事呢？

我和福部同学再次面面相觑。

3-3 037～043 “十文字”事件

037–♠10

我一边听着广播社的校内广播，一边吃便当。

不知道是吹哪门子风，不过应该没什么，只是单纯想恶作剧或者是心血来潮吧，我今天的便当是老姐做的。对于饭菜，心怀感激全部吃掉才是基本礼仪，但是香料煮大豆、酸奶煎鸡肉这次极具民族特色的菜式究竟具有什么意义呢？比如这个印尼炒饭，用的还是长粒品种。她到底是从哪里买来的啊？

在吃午饭的时候，活动室的门是关起来的。民族风便当味道还不错。我正悠闲地享受着香辛料的风味——

“哟。”

里志打开门走了进来。接着是千反田，还有伊原。

“嗯，辛苦了。”

我一边说，一边指了指上方。意思不是上方有东西，而是叫他们留意一下正在播放的校内广播。中午期间，广播社就会像电台一样播出节目。从刚才开始就一直在播放对御烹饪研的采访。

“真是高水准的比赛啊。”

“嗯嗯。评审结果基本上只是一纸之隔。法塔·摩根娜队的中坚非常厉害，主菜红烧青甘鱼都可以拿出去卖了吧。还有酒蒸花蛤也是，虽然文化祭不能用酒，改成了甜料酒，不过做出来的味道还是非常棒。只是，距离上桌的时间有点太久了。在那之后还有二十分钟的大将战，等到端上来就已经冷掉了。而古籍研究社队则是抓住了这点。中坚的素豆腐和土豆饼无论是趁热吃还是冷了再吃都没有任何问题，大将利用甜虾头做炸什锦的创意让人惊叹不已，而且是在刚炸好的热乎乎状态下端上来的。胜负的关键就在于此。”

“天文社队呢……”

“我们看到了那个世界的彼岸。”

我没有停下动筷的手，对他们说道：

“恭喜获得优胜。”

顺便一提，不知道是出于什么原因，代表优胜队上台领奖的人是伊原。而且伊原几乎没有提到任何有关古籍研究社宣传的内容。这样一来，真搞不清楚里志大闹一番的意义何在。不过，相比社团的宣传，里志要更加优先自己的乐趣吧。

出人意料的，带着荣誉的优胜队三人组对这个广播并没有提起太大的兴趣。

“谢谢。多亏了折木同学的帮助。对了，我们有东西想给你看一下。”

千反田快速地说道。我隐约产生了不祥的预感。

“好了，总之先吃饭吧。”

我劝大家就座。于是三人各自挑了一个座位坐下，分别取出了自己的午饭……他们三个都是在小卖部买的面包吗？真是让人有些心酸啊。

千反田只是拿着甜馅面包的袋子，连一口都没咬，就再次重复了一遍：

“那个，其实啊，我们有东西想给你看一下。”

“哦，什么东西啊？”

“就是这个。”

千反田说着，递给了我一张卡片。上面写着“御烹饪研已经失去了汤勺”的文字，署名是“十文字”。

“嗬。”

我将一颗香辣的大豆扔进嘴里，咽了下去，然后说道：

“汤勺被偷了吗？”

“嗯……只有我们那一处被偷了。”

伊原点头回答道。伊原好像是做了炸什锦盖饭，那么这起窃案的直接受害人应该就是她吧。其实我把那袋面粉丢过去，原本是想让她拿去做个面疙瘩什么的……没想到居然做了炸什锦，真是心思缜密的家伙啊。

“闲得没事做的人还真多。请节哀顺变。”

我把卡片还给了千反田。但是，话题并没有就此结束。吃着豆沙面包的里志用含有笑意的声音说道：

“不只是御烹饪研而已，我听说围棋社也被偷了。另外，阿卡贝拉社好像也碰上了相同的事。”

“占卜研究社也是。也收到了内容与这个差不多的……唔，算是犯罪声明吧。”

原来如此。

“还真是闲得不能再闲的家伙啊。”

尽管我试图让这件事不了了之，但是千反田完全没有把我的话听进去。她仿佛把甜馅面包当成不存在一般，用力握紧了拳头。千反田整体给人一种青春可人的印象，只是那一双大眼睛背叛了她。而现在，那双黑眼睛变得老大，感觉周围的空气也随之骤变。

这、这下糟糕了。怎么会这样，明明到现在为止——文化祭一半的日程都已平安无事地度过了。而且，千反田昨天也充分抑制住了自己的好奇心。为什么会变成这样？究竟是哪里出错了？我很清楚，一旦触发就连九头牛也拉不回来、会杀死猫的恶魔感情——千反田爱瑠的好奇心已经发动了。

千反田一个字一个字挤出来似的缓缓说道：

“究竟是谁闯入文化祭做出这种事情来呢？为什么要冒用十文字的名字呢？为什么接连不断地进行偷盗呢……”

然后，她终于说出了那句话。

“我很好奇。”

啊啊。还是逃不过吗？终究还是把那句话给说出来了。

……也罢，但用不着害怕。自从入学以来，我从未抵挡住千反田的好奇心，然而现在则不同，我手上有了王牌。

没时间犹豫，我马上打出了那张牌。

“现在不是说这种话的时候吧。文集……”

但是我话还没说完，里志就打断了我。

“关于文集的事情啊，就算我们像这样脚踏实地地参加各种活动来提升社团的知名度，也无法保证文集能够马上大卖特卖。虽然我对此是做好了心理准备，觉得有做总比没做要好，不过我现在又有了一个新主意。”

“新主意？”

里志的眼睛在笑。虽然笑是一如既往的事情，但是他的语气是相当认真的。

“这个连续失窃事件——既然有犯罪声明和署名，应该算是怪盗事件吧。总之，我们要把这个事件推销给壁报社。然后顺利的话，最好还能参加明天的校内广播。如此一来，就算没办法把剩下的全部卖掉，多卖个三四十册还是可以期待的吧。”

……原来如此。这主意挺不错的。这确实是足以让那帮家伙蜂拥而至的好料。昨天里志的麦克风宣传就带来了一定的效果。如果两个媒体类社团全部出动的话，多卖三四十册的预想说不定还算是太保守了呢。但是……

“你说要向他们推销，那应该怎么做？这个事件和古籍研究社可没有关系啊。”

“啊，我明白了。”

伊原插嘴了。

“这样啊。所以才来找折木。”

“嗯。无论是‘冰菓’事件还是‘女帝’事件，奉太郎都发挥了令人惊叹的智慧啊。”

给我慢着。虽然我明白里志想表达的意思，但是你给我慢着。

“欸？什么意思啊？”

里志看着领悟能力不够好的千反田，浮现出更为邪恶的笑容。

“也就是说啊，差不多像这样吧。‘古籍研究社的名侦探折木奉太郎逮捕扰乱文化祭之恶人——怪盗十文字。关于折木奉太郎过去的活跃事迹，详见古籍研究社的文集《冰菓》’。这样既能揭穿‘十文字’的真面目，又能宣传古籍研究社。可谓是一石二鸟啊。”

“原、原来如此！这真是非常棒的方法！我马上……”

哇啊。我“砰”的一声用力地放下筷子。

“别开玩笑了。我可不会陪你们乱搞。”

我嘶吼般说道。他们到底把我当成什么了啊。

然而里志出乎我的意料，没有继续胡闹，而是颇为严肃地点了点头。

“也是啦。我们想卖掉文集，无论如何都希望能卖掉。不过，强迫奉太郎扮演小丑也有点太过意不去了。”

你很清楚嘛……而且，就算我自愿担当小丑——

“那个‘十文字’是随便找地方下手的吧？要怎么做才有办法抓住这种家伙啊。”

“所以希望奉太郎你想想办法嘛。”

“你为什么觉得我能做到这种事情……首先，你以为文化祭期间的神高一共有多少人出入啊？光是我们学校的学生就有一千人了。”

沉默降临。我心神不宁地将民族风便当送入嘴中。

撕着培根面包吃的伊原轻轻地叹了一口气。

“我觉得阿福的主意挺不赖的。虽然把所有事情都抛给折木做确实有点过分，不过总而言之，只要将那个自以为是怪盗的家伙和古籍研究社连接到一起就可以了吧。”

她又撕了一片面包。

“……如果怪盗会以古籍研究社为目标，那就好了。”

“是啊。”

我点了点头。如此一来，可以诱使大家关注怪盗事件，来让古籍研究社受到瞩目。而且也没有必要去揭露那个“十文字”的真面目。里志喃喃自语：

“……自导自演……”

“驳回。”

伊原厉声说道。

“风险太大了。”

“开玩笑啦，开玩笑。”

“从阿福你嘴里说出来，听起来就不像是玩笑了……不过说实在的，我们要怎么做才好？”“别想太多了。面包会变难吃的。”

伊原没有理会我的玩笑。她又撕了一片面包，眉头紧锁。明明责任感比我们多了数倍，但是伊原完全抽不出时间到古籍研究社来帮忙。所以内心有什么想法吧。

“古籍研究社有没有碰巧成为怪盗目标的可能性呢？”

双手捧着甜馅面包的千反田说道。

“里志，参加团体一共有多少个？”

“五十一个。是有点让人难以期待的数字啊。”

“如果自称十文字的那个家伙并不是随机偷窃的话……”

“而古籍研究社也正好符合那个偷盗规律吗？”

可能性应该并非为零吧。或者说，即使是完全随机，到目前为止没有失窃的几率是五十一分之……

“……有哪些社团失窃了？”

里志马上做出了回答。

“围棋社、阿卡贝卡社、御烹饪研，还有什么来着？对了对了，是占卜研。”

没有失窃的几率是五十一分之四十七。即使是完全随机，也有百分之几的几率被盯上。古籍研究社只有我一个人在，当然我偶尔会离开座位去上个厕所或者散个步干吗的，要下手应该是很容易吧。

……嗯？

等一下。刚才是不是有一些比较奇怪的地方？我用手制止了准备开口发言的千反田，再次询问里志：

“抱歉，麻烦再说一次。有哪些社团失窃了？”

“欸。围棋社、阿卡贝拉社、占卜研、御烹饪研呀。”

唔。搞不好……

“这么说来。”

我慎重地调换了一下顺序。

“阿卡贝拉社、围棋社、占卜研，还有御烹饪研对吧。

“……除了这些以外，还有其他社团失窃了吗？”

里志露出困惑的神色，摇了摇头。

“不知道。也可能只是我们没有听说而已。”

我看到伊原拿起了《KANYA祭指南》。看来她似乎是领会到我发现的事情了。伊原看着导览手册的最前面——大概是参加团体的五十音顺序索引，用有些硬邦邦的声音说道：

“影研、园艺社、戏剧社、SF研。”

“就是这些。这四个社团是什么情况？”

“影研、园艺社、……”

里志倒抽了一口气，叫喊道。

“ABC！”

“欸？欸？怎么一回事啊？”

千反田没能跟上我们的脚步。我有点在意几乎被她捏坏了的甜馅面包，告诉她：

“正如你所说。不是随机的，而是存在一定的规律。还是很简单的，一下子就能想到的那种。由于缺少了中间部分，再加上听到的顺序不同，所以才会看不出个所以然。假设影研也失窃了。如此一来——

“失窃的社团就有阿卡贝拉社、围棋社、占卜研、影研、御烹饪研究社。”

“啊。”

千反田捂住了嘴巴。

“是按照五十音顺序吧！”

另一方面，里志动作神速，他已经在用手机确认情况了。

“……嗯，是的。有没有被偷走了什么……不不，不是我啦！真的，我发誓……欸？水枪？嗯，我知道了。谢谢。”

在我们三人的注目之中，里志按下手机的保留键，抬起头来说道：

“园艺社被偷了。听说是稍微出去一会，水枪就被偷了。”

“水枪？园艺社为什么会有这种东西啊？”

伊原的疑问非常理所当然，不过我能够马上作答。

“园艺社在烤地瓜。学校要求他们准备水以防失火，于是他们图好玩就准备了水枪。”

“折、折木同学，你为什么会知道这种事情啊！”

抱歉，这不是通过出类拔萃的推理能力得出的结论。我老老实实地把得到格洛克17的经过告诉他们。这段期间，伊原嘀嘀咕咕地说个不停。

“等一下，慢着。ABC是在地名以A开头的土地上，名字以A开头的人遇害对吧。”

大概吧。在场的人当中，只有伊原有看过阿加莎·克里斯蒂的《ABC谋杀案》。

“御烹饪研是被偷走了汤勺吧。”

“稍等一下。”

里志慌忙制止伊原，从总是随身携带的束口袋里取出记事本和笔。

“千反田同学，你知道占卜研具体被偷走了什么吗？”

“知道。是‘命运之轮’。”

“OK！”

里志飞快地动笔。

·阿卡贝拉社（akaperabu） 饮料

·围棋社（igobu） 棋子

·占卜研（uranaibu） 命运之轮（unmeinowa）

·园艺社（engeibu） 水枪

·御烹饪研（oryouriken） 汤勺（otama）

原来如此。

“唔。我们没有实际看到其他犯罪声明，只能推测到这一步了吧？”

里志歪着头说道。我尽管还是半信半疑，但仍旧试着说道：

“园艺社失窃的应该是‘AK(e-ke)’吧？”

“AK？为什么啊。”

“因为他们的水枪设计成了卡拉什尼科夫1947型自动步枪的形状啊。”

“嗬。稍等一下，我晚一点会打电话确认看看的。”

“如此一来，围棋社应该是‘石头（ishi）’吧？”

合情合理，没有人提出异议。那么阿卡贝拉社……

“阿卡贝拉社是……”

“唔……泡盛（awamori）*、烫酒（atsukan）？”

“不，这个很容易问到的，用不着猜来猜去吧。”

这……这对于古籍研究社来说该不会是千载难逢的好机会吧。我并没有打算要舍弃节能主义。我依然如故，可以不去做的事情，我是不会做的。但是，眼睁睁地放过这件事情也未免太可惜了吧。面对从天而降的幸运，我感觉自己一反常态地兴奋起来了。

“不过，‘十文字’是打算偷了多少东西才罢休呢？”

千反田，你在说什么傻话啊！

“是啊，这是问题所在。”

“如果会到古籍研究社来就好了。”

……里志和伊原也没有注意到吗？

我大声说道：

“你们在说什么啊！犯人的署名是什么？”

*　冲绳的一种烧酒。

“呃，是十文字呀。”

“为什么要特地念成姓氏的‘jumonji’啊？一般来说，念成‘jumoji(十个文字)’也很正常吧。”

“……因为我有个朋友叫十文字香穗，所以……”

伊原惊呼一声。

“这样啊，十文字！小千和阿福都念成‘jumonji’，所以我一直以为是那样的念法！如果那是‘十个文字’的意思，而御烹饪研是第五个文字的话。”

没错。

“第六个文字是‘ka’，也就是说最后第十个文字是‘ko’……你们不认为这是用来推销‘古籍研究社（kotenbu）’的上好材料吗？”

【剩余一百四十八册】

038-♥09

我认为福部同学和摩耶花同学都是非常出色的人，但是只有一点，我无法赞同他们。

他们都把折木同学说得太糟糕了。

什么懒惰鬼、偷懒狂、睡觉太郎、好吃懒做、游手好闲、浑水摸鱼——不，连条鱼也不肯摸。还有什么沉睡的狮子，如果真是狮子的话那睡着了还有救，他这个人本身就是对勤劳感谢日的亵渎，连水蛭都要比他好上一万倍，实在是说得太难听了。

对于不懂的事情，我会去调查，也能够发现一些不合理的地方。我听说过提出问题就等于得到解决这样的说法，但是我觉得这并不适用于我的情况。因为对于自己觉得不可思议的事情，我连一半都无法自行解决。这就和即使准备好土地、水和秧苗，也不等于稻米会马上长出来一样。种下秧苗，让其粒满穗垂，是我们农家的工作。至今为止，折木同学好几次从我根本没发现那就是关键的事实当中，导出了我完全意想不到的答案。在福部同学说的“冰菓”事件中，折木同学对我的帮助实在是难以言尽。并且，在“女帝”事件中，他也发挥了出色的想象力。

折木同学不仅头脑聪明，而且与他自己平时的主张相反，尽管会嫌麻烦，但他对于弃他人于不顾有着强烈的反感，我觉得他本质上是非常善良的人。

老实说，我有时候似乎太过依赖他的善良了。正因为他是值得依赖的人，所以我提醒自己不要凡事都去依赖他，但是……

我心怀折木同学会带给我们新前景憧憬，以及从中诞生出来的新可能性，再次前往壁报社的活动室。我认为折木同学发现的“规律”的确有让壁报社动心的价值。但是，能否充分传达并加以运用，就要看我的交涉水平了。文化祭的华美装饰、从不间断的喧嚣声、各个社团精心制作的海报，现在都无法诱惑我了。取而代之的是，此番再也不容有失的想法与入须学姐的教诲占据了我的内心。

根据福部同学所说，“十文字”这件事还没有造成很大的反响。也就是，这代表这个事件目前对壁报社来说还算不上“非常有魅力的好料”。如此一来，这次的交涉就是入须学姐教我的“没有回报的请求”。

我回溯记忆。我对自己的记忆力多少有点自信。重要的是期待对方、让自己这边会获得的利益看起来不至于太大，以及在避人耳目的地方拜托异性。

虽然我还没有彻底理解为什么这样做会有效……尽管没有系统地了解就把东西单纯当成道具来使用，让我觉得有些不太舒服，但是现在也不能计较太多。

基于入须学姐的教诲，我拟好了台词。为了到时候不会说错，我在嘴里反复地练习。

我来到壁报社使用的生物教室前，敲了一下紧闭的门。

“噢，请进！”

传来了粗野的回应声。我虽然感到有些害怕，但还是把门打开了。

里面的人比昨天要多，一共是六个人。不过，不同的并不仅仅是人数而已。让我安心的是，远垣内学长也在里面，只是除了远垣内学长之外，其余五人都一只手拿着手机在讲个不停。其中一人结束通话后，向还在打电话的另一名男生说道：

“是御烹饪研。已经跟他们的会长确认过了。”

闻言，那名男生马上用手指画了个圈。钱……不对，是OK的手势吧。结束通话的学生拿着一张清单站了起来，从我的旁边跑出了教室，似乎根本没有注意到我的存在。

“抱歉，千反田同学。我们现在正好有点忙。”

远垣内学长不知不觉间来到我旁边。听到他的声音，被壁报社忙乱的景象给吓到的我顿时回过神来。

“你能等会再来吗？”

“好的，很抱歉在这么忙的时候来打扰你们……”

不对！这样可不行！我赶紧打住差点条件反射说出口的话。我们也没剩多少时间了啊。动不动就放弃的话，那就太对不起折木同学了。至少要把该说的事情都说出来才行。

“……不好意思在这么忙的时候打扰您，我可以借用学长一点时间吗？”

尽管是有些强人所难的请求，但远垣内学长还是苦着脸答应了。

“好吧，如果只是一点时间的话。”

这种时候，我本来是应该恭恭敬敬地道谢的，不过远垣内学长似乎也很赶时间，所以只好冒昧地省略了。

这时，我突然想起来了。远垣内学长是异性，在这里会被其他社员看到。于是我往后退了几步，从生物教室的门口离开。远垣内学长并没有特别在意吧，也跟着向前走了几步，从生物教室走到了走廊上。紧接着，我若无其事地把门带上。尽管现在是处于文化祭期间，不过在位于专用大楼三楼最角落的生物教室附近，除了我们就没有其他人了。

这样一来，我就遵守了入须学姐的一个教诲。我抑制住害怕失败的紧张情绪，开口说道：

“是关于古籍研究社的事情。”

“如果是那件事的话，我应该说过没有值得一提的话题是不行的。”

“嗯，那个，现在有话题了。”

唔，要期待对方。这样做如何呢？

“除了壁报社之外，我们就不知道该告诉谁了。”

“嗬？”

原本想要速战速决的远垣内学长顿时稍微改变了一下态度。

“怎么说？”

“是这样的——”

我轻轻地吐了一口气。

“其实在这个文化祭中，有人在到处偷东西……”

我还没有说完，远垣内学长就做出了激烈的反应。

“‘十文字’！”

“欸？”

“你知道什么和‘十文字’有关的事情吗？”

与预想之中完全不同的反应，让我有些不知所措。唔，该怎么说才好呢？折木同学他们说过我好几次了，碰到这种情况就会说不上话来是我的坏毛病。必须先冷静下来。也就是说，现在的情况是……

看来远垣内学长——或者说壁报社的人，已经知道了“十文字”这件事。而且应该非常感兴趣……我本来是打算进行“没有回报的请求”，却变成了“有回报的请求”，就是这么回事吧。和我预料的完全不同了。

该、该怎么办呢？

不，该说的事情应该是不需要变更的。我点了点头，一边努力让自己冷静下来，一边开始讲已经整理好的内容。

说明前因后果。

交代来龙去脉。

远垣内学长津津有味地听完我的话，频频做出钦佩的反应。

“原来如此……五十音顺序啊。对哦，御烹饪研的正式名称在开头是有个‘御（o）’字的。没想到占卜研也被下手了……难怪。”

他最后的那句话让我感到有些好奇。

“请问，难怪是什么意思啊？”

“啊啊。”

远垣内学长的表情变沉重了。

“这里是壁报社吧。”

“是的。”

看到我点了点头，远垣内学长一时语塞，然后加重语气重新说了一遍：

“这里是‘壁（kabe）’报社吧。”

“啊。也就是说……”

“刻刀被偷走了。在我们所有人都出去采访的时候，一下子就被偷走了。”

“所以你们现在才会忙得不可开交吗？”

远垣内学长点了点头。

“东西被偷自然会让我们感到很不甘心，不过我们就在等这样的突发事件。全是事先预定好的报道未免太乏味了。真是天助我也。没想到‘十文字’是按照这样的规律下手啊。”

然后，他心情大好地补充了一句：

“真亏你能注意到呢。”

“啊，是折木同学他……”

然而，一听到我提起折木同学，远垣内学长的表情就变得哭笑不得，似乎是在开心的同时又觉得有些不甘心。

“……哦，这样啊。好啦，麻烦你代我向他问好。”

“好的。”

“谢谢你啊，帮上我们大忙了。”

我心情愉快地目送着远垣内学长回到生物教室去。

就在那扇门快要关上的时候，我回想起了入须学姐的教诲——有回报的请求，对方十有八九是出工不出力的。

请等一下，一定要把古籍研究社的事情写上去啊！

我想对着远垣内学长的背影这样喊道……但是没能喊出口。我一时之间没办法说出怀疑远垣内学长的话来。

“……”

我恍恍惚惚地盯着伸向远垣内学长背影的手。我一瞬间觉得自己又失败了，心情不禁变得黯然。

但是——

冷静下来想想，其实这样已经很好了。入须学姐说的出工不出力，是指不会长久来往的情况。而我和远垣内学长的关系就不一样了。所以信任远垣内学长，把所有事情就交给他去做，应该不是错误的选择。

嗯。一定不是的。大概。估计是不会错的吧。

……还是先做好一点心理准备吧。

039–♣13

在“冰菓”事件中，我见识了奉太郎意外的洞察力。我和奉太郎读同一所初中，也经常会聊在一起，但是我完全不知道他居然有那样的一面。

因为知道了奉太郎的特技，所以我在“女帝”事件中也对他寄予期待。我认为除了奉太郎以外，就没有人能够解决那件事情。而我则是尽自己所能从旁协助。能够马上回想起来的大事件就只有这两起了，不过除此之外，奉太郎也多次大展其才。

但是，这次的“十文字”事件就没办法期待奉太郎了。

奉太郎负责看摊，无法离开地学教室。或者说是以看摊为借口，不肯离开地学教室。我知道奉太郎的信条是如果能什么都不做那是最好不过了，但是这次的事情不是当个安乐椅侦探就能解决的，必须到处奔波流汗，才有办法找出线索来。也就是说，“十文字”事件不适合奉太郎。

既然我们没办法期待奉太郎，那要怎么做才好？

……只有自力更生了。

根据奉太郎的推测，我通过自己的人脉补充了情报，试着总结了一下事件的大致过程。

第一天

·上午十一点半左右　“阿卡贝拉社”被偷走了“AQUARIUS”

·中午十二点半左右（？）“围棋社”被偷走了“石头（？）”

·下午两点过后　“占卜研究社”被偷走了“命运之轮”

第二天

·上午九点左右午前　“园艺社”被偷走了“AK(卡拉什尼科夫1947型自动步枪水枪)”

·上午十一点前之前　“御烹饪研究会”被偷走了“汤勺”

然后，在走廊上碰巧遇上的千反田同学告诉了我新的消息，“壁报社”就在刚才（现在是下午一点五十八分）被偷走了“刻刀”。实际失窃时间应该要更早一些吧。

粗略估计，十文字应该是每一个半小时到两个半小时下一次手。如此一来，对照从早上八点到下午五点的文化祭官方日程来看，要想完成十次窃案还是游刃有余的。

神山高中文化祭一共为期三天。若是要从十个团体中偷走东西，应该是分成偷三件、偷三件、偷四件这样吧。不过，现在已经知道第一天偷走了三件，而最后一天因为要提前撤展，三点左右就要开始收拾了。所以，今天很可能会偷四件。

这时，我取出《KANYA祭指南》来看。寻找“ki”开头的团体……哼哼，怪盗的弱点在于被自己设定的规则束缚住了。“ki”开头的就只有“魔术社”这一个。

我来到魔术社前面，外面贴着“下一次公演从两点半开始”的海报。哎呀，这真是太巧了。既然明知怪盗接下来会下手，那么我怎么可以让他为所欲为呢？即使“十文字”能以怪盗的超级技术偷走以“ki”开头的东西，我也应该能够获得些许线索的。

我提醒自己不要掉以轻心，不过也有一半以上的胜算了。怪盗“十文字”的败因是被我们看穿了规律。问题在于如果揭穿了“十文字”的真面目，不让他一直作案到“ko”为止的话，那会不利于古籍研究社的宣传。不过，知道真面目就等于拿到了万能牌，到时候想怎么出招都可以。

我和奉太郎不一样。无论是解开纠缠在一起的线头，还是快刀斩乱麻，都是我做不到的事情。如果我能做到这些事情的话，我应该会对自己意外地大感吃惊吧。

但是啊，即使是这样的我，也是能采取行动的。我要到处跑动、凝神观察，解决掉这个事件。

魔术社的公演是借用二年D班的教室来进行。普通教室有两个出入口。其中，教室前方的门垂下遮光窗帘，还挂着厚厚的纸板，上面写着“魔术社后台 相关人员以外禁止入内”。观众是从后面的门进出。后门旁边摆了一张桌子，上面放着一个涂成白色的盒子。我走过去一看，里面放着魔术社的节目单。

干等三十分钟也太无聊了，于是我拿了一张节目单。

1.开幕致辞
2.活死人　　一年级　高村洋一
3.七色环　　一年级　长井香
4.神出鬼没　　二年级　田山和哉
5.近距离纸牌魔术　　一年级　高村洋一·长井香
6.杯与球　　二年级　田山和哉

7.闭幕谢辞

嗯嗯。

首先可以看出来，魔术社似乎只有三个人，古籍研究社是四个人，手工艺社是五个人，赢了。关于节目内容，说到“活死人”那就是丧尸。在魔术表演中出现的丧尸，是指死灵球吗？“七色环”应该是Linking Ring，套环表演吧。“神出鬼没”，唔，估计是有什么东西进进出出吧。“近距离纸牌魔术”还真是直白的题目，没有创意但让人有好感，而且还是两个人表演，这一点似乎是挺有趣的。“杯与球”就是直接把cup and ball翻译过来吧？把球放进杯子里摇晃，以为球是在这个杯子里，结果却从另一个杯子里出现，就是这样的魔术。

好像没有哪个表演是使用了一眼就能看出名称是以“ki”开头的道具。不过我仔细想了一下，如果是纸牌魔术，那么可以偷走“老K(king)”;使用硬币的话，就有“金币（kinka)”可以偷;浊音也算的话，还有“银币（ginka)”……好像有点太勉强了。(日本的一日元硬币是铝制，五日元是黄铜制，十日元是青铜制，其他则都是白铜制。今年发行的新五百日元是……好像是镍黄铜吧？)

要到里面看看吗？我本来打算打开门，但还是作罢了。打倒怪盗十文字是件好事，可是偷看魔术的后台那就太不解风情了。不需要做这种事情，只需要在这里确认有哪些人进出就可以了。

我看着窃案过程表，再度期待着出人意料的发展。中规中矩的活动、探求深奥的知识，这些都有着一言难以道尽的乐趣。不过我也是相当喜欢这类突发事件的。只是，怎么说呢，就是根据以往的经验来进行自我分析;可悲的是，我在运用聪明才智方面并不出众。似乎在本质上不擅长冷静应对突发事件，但是这次已经事先掌握了相当多的信息。应该有办法挺过去吧。

我一边思考着这些事情，一边消磨时间，这时——

“嗯嗯？这不是福部吗？”

传来了意料之外的声音。方脸加大鼻子，是谷同学。

“野火的时候受到你的诸多关照了。”

我一瞬间没明白他在说些什么。哦，是烹饪比赛的事情吧。这么说来，我们是赢了谷同学的队伍。由于发现了犯罪声明，我早就把胜败抛诸脑后了。我露出笑容说道：

“光是做猪肉汤我就已经竭尽全力了。队友的奋斗虽然很有看头，但我自己有点燃不起来啊。”

“团体战有点太束手束脚了。真想和你一对一比一场啊。那两个女生还真是厉害，须原都被吓到了。”

“我倒是没想到居然能获得优胜。算是我们运气好吧，参加的队伍也不多。”

“话说……”

谷同学视线若无其事地落到我的手上。我手上拿着窃案过程表。我不露声色地把它藏了起来。

“你知道吗？”

“什么？”

接着，谷同学视线旁移，望向魔术社的招牌。关于谷同学在这里与我相遇的必然性，我注意到了某个可能性。就在我犹豫着要不要说出这个可能性的时候，谷同学得意洋洋地挺起了胸膛。

“就是关于自称‘十文字’的那个家伙的事情啊。”

果然如此。我耸了耸肩膀，来代替点头。

“真不愧是谷同学，消息真灵通啊。”

我是在称赞他，但是谷同学露出一脸不悦的表情。

“搞什么啊，原来你真的知道啊。”

“所以我才会在这里嘛。”

“也是，听说在御烹饪研发现犯罪声明的人就是你们。会知道也没有什么不可思议的吧……那么，既然你到魔术社来——”

“当然是发现了呀。五十音的法则对吧？”

看到我笑着这么说，谷同学一脸索然无趣地说道：

“……真有意思。你果然是值得期待啊。”

谢谢。

我猜出他接下来的台词，来了个先发制人。

“那么，这就是下一次‘对决’吧？”

“是啊，让我们来潇洒一回吧。”

谷同学说着，冲我微微一笑。然后，他稍稍压低声音。

“为了公平起见，告诉你一个新消息……壁报社也被偷了。”

我还是不要说自己早知道了。虽然我不讨厌戏弄别人，但是我可不想因为过度刺激谷同学，而把关系弄僵。

不过——

“所以壁报社火大了。他们决定跟怪盗杠上了。下一期的头条就是怪盗十文字。似乎还准备了奖品，准备举办逮捕‘十文字’的活动呢。”

这个消息我倒是不知道。于是，我坦率地发出了大感兴趣的声音。

“嗬。奖品是什么啊？”

“好像是要提供一整期的号外版面……会有一大堆爱出风头的人来凑热闹吧。”

“肯定的。”

“大家都渴望突发事件。搞不好这事情会变成明天的热门话题呢。”

对于想把这个事件当成个人娱乐来享受的我来说，这是一个坏消息。光是牵扯到谷同学就已经够让我扫兴了，真希望不要变成热门话题啊。但是，作为想利用这个事件来宣传的古籍研究社社员，这应该算是好消息吧。“十文字”事件越是火热，对我们古籍研究社的帮助就越大。至于要重视那一边……那当然是能给摩耶花带来笑容的那一边啦。

谷同学拍了拍我的肩膀，恢复原来的声量，笑了。

“你的消息也相当灵通啊。但是很遗憾，这次我赢定了。别看我这样，我可是悬疑爱好者哦。”

真的吗？我的内心虽然这样想，脸上却还是笑容不减。

“请手下留情哦。”

这句社交辞令似乎让谷同学颇为受用，他点了点头。

“我很期待你的表现哦，福部！”

040-♦08

我借口要吃午饭，在古籍研究社悠哉地坐了一阵子。但是没办法一直这样下去的。不管再怎么不舒坦，我也必须回到漫研去。

不知不觉间，培根面包已经被我撕得粉碎。我像吃橡果的猴子一样抓起那些碎片，一小块一小块地送进嘴里。吃完之后就走吧。我正这么想着，声称要看店而赖在活动室不走的折木对我说道：

“伊原，你说过你看过克里斯蒂的吧？”

折木怎么会知道这件事情？这么说，在暑假快结束的时候——也就是阿福说的“女帝”事件那个时候，我好像是提到过。我停下抓面包碎片的手，说道：

“我也只是看过几部代表作而已。不要以为我精通克里斯蒂啊。”

“《ABC谋杀案》是代表作吧。”

“那当然了。”

折木盘着手深深地靠在椅子上。他真没礼貌，明明是在和我说话，却一直盯着天花板。

“里志说这次‘十文字’事件是ABC……”

折木明明指出“十文字”是念“jumoji”，自己现在却在用“jumonji”的发音。这只是因为作为人名，“jumonji”念起来要更顺口，所以我也没说什么。

“的确是可以让人联想到。在‘ABC谋杀案’中，被害人身边都放了一本‘ABC时刻表’吧。会留下《KANYA祭指南》说不定就是为了让我们做出这种联想。”

“这是当然的吧。除此之外还有别的意义吗？”

“话说回来。”

折木将盯着天花板的视线移了下来，他有些尴尬地说道：

“我想问一下，在‘ABC谋杀案’中，凶手按照ABC顺序杀人的理由是什么啊？”

……真是微妙的问题。

“折木，你看过《ABC谋杀案》吗？”

“没有，只是知道个大概。”

“只知道个大概啊。那你今后打算看吗？”

“……不知道。”

“不知道要不要看，你真的要问？在某种意义上算是剧透哦？如果你不介意的话，那我可以告诉你啦。”

折木思考了一下，瞄了我一眼。

“没关系，麻烦你了。”

这样啊。我是无所谓的。

我姑且环视了一下周围。如果附近有个绝对不想知道《ABC谋杀案》任何信息的人不小心经过，那就太过意不去了。

在确认没有任何人之后，我叹了一口气。

“你又问这种理所当然的问题。这还用得着说吗？如果只是‘因为想按照ABC的顺序杀人，所以就这样做了’，那么作为一个故事能成立吗？”

折木露出了苦笑。

“嗯，说的也是。”

真是的，所以我才受不了这家伙。明明有话想说，却又不说出来。我的口气忍不住变差了。

“也就是说，你在想‘十文字’会不会‘只是想按照五十音顺序来偷窃’，对吗？”

“……算是吧。”

折木这样回答，然后有些不好意思地在椅子上重新坐好。

“我不知道‘十文字’是不是刻意模仿克里斯蒂，但是他偷的都是些什么东西啊？棋子、汤勺，全都是些废品。他不可能会想要那些东西吧。

“如此一来，我在想他会不会只是一个以按照五十音顺序偷盗为乐趣的惯犯。”

“或者是这个行为本身还有什么其他的意义，是吧？”

我将一小块面包扔进嘴里。

“里志和千反田听到‘十文字’是按照五十音顺序偷盗，就欢欣喜悦地跑了出去。但是老实说，这种事情只要有足够的信息，不管是谁都能看出来的。”

“确实，虽然你是我们当中最先注意到这点的人，但也算不上是什么大发现。”

“也就是说，对于‘十文字’来说，这算不上是什么花费心思的事。如果把五十音换成‘神高光荣永在’之类的顺序，那倒是很有创意的。”

“是啊。单纯的五十音顺序确实有点没意思。”

我理解折木想表达的意思。如果“十文字”的目的只是按照五十音顺序偷盗，那么就只是一个有点笨的怪盗罢了。但是，如果并非如此，那么五十音顺序只不过是一个过程而已。

在亲身参与之前还没有这么深的体会，文化祭真的是非常特殊的时间。就算有人因为这种特殊的氛围而得意忘形，想开一些奇怪的玩笑，那也一点都不奇怪。但是，真的仅仅是这样而已吗？这样的疑问也是确实存在的。

……我觉得有点纳闷，问道：

“折木，你想抓住‘十文字’吗？”

“我吗？”

他露出打从心底感到意外的表情。

“你为什么会认为我有这样的想法？”

“因为你很热心呀。”

折木用鼻子哼了一声，恢复了靠在椅子上的姿势。

“我怎样都无所谓。不管是十文字还是百人面相，他们爱怎么做就怎么做。如果想从古籍研究社偷东西的话，除了我的钱包之外，都随便他偷。可是啊，既然千反田说了很好奇，那么到了最后的最后，她一定会追问‘十文字’到底是谁的。”

“无视掉不就好了。”

“正因为没办法这么做，所以才麻烦啊。”

折木皱起了眉头。

哼哼。

笨蛋。

我迅速地抓起只剩下一点的面包，全部扔进嘴里，然后站了起来。在正准备离开的时候，我想起了一件事情，于是姑且向折木道个谢。

“对了。折木，谢谢你的面粉。我差点只能坐以待毙了。”

“哦，对了对了。”

折木似乎是想起了什么，浮现出诡异的笑容。

“那个面粉是通过稻草协议交换过来的哦。”

稻草协议？

“你在说什么啊？”

“稻草富翁呀。你不知道吗？”

啊啊，原来如此。

“你的意思是，你给了我面粉，所以我也要给你点什么吗？”

“有什么可以给我的吗？如果什么都没有的话，到此结束也没关系啦。”

哦，好吧。

我思考了一会，摘下了胸前的心形别针。

“这个给你。”

折木吃惊地看着我。

“可以吗？没有这个的话，你的COSPLAY就……”

“不要说COSPLAY，笨蛋！”

我用尽全力将别针砸在折木的脸上，头也不回快步离开了地学教室。

041–♣14

虽然我是打算一直监视人员的出入，但是生理需要是无法违抗的。公演马上就要开始了，我抽身去了一下厕所。回来之后，我若无其事地询问谷同学有没有人出入，结果被他嘲笑说哪有人会问自己的敌人这种事情啊。尽管如此，我稍微说出一些刺激自尊心的话，谷同学就马上好心告诉我了。

“没有人过来。”

几乎就在他回答的同时，有人从二年D班教室走了出来。是一名男生，从领子上的徽章来看，应该是二年级学生。他就是魔术社的社长田山学长吧（我以前并不知道魔术社的社长是谁，看了节目表才知道的）。他来到挂满万国旗和灯笼等装饰品的走廊上，用几乎可以传到另一头的音量大声喊道：

“魔术社第五场公演，马上就要开始了！”

我和谷同学没有交谈，不约而同地进入昏暗的教室。看来窗户都被遮光窗帘挡了起来。教室里被分割成两个区域。中央的位置以遮光窗帘隔开。桌子全部被挪到窗边，只摆着椅子。遮光窗帘的另一头应该是当成后台在使用吧。在用来隔间的遮光窗帘前面，摆着讲台和讲桌。那里肯定就是舞台了。观众席和舞台的距离非常近。对于表演者来说，这是相当严酷的环境，不过对观众来说则是值得开心的好事。虽然我现在可没有工夫开开心心地看表演。

这次我是从内部监视进来的人。

既然是第五场公演，对魔术感兴趣的人应该早就看过了吧。观众寥寥无几。最先进来的是一位非常令人意外的人。是即使闭口不语也会给人冰冷的印象、而一开口就可以证实这种印象的“女帝”。我不由自主地站了起来。

“啊，你好，入须学姐。”

入须冬实学姐在黑暗中眯起眼睛盯着我看。

“……哦，你是古籍研究社的。”

入须学姐轻轻地点了点头代替打招呼，坐到最后一排的椅子上。给人超现实主义感觉的入须学姐居然会来看魔术，让我觉得相当奇妙。

接着进来的也是女生，而且是二人组。一开始看到的时候，我还以为是一对情侣。因为其中一个是男装打扮。我对这身晚礼服有印象……没错，是漫研的人。是和摩耶花搭档，负责上色的那个人。随后，我也回想起和她在一起的那个女生是谁了。那是漫研的社长。我见过她几次的。两人指着彼此手上的魔术社节目单，有说有笑地占据了前面的座位。

几个不认识的人三三两两地走了进来。虽然在同一所学校就读，多多少少是见过的，但基本上可以算作不认识的人吧。除了学生，还有两名疑似夫妇的中年人进来。此外还有明显是小学生的女孩子，让人不禁想问她：“今天不是休息日呀，你怎么没去上课呢？”

接着进来的女生是同班同学。不过我们不是太熟，所以我没有打招呼。她似乎也注意到我了，但也采取了同样的应对。说起来，她姓“十文字”啊。十文字香穗。由于是“进位四名家”的人，所以我倒很想亲近她，只是十文字同学总是一副拒人于千里之外的样子（“想要亲近她”只是想知道一些不为人知的名门趣事而已，绝对不包含不可以被摩耶花听到的意思）。

一开始没什么客人，我还在替魔术社担心呢，现在人倒是越来越多了。对于魔术社来说，这应该是很开心的状况吧。刚才的那位社长从隔间的遮光窗帘里露出脸来，张望了一下观众席后又缩了回去。

一群男生走了进来。哎呀，这可真是不得了，这不是总务委员会委员长田名边治朗吗？而在跟田名边学长说话的人则是……哇，敬礼！那不是神山高中第N代学生会会长，陆山宗芳阁下吗（至于N具体是多少，我就不知道了）。会长拥有体育健将般的壮硕身材，还有着一张爽朗的笑脸，那收放自如的口才更是令人记忆犹新。不过我不知道学生会长平时都是做些什么的。其他还有几个我不认识的人。田名边学长注意到我，就稍稍举手打了个招呼。

占了教室一半的观众席虽然还没到满座，但也差不多有七成左右的观众。一名估计是魔术社社员的女生关上了教室的门。从隔间的遮光窗帘里面走出一名双手各拿一座烛台的男生，并将烛台摆到讲桌上。他从口袋里拿出火柴，点燃蜡烛。柔和的光线照亮被遮光窗帘遮挡的昏暗教室。原来如此，是利用蜡烛摇晃的光线来弥补观众席与舞台距离太近的缺陷啊。别有一番情趣，我很满意。

点蜡烛的男生回到后台，接着换社长出现了。魔术社的社长把头发都往后梳，戴着一副无框眼镜，身材瘦得堪比竹竿。从外表看来确实像是手指很灵巧的人。他缓缓地扫视嘈杂的观众席，顿时大家都停止了说话。他见状露出了满意的微笑，用有些装模作样的动作恭恭敬敬地行了一礼。

“各位，时间已到。我们马上就要开始表演。欢迎大家今天莅临魔术社公演，请尽情观赏我们魔术社平日切磋锻炼出来的技艺。”

掌声响起。

我一边鼓掌，一边窥视四周。到目前为止，似乎并没有什么异样……

“那么，首先是魔术社引以为傲的希望之星——一年B班的高村洋一为大家带来‘活死人’！敬请欣赏。”

说完，他一边拍手一边退下舞台。不出所料，从后台出来的男生手上果然拿着球。音乐开始了。曲子是《El Bimbo》……如果是的话，那么就极具样式之美的趣味了，但是播放的是甜美的法国流行曲。那个高村同学脸上没有一丝一毫的紧张。该说不愧是魔术社社员呢，还是因为已经表演过五次了呢？

死灵球、Linking Ring，与我预想中分毫不差的表演节目在进行着。

魔术社的技术是相当不错的。这些魔术我都看过，还不至于将他们惊为天人。但是，我从来没有如此近距离观看过球浮在空中、铁环套来套去的表演，所以是非常有震撼力的。一开始出来的男生和之后出来的女生，尽管他们两人的手指动作都有那么一点点僵硬，不过并没有出现显而易见的失败。我由衷地为他们的出色技巧送上喝彩。

第三个表演——节目单上的题目是叫“神出鬼没”，非常值得一看。魔术社里唯一一名二年级学生，魔术社社长田山学长。他的技巧果然比刚才那两人要更加高超。即使是站在舞台上，致辞时的坦然态度也依然不变。他保持着沉默，配合音乐（是钢琴奏鸣曲，曲名我就不太清楚了），从看似空无一物的空间取出纸牌、手帕之类的东西。

如果只有纸牌和手帕，虽然会很佩服，但并不会吃惊吧。然而，在表演的最后，从盖着黑手帕的右手出现的东西吓了我一跳。观众席响起一片惊呼，我也差点一跃而起。

不知道是对成功感到安心，还是对欢呼声感到满意，一直面无表情的田山社长露出了些许笑意。而他手中拿着的则是蜡烛。那是有着螺旋纹路的粉红色蜡烛，最厉害的地方在于那根蜡烛是在燃烧的。开什么玩笑啊，点了火不就没办法藏在口袋里吗？田山社长高举蜡烛重新面向观众席，我们一齐拼命地鼓掌。

坐在稍远处的谷同学也毫不吝惜地为这个绝技献上了掌声。同时，他说出来的话传入我的耳中。

“真有一手，是torch啊。”

唔。用不着装模作样地使用英文吧，说蜡烛不就好了。而且torch应该是火把才对吧，那种叫candle。虽然要叫我解释torch和candle的不同，我也不知道该怎么说才好。

不对不对，完全看入迷了。我来这里的首要目的可不是看魔术表演啊。但是，魔术毫无问题地顺利进行，也没有发现行迹比较可疑的观众。门偶尔会突然打开，观众随之增减一两个人。教室外面应该没有“十文字”要偷的东西。门帘、招牌、海报。唔，十文字的目标是什么来着？魔术社。以“ki”开头的东西吗？

……啊，是蜡烛（kyandoru）！

我恍然大悟，重新将视线对准在台上殷勤行礼的田山社长。他手上拿着的蜡烛已经没有在燃烧了。应该是为了安全起见吧，在拿出来给我们看之后，就马上吹灭了。不过，这个教室里的蜡烛并不是只有这一根。教室内的照明都是依靠放在讲桌上的烛台。我看向那边。

“……啊！”

“唔，猜扑克牌是很常见的魔术，所以今天换个花样，改用花牌。咦？”

我不自觉地叫出声来。表演节目已经进入接下来的纸牌魔术，而且还是没有音乐，一边说话一边表演的模式。舞台上的高村同学、长井同学愣愣地看着我。啊，我搞砸场面了。我赶紧把手举到面前，摆出了抱歉的手势。

烛台上的蜡烛。一座烛台可以插五根蜡烛。然而，右边的烛台是插了五根没错，左边的烛台却只有四根蜡烛！

怎么会这样？已经被偷走了啊。

什么时候偷的？还能有什么时候，这段期间根本没有其他人靠近舞台。啊，现在——

“那么，坐在最后一排的那位观众。请到台上来。”

被指名的入须学姐走向舞台。但是除此之外，就只有表演者们在舞台上。也就是说，蜡烛一开始就被偷走了。

我还以为“十文字”会在众目睽睽的公演当中，以艺术般的手法将自己想要的东西偷走。其实，在公演开始前就已经下手了吗？

啊啊，我到底是为了什么花费这么多时间在这里啊！

配套的犯罪声明应该是放在某个地方了吧。是啊，仔细想想，御烹饪研的汤勺也不是在野火烹饪大对决中被偷走的。在比赛开始之前，就已经被偷走了。怪盗“十文字”对于用符合怪盗风格的华丽手法偷东西毫无兴趣吗？

总之，既然明白了这一点，在这里继续监视下去也毫无意义。如果是事前被盗，那么和在场的这些人都是无关的。如此一来，如此一来……

“你选择的花牌是‘枫叶与鹿’对吧？”

“……是的。”

鼓掌。

我就静下心来，好好观看表演吧。

042–♦09

回到漫研，关系不怎么亲密的同学看到我的第一句话就是：

“怎么这么晚才回来啊？”

我亲切地笑了笑，回到文集贩卖员的座位上。

利用一个上午拼命画出来的海报还是多少有些效果吧。感觉教室里的客人比昨天要多。我小声地询问了一下旁边的售货员。

“怎么样，和昨天相比的话？”

那个女生将视线转向旁边。在她的视线前方是河内学姐。在确认河内学姐跟自己的追随者们聊得正欢，根本没空理会我们这边之后——应该是这样吧，那个女生用比我更小的声音回答道：

“嗯。卖得不错。”

“是海报的效果吗？”

“那就不清楚了。”

如果是的话，那我会很开心的。我并不反对河内学姐的角色海报战略，而且海报基本上都是我画的，能有效果那自然是值得开心的好事啊。希望大家不要误会了。

不过，在这方面我早就做好了心理准备。果不其然，就有一群人误会了。她们低声窃笑，在离我不远的地方聊了起来，也就是为了故意说给我听。

“按照学姐说的去做果然没错嘛。”

“是啊。如果某人没有强烈反对的话，昨天也能卖得更好。”

虽然我觉得连分配的原稿都交不出来的人根本没有资格说三道四，但我还是保持沉默。

“好啦好啦，再这样说下去她也太可怜。好歹她也拼命地帮忙画海报了。”

“也是。蛮努力的啊。”

光看内容的话也许是在打圆场，但是发音的变化导致意思大不相同了。正确的说法是每个字都故意拉得老长，最后还故意瞥了我一眼。就算剔除掉我的被害妄想，意思基本上也就是“活该”吧。

我喜欢漫画。要说的话，也很喜欢漫研，所以我不太希望演变成这样的状况……但是，没有办法啊。只要有三个人，就会出现小派系，而我这个人就是管不住自己的嘴巴，总是忍不住会多话。再说了，没能拿出证据的人也是我。好了，忍耐忍耐。只是，在这种氛围中，我实在是难以提出寄卖《冰菓》的要求，这让我感到非常难受。

窃窃私语的坏话仍旧在纠缠不休地继续着。“碎碎念的小姨子”就是形容这种人的吧。这时，我想起了一件事情。那是我曾经和阿福聊过的事情。忘记了是什么时候，当时我皱着眉头在说什么很像“碎碎念的小姨子”，结果阿福一脸不可思议地说道：

“那是说很勇敢吗？”

“欸。”

“还是说富有爱国心？”

“你在说什么啊？”

“像科苏特一样啊。”

“……那是什么？”

“匈牙利的英雄。”

啊，一想起阿福那个时候一本正经的表情，我就很想笑。虽然心里明白现在笑出来会很糟糕，但我还是忍不住轻笑出声。这果然很糟糕啊，窃窃私语的小集体瞬间骚动起来。

“那算什么？”

“她会不会是得意忘形了啊？”

“真碍眼。”

对不起啦！

那个小集体中每个人的存在感都没太大的差别，其中一名还算比较强势的女生稍微抬高声音说道：

“要我说，她说什么找不着，其实根本就是在撒谎吧。一个人把没什么大不了的漫画捧上天去，要她拿出来却又怕了。要么就只是拿个大家听都没听过的同人志作为例子，要么就是装成精通漫画的狂热爱好者啊。反正，那种东西……”

如果她再继续说下去的话，我沸点很低的忍耐力马上就要沸腾了——

“Stop。到此为止。既然没有听说过，那就给我闭嘴。”

传来了这样劝诫的声音。那是来自意料之外的一击，窃窃私语的小集体一同转头看向那边。但是，她们不得不就此沉默。这也难怪，因为说出那句话的人是她们的领袖——河内学姐。晚礼服打扮的河内学姐仿佛忘记了自己刚才说的话，大大地打了个哈欠。

我非常吃惊。并不是因为河内学姐严厉斥责自己的追随者们。只要好笑，不管是虚构还是纪实都无所谓，对抄袭和致敬不加以区分，完全不在乎公平与不公平，我本来以为河内学姐就是这样的人。所以从她嘴里说出“既然没有听说过，那就给我闭嘴”这种话，实在是让我大吃一惊。

那群女生就像是挨骂的小狗一样变得垂头丧气了。不过，也有人频频朝我投来怨恨的视线。

真是让人窒息的气氛啊。

……虽然我才回来没多久，但我还是决定出去转换一下心情。我对旁边的女生道了声歉，站起身来。心里想着：真想吹吹风啊。

秋天的太阳落得非常快。

虽然还没到黄昏时分，不过太阳已经失去余威，吹过来的风非常凉爽。在装饰得五彩缤纷的神山高中里，大楼通道的屋顶却还是一如既往，让人不禁怀疑大家是不是都把这里给忘记了。我站在屋顶上面，心不在焉地俯视着中庭。

至今为止，我的立场从没有这么糟糕过。我果然还是应该少说为妙吗？

不过，我不会太后悔。“世上没有有趣或者无聊的东西。全部都是主观而已”，不管怎样，我都无法同意河内学姐的这句话。如果真是如此，那要怎样才能让自己进步呢？我的角色图画得还不至于太难看，海报也完成得相当不错。但是，我的漫画非常无趣。我想要画出更加有趣的漫画来。想要画出更加更加有趣的漫画来。那个时候，如果不能在仰望的顶点放上《黄昏已成骸》之类的漫画，那么我要用什么来作为标准判断自己进步了没有？河内学姐说前进和停留在原地都是一回事，那简直就像是在黑暗之中一样。如果没有基准或者目标，那么不管怎么前进，都不可能会有相对的进展。不管怎么磨练自己，那也不能算是进步，充其量只是变化罢了。如果接受这样的观点，要怎样才能判断自己现在还不够好呢？

……但是，这些话都是马后炮，昨天没能马上想出来。我坚信只要把《黄昏已成骸》给学姐看，她就会接受我的说法。我完全没考虑过不管学姐接不接受，她的那些追随者会怎样看待我的。

哈哈，我真是笨蛋啊。

……真想见阿福啊。他估计又在某个活动中像白痴一样疯玩吧。我也想和阿福一起，去跑“十文字”事件啊。他会不会来约我一起去呢？这样一来，我就可以不用回到漫研去了啊。

“伊原。”

突然有人叫了我一声。保险起见，我擦了一下眼角，才转过头去。

“对不起，伊原。事情变成这种奇怪的状况。”

丰满的脸颊，双眼皮的大眼睛。来人是汤浅社长，她脸上带着有些为难的微笑。

我用力地摇了摇头。

“为什么社长要向我道歉啊？社长你又没有错。”

“嗯，我一直没有作声。虽然我很想站到伊原你这边的。”

……在通道的屋顶上跟我说这种话，我该作何感想呢？

不过无所谓了。我并没有希望有人能站到我这边来。而且，如果社长真的来帮我的话，那么我和河内学姐的纷争说不定就会变成漫研的一大骚动。我讨厌这种事情。所以，这样就好。

“……亚也子她不是真心的。”

社长轻声说道。我纳闷了一下亚也子到底是谁，过了一会儿才想起河内学姐的全名是河内亚也子。

“什么不是真心啊？是指她刚才说的‘既然没有听说过，那就给我闭嘴’吗？”

“不是的，我不是说那个。是说昨天跟伊原你争吵的事情。”

我已经不太想再提起这个话题了，不过还是稍稍吸了口气，说道：

“是指有趣还是无聊只不过是接收天线敏感不敏感的那件事情吗？”

社长轻轻地点了点头。

她该不会是来安慰我的吧？如果是的话，那还真是笨拙的安慰方式啊。我不由得浮现出一丝淡淡的笑意。

“为什么你会知道这种事情啊？”

“唔……因为我和亚也子是朋友。”

“仅仅是这样？”

“亚也子和春菜也是朋友。”

汤浅社长温柔地看着我，仿佛是在说“这样你就明白了吧”。而我大概是一脸呆愣吧。春菜是谁？不是河内学姐，也不是汤浅社长。除了她们两人，我想不出还有谁会在这种时候被提及。隔了好长一段时间，无可奈何之下我只好问道：

“那是谁啊？”

“什么谁啊？”

“那个叫春菜的是谁啊？”

这次换汤浅社长露出奇怪的表情了。她微微歪头的动作，让我有点想起了小千。

“欸？伊原你不是有那个吗？”

所以说，到底是什么啊？汤浅社长对一头雾水的我继续说道：

“《黄昏已成骸》。”

我没想到这个书名会在这里被提及，不由自主地挺直了脊背。

“……是的。”

“春菜是原作者哦。安城春菜。上面没有她的名字吗？”

欸。

我拼命回想起《黄昏已成骸》的作者。虽然记得不是很清楚，但是怎么说呢，那个名字绝对不是叫“安城春菜”。是更类似同人漫画笔名的，非常非常古怪的名字。嗯，我记起来了。那个名字应该是——

“不对。《黄昏已成骸》的作者是叫安心院什么的。”

“ANSHININ？”

“让人安心的‘安心’，医院的‘院’。”

汤浅社长露出有些意外的表情，不过她马上轻轻地摇了摇头。

“是用了笔名吧。但那确实是春菜构思的故事。作画者是谁，亚也子可能知道，我就不太清楚了。”

机缘巧合之下，我得知了自己憧憬的漫画作者是谁。其实我也知道原作者和作画者是不同的两个人。我稍微忘记了笼罩在心头的阴郁心情，兴冲冲地问道：

“那个人是几年几班的啊？”

但得到的回答让人相当扫兴。

“啊，春菜已经不在这个学校了。她转学了。”

“……这样啊。”

我耷拉下肩膀。

我在脑子里稍微整理了一下社长说的话……还是没太弄明白。我轻轻地叹了一口气。

“那么，社长，那个安城春菜和河内学姐是朋友，所以怎么样啊？这和你说河内学姐不是真心的又有什么关系啊？”

社长微微低头，沉默不语。

莫非这个人什么都没想就信口开河吗？经过了让我不禁涌出这种疑念的漫长时间，社长缓缓地抬起头来。

“我以为只要告诉你春菜的事，你就能理解的。不过也是啦，我说得太简单了。可是，对不起伊原。如果想解释的话，那也是可以做到，但是我不能解释。”

“……”

“因为，亚也子是我的朋友。”

双眼皮的大眼睛看起来有些寂寞。因为是朋友，所以无法解释。一旦做出解释，就会变成在说河内学姐的坏话吗？还是说……会碰触到河内学姐的秘密吗？

不管是那种，社长不说出来的话，我是不会懂的。我现在的心情不适合一直去思考不懂的事情。于是，我缓缓地摇了摇头。

我想一个人独处一会。无论河内学姐的那句话是不是真心的，总之我现在想吹吹风。

我说道：

“我稍微凉快一下就会回去的。”

“伊原……”

我再次加重了一点语气说道：

“我马上就会回去的。“

所以请不要管我。

043–♠11

马上就要到五点了。

快结束的时候，大家都零零落落地回来了。但是气氛显得有些古怪。里志一反常态，一脸气呼呼的样子。相反的，千反田则显得格外兴高采烈。伊原就更别提了，完全是一副死气沉沉的模样，她看起来不想被别人打扰，所以我就没有加以理会。

“被摆了一道啊，奉太郎。”

里志开口说道。不过，在看到我的脸之后，他讶异地询问道：

“你的眼睛怎么了啊？”

还很红吗?

“哦，爱心跃入眼中了。”

“哈？”

“都说了，爱心飞进眼里了呀。”

里志愣住了，但是他马上重振旗鼓。

“哦，那就算了。我被彻底摆了一道啊。魔术社被偷走了蜡烛。”

“这不是很好吗？”

我发自真心地这样说。

“到明天的‘古籍研究社’为止，总不能让‘十文字’提前被捕吧？”

“唔，话是这么说没错啦。”

里志心不甘情不愿地点了点头。我询问了一下情况，看来里志是自以为能够在案发现场逮住“十文字”。之前的“a”到“ka”都没有在活动中失窃的先例，而且“十文字”也不可能依自己的方便去控制目标社团的活动开始时间。所以,“十文字”自然是不会去管活动有没有在进行，只会在自己方便的时候去偷东西。听到我这么说——

“既然你发现了这点，那就早点告诉我啊……”

里志就向我抱怨了。就算他这么说，我又不知道他肚子里的蛔虫，怎么知道他接下来打算做什么。

“那么，有发现犯罪声明吗？”

“嗯。贴在翻页式公告上，在翻到‘下一场公演十点半开始’开始那一页就看到了。还有每次都有的《KANYA祭指南》。”

“那个翻页式公告是在走廊上吗？”

“嗯。”

这还真是……就表示任何人都有可能下手吧。

另一方面，千反田则是不断地抽动着脸颊。她应该是很想笑出来，但是出于矜持，再加上在不知为何心情低落的伊原面前，也没办法开怀大笑吧。我试探着问道：

“那么，你遇到了什么好事情吗？”

千反田重重地点了点头。

“是的！”

“喃。”

“在入须学姐那里寄卖的二十册《冰菓》销量好像非常不错。”

哦，这样啊。毕竟有那个入须在帮忙。虽然是值得开心的事情，但是我没办法坦率地笑出来。因为实在是不想欠下那个人的人情债啊。

“卖完了吗？”

“不，还没有。不过，大概明天之内就能全部卖完。”

全部卖完的话，要不要再追加一些过去呢？这有些令人烦恼啊。

“还有一件事情。《神高月报 KANYA祭号外》下午四点那一期报道了‘十文字’事件。上面也清楚写明了关于折木同学发现的五十音规律。”

说是我发现的，那还真是让我觉得很难为情啊。我跟伊原说过，这种事情只要有足够的信息，不管是谁都能发现的。千反田接着祈祷似的将双手交叉在胸前。

“而且，还提到了古籍研究社的名字！内容是这样的，‘因此诸位贤明的读者，想必已经推测出‘十文字’最后的恶行是在第三天下午零点到两点之间进行，目标是‘古籍研究社’或者‘工艺社’了吧’。”

“工艺社？还有这样的社团吗？”

一旁的里志严肃地点了点头。

“说起来，确实是有啊。”

“如果十文字跑到那边去的话，我们的计划就破产了。”

“是啊，真让人担心呢。”

虽然嘴上这么说，千反田脸上的喜色却没有消退。她为什么这么开心啊？仔细一想，是千反田把这个新闻带给壁报社的。自己带过去的新闻被报道出来，让她很开心……不，有点不对劲。千反田不会因为这点事情就开心到这种地步的。应该还有一些别的什么因素吧。算了，别人的内心是看不透的，更何况对方还是千反田爱瑠。

“……那么，奉太郎，今天的销量如何？”

哦，对了。

“除掉在入须学姐那里寄卖的部分，十六册。”

“嗬，比昨天卖得多呀。”

只不过是误差的范围而已。在活动方面，相比今天的野火烹饪大对决，昨天的猜谜超级大挑战要更有宣传效果。所以，第二天主要还是因为那些闲得没事做的学生肯光临这种边境吧。如果大家能帮忙口头宣传一下，那就实在是感激不尽了。

话说回来，两天结束了却还剩下四分之三没卖出去，只能寄望于王牌“十文字”事件的进展了……

算了，船到桥头自然直。我从桌子里拿出饼干的袋子。

“奉太郎，这是什么？”

“糕点研来上门推销的。我一个人吃不完，你们要吃吗？”

我这么一问，伊原也过来了。

我们四人分掉了一袋饼干。在我们嘎吱嘎吱地咬着饼干的时候，宣告第二天结束的铃声响了起来。

【剩余一百四十一册】

四 又一个不眠之夜

4　044～047　又一个不眠之夜

044–♥10

不可以随便喊累。因为这样一来的话，听起来就好像是在说“我已经做够了，接下来就轮到你去做了”一样。如果实在是累得不行，那么就说“请让我休息一下”。因为这样听起来就像是在说“休息完之后，我还会继续努力的”一样。

这是我慈祥的祖母曾经告诉过我的话。

不对，不能用过去式。我的祖母还健在。

我并没有忘记祖母的教诲。不过，一个人半夜在自己的房间里喃喃自语应该没有什么关系吧。我有些累了。

拜托入须学姐帮忙卖的那部分销量相当不错，壁报社也报道了古籍研究社的事。因此，我并不是白忙一场，但是一回到房间，身体就突然沉重得令人感到不可思议。

我并非体力非常差劲的人。虽然基本上不擅长运动，不过长跑成绩还是维持在中上水平。这两天来，我跑遍了神山高中的校园，但这并不是让我感到疲累的原因。

该怎么说才好呢……自己处理自己的问题时，好像不会这么疲累。解决自己人的问题时，则会感到稍微有些疲累。而这次的文化祭中，其实是我们把自己的问题交给其他人去解决吧？为此，我才会跑那么多路，去拜托总务委员会、壁报社和入须学姐的吧？

我对“十文字”事件感到非常好奇。以文化祭为舞台，按照五十音顺序进行偷盗的怪盗“十文字”。我很好奇他是用什么手法将那些东西偷到手的，不过我更好奇的是，他这么做究竟是出于什么目的呢？一想到这些，我就浑身发痒，几乎坐不住了。

但是深呼吸之后，站在古籍研究社社长的立场上思考时，我必须将那件事当成驱使他人的道具来使用才行。必须当成拜托别人时的武器才行。

真是不可思议啊，这样做居然会让我觉得如此疲惫。

不，我并不是退缩了。虽然折木同学也很努力，但是文集的销量还是不够好。

我也必须继续到处去拜托别人才行。我并不是对这种事情感到厌烦。这是我应尽的责任。只不过……

我还是觉得有点累了。

045–♦10

我今晚本来是打算早点睡的，却怎么也睡不着。于是，我把手伸向书架，拿起了《BODY TALK》——我的宝物之一。

《黄昏已成骸》不在手边没办法看，说不定因此我才会把它神化了。我原本觉得《BODY TALK》要比《黄昏已成骸》略逊一筹，但是重新看了一遍之后，发现还是非常非常有趣。我本来是为了能更好地入睡才开始看的，结果却使得大脑越来越兴奋了。

论类型，这一部应该算是闹剧吧。主人公是一名少年，他没有听觉，也无法说话，但是能通过触摸对方来使用心灵感应。总之，只要接触就能洞悉彼此的想法，所以他作为麻烦制造者不断牵引着故事发展。然后，就像是在主张“对搞笑没有任何帮助的现实主义是毫无存在价值的”一般，一连串荒诞至极的麻烦蜂拥而来。具体来说，有宇宙人和丧尸的来袭。无论场面有多么崩坏，都会有将猫拟人化的二头身角色登场，制造出空白的一格，然后下一页状况就结束了。因此节奏非常快。是在最近的商业作品中难得一见的，漫画味道非常足的漫画。结果我就趴在被窝里，拿枕头垫着，一口气看到了最后。

顺便一提，这只猫就像补丁猪*一样，会到处露脸，并且还会在格子的角落毫无意义地进行特技表演。是作者的专属角色吧。虽然是双脚直立，但是没有穿衣服，只是在脚上套了一双松松垮垮的皮靴。算是穿长靴的猫吧。

尽管内容荒诞无稽，不过故事的重点集中在“沟通不良”上面，显得相当有深度。包括主人公在内，所有登场人物说到底都是一群利己主义者。虽然这个设定有点司空见惯，但正因如此，才更凸显出结局的深刻。嗯，这部作品果然也很不错。只不过，如果问我能不能满怀自信拿给河内学姐看，那我还是会犹豫再三的。这部作品有些太过依赖气势，也经常会出现一些背景还没有彻底画好的画面。而且有时候人体比例会变得比较奇怪，还有台词的前后关系暧昧不清等等，缺陷还是相当明显的。

……而且，事到如今就算拿给她看，也只会让自己感到空虚罢了。

灯光只有枕边的日光灯而已。房间的书架朦胧地淹没在黑暗之中。

《黄昏已成骸》和《BODY TALK》在非商业作品中，是我非常喜欢的两部作品。但我的房间里当然不会只有这两本而已。在商业作品中，随随便便就能找出让这两本相形见绌的杰作来。

这是真的。在这世上有很多能够画出有趣作品的人。

在关灯前，我爬出了被窝，将收在书桌抽屉里的自己的作品拿

---

* 补丁猪是日本漫画大师手冢治虫笔下的漫画形象，主要作为客串出现在各个漫画中，后来渐渐成为了手冢漫画里最大的客串角色。

了出来。虽然是早就看到厌烦的玩意，但是偶尔还是会想拿出来再看一下。

嗯。不是我自卖自夸，画得还不错。虽然画风在不断地变化，不过无论是哪种画风都没有到惨不忍睹的地步。但是，随着一页又一页地看下去……

分镜一点才华都没有，台词没法给人留下印象，故事无法打动人心，似曾相识的起承转合，预料之中的发展。

如果把这个拿给除我以外的人看，或许能代替安眠药吧。

但是，看的人是我。

自己看自己的漫画，别说是安眠药了，甚至会成为兴奋剂。我带着难以言喻的感情咬紧牙关，将原稿放回到抽屉里。真不该看。大失策。睡不着就不好了，于是我吞下白色的药丸——真正的安眠药，躺下睡觉了。

046–♠12

长久以来一直奉行节能主义，基本上能够掌握大致的模式。过度贯彻节能主义，会导致大量可处理能源积累到晚上，使得那天晚上难以入睡。我本来就是夜猫子，再加上睡不着，时间轻轻松松就过了一点，很快就要到两点了。

老实说，我不记得自己今天特别省略了什么。只是无处可以发泄能量罢了。玫瑰色高中生活的象征性活动——神山高中文化祭，我居然在这段期间还是无处消耗体力，这是何等讽刺的事情啊。

在等待睡意的这段时间里，我考虑过找本书来看看，但是很遗憾，我手边只有那本无聊的平装书。虽然无聊的书正好可以拿来当安眠药，不过我选择了上网。我打算像之前那样，去看神山高中文化祭的官方网站。

我通过搜索引擎找到目标网站。感觉右眼有点痛。

首页的画面更换上了“现在是KANYA祭期间！请务必莅临参观”这样的宣传语句，还贴了体育馆舞台戏剧表演的照片。

我将页面往下拉。活动日程、参加团体一览、交通示意图、访客注意事项……然后，我将目光停留在两天前并不怎么在意的地方——邮购区。

邮购区属于文化祭活动的一环。商品当然是文化祭上面卖的东西吧。

上面有服装研究会的自制T恤、文艺社的文集《翃》以及漫画研究会的《世阿弥's》。只有这么多？这可是久负盛名的神高文化祭啊，我又找了一会，但似乎真的只有这几样商品而已。

这样未免有些太荒凉了。再仔细一看，下单似乎是通过电子邮件来进行的。上面有邮箱的地址。域名是神山高中共通的，账号名是“soumuiinkai（总务委员会）”。里志没提过总务委员会有这样的业务呀。不过，事实上我也没有问过里志总务委员会具体都在做些什么。

话说，这个邮箱地址……就不能稍微多下点工夫，用英语作为名字吗？“soumuiinkai”……算了，这种只要大家看得懂就好的偷懒法还蛮符合我的喜好的。

我沿着链接寻找着还有没有其他值得一看的东西，不过由于基本上是对外宣传的网站，并没有什么令人耳目一新的信息。好了，时间也很晚了，我关掉网络，回到自己的房间。至于能不能睡着，就等钻进被窝之后再烦恼吧。

047-♣15

夜间，我出了门去散步。

夜风吹拂着洗过澡而干净舒爽的身体。这可是十月的夜风，毫无防备任凭吹拂的话，是会感冒的。不过我早有万全的准备，身上披了一件外套。

半月清晰可见，星星们也没有藏起身影，今天和昨天都是好天气。看这样子，明天也应该没有问题吧。真是令人开心的好事。活动进展顺利，我身为总务委员自然感到很开心；而受到好天气的眷顾，入场人数会增加，身为古籍研究社的一员，这当然是值得开心的好事。然后，野外活动安然无恙，作为福部里志毫无疑问是满心欢喜的。各个社团都使出了自己的看家本领，准备了各式各样的活动。如果因为下雨而无法看到他们的表演，那就太让人遗憾了。

比方说，今天的魔术社。二年级田山学长的魔术表演实在是非常精彩。我一向自诩为数据库，所以知道杯与球魔术的手法。但是，我只是知道而已，并没有办法实际表演出来。正因为如此，我才会由衷地对田山学长的技术表示赞叹。顺便一提，我之所以无法实际表演，不是因为在技术上无法做到，而是心理上的不可能。我只是想知道杯与球魔术的相关知识，并没有想要表演的欲望。

在这点上，我和奉太郎可以说有着根本性的相通之处吧。

……但是，奉太郎并不是个一无是处的人。尽管他自己一直这么主张，而且初中三年之间也忠实地扮演了这样的角色。

我走在夜色之中。在飞虫群居的路灯照耀之下，走在寂静无声的住宅区里。我穿的是运动鞋，鞋底很柔软，连自己的脚步声也听不到，某个地方传来了有人在看深夜电视节目的声音。

进入神山高中，接触到千反田同学这个罕见的触媒，奉太郎发生了变化。不对，应该说是发挥出真正的实力吧。在此之前，奉太郎从未在我面前展现过他的机智与敏锐，或者说是直觉。一言以蔽之，奉太郎拥有出色的推理能力。自从那一天——千反田同学一个人在地学教室的那一天以来，奉太郎不知让我惊讶过多少次了。奉太郎并非纯灰色的无个性无能力之人。他不是那种只会站在我身边干看却完全不帮忙的人。他是我最喜欢的，充满意外惊喜的人。

俗话说得好，真人不露相。如果奉太郎有一天真的注意到自己那不同寻常的一面，我真的能够发自内心地感到愉快吗？

因此，我没有去期待奉太郎能够解决这个不适合他的“十文字”事件，而是准备自己亲手解决。

身为数据库的我主动寻觅真相，这原本不符合我的性格。但是，为了模仿我现在不得不稍稍抬头仰望的朋友，我决定这么做。我深知这个行为有多么窝囊，也自知“帮助古籍研究社的宣传”这种说法只是对外的借口罢了。

这种事情只有我自己一个人知道就好。

只不过是编造借口而已，就算是小学生也能轻松做到吧。

好了。

怪盗“十文字”匿藏在汪洋大海一般的嫌疑犯之中。奉太郎在地学教室说了一针见血的话——“你以为文化祭期间的神高一共有多少人出入啊？光是我们学校的学生就有一千人了”。

这在侦探小说中很常见，现实中的办案在这点上也没有太大的区别吧。如果是小规模的案件，在我们的日常生活中也很常见。想查出犯人是谁，首先要从缩小嫌疑犯的范围做起。

世界人口大概是六十亿吧。在这当中，根据交通条件和机会问题等因素，可以不断地缩小嫌疑犯的人数。经过一定程度的筛选之后，再以此为前提进行细致周到的思考。比方说，如果在周围被森林大火包围的山庄里发生杀人事件，犯人肯定就在山庄里面（只要没有听见直升机的螺旋桨声音）。如果富家千金在别墅里被杀了，那么一般都会认为犯人是知道她去了别墅的吧。只要嫌疑犯人数能够缩小到十人左右，那么就有办法调查不在场证据了。但是，“十文字”事件没办法这样做。

我没有详细听说每个社团失窃时的全部状况。但是，就像阿卡贝拉社是放在外头的大冰桶里面被偷走了东西一样，无论哪个社团都存在“任何人都有办法偷窃的瞬间”。围棋社没有上锁。占卜研只有一个人，上厕所的时候就会离开位子。园艺社是“刚好没人在的时候”失窃。昨天的魔术社也是，既然不知道是什么时候被盗，那么只能说任何人都有偷窃的时机。嫌疑犯在匿名的汪洋大海之中。

首先，犯人毫无疑问是这个学校的学生吧。这是贯穿在这两天里的事件，很难想象校外的人会连续两天都到学校来，并且精心做好引发事件的准备。但是，如果只有这一个线索的话，那么嫌疑犯有一千人啊。一千人！朝着一千人大喊“犯人就在这里面”，那只会让自己感到无比空虚吧？而且除非是真正的犯罪调查机构，否则根本没办法查明一千人的不在场证明。

……唯一可疑的就只有御烹饪研吧。如果相信社长说他们是有准备汤勺的说辞，那么汤勺就是在野火烹饪大对决的准备期间失窃的。而且还要放上犯罪声明和《KANYA祭指南》，所以内部犯案的可能性相当高。

但是，御烹饪研的社员会妨碍自己社团举办的、而且是需要花相当多时间进行准备的活动——野火烹饪大对决吗？汤勺是使用频率相当高的烹饪器具。如果我们想做汤的话，没有汤勺就会成为非常严重的致命伤。以“o”为开头的社团还有“超常现象研”和“应援团&拉拉队联合”，何必冒这样的险呢？

看来这个思路也应该舍弃掉。

那么，要怎样筛选一千名嫌疑犯呢？

……比方说，歹徒事件的嫌疑犯也是藏身在茫茫人海之中。连续纵火案也是如此。在侦探小说中，要逮捕歹徒和纵火狂经常都是只能等待他们下一次犯案。就连我喜欢的福尔摩斯故事亦不例外，在“六个拿破仑”里，当第一个拿破仑半身像遭到破坏时，所有人都没有丝毫头绪。

没错。等待事件达到足够的数量，从中找出乍看之下瞧不出端倪的被害人的共通之处（这就叫做失落的联系，missing link。也叫失落的一环，missing ring。究竟哪个才是最初的叫法啊！我很好奇），或者是等待犯人出现失误。

为此，打算扮演侦探的我所能做的，就是到案发现场去。这是独一无二的，除此之外就没有我能够做到的事情了。

只要待在现场，就能抓住犯人的些许失误或者把柄，从中找出锁定嫌疑犯的某些要素。也就是期待敌人犯错。

在魔术社，我过于疏忽大意，没有想到“事先偷走，事后再让犯罪声明被发现”这样的手法，导致没能抓到现行犯。当时，在2-D教室里的人都只是来看魔术表演而已吧。

那么，明天要早起。一大早就冲进神山高中，牢牢盯紧“十文字”的下一个目标——以“ku”开头的社团。为了达成目的，福部里志是会不辞辛劳的。在这点上，我和身为节能主义者的奉太郎是截然不同的。虽然我对自己的观察力并不是自信十足，不过我绝对不会放过“十文字”的蛛丝马迹。

数据库得出结论的罕见瞬间。那个时候，我说不定可以将自己的意外收获当成感兴趣的对象。我掉头往回走。月光与路灯照耀着住宅区。我拍打了一下自己的脸来振奋精神，这时突然有只狗冲我狂吠。

五 库特利亚芙卡的排序

5-1　048～059　四人四色文化祭

048–♣16

WANTED!

第四十二届KANYA祭即将迎来尾声，各团体的活动顺利有序地进行着。但是，诸位贤明的读者应该已经得知，有个跳梁小丑公然对这个秩序举起了叛旗。没错，我们说的正是自称“十文字”的盗贼。

那个目中无人的盗贼有一个特征，就是会在成功偷窃后于社团留下犯罪声明。他（不，其实笔者在内心怀疑“他”说不定是“她”）在犯罪现场还留下了另一个东西，不过我们决定不在这里写出来。不怕一万只怕万一，为了防止诸位贤明的读者会加以模仿，我们基于社会责任而做出了这个决定，请大家多多谅解。

总而言之，受害范围已经扩大到七个社团。昨天下午四点那一期号外未能详细报道的阿卡贝拉社、围棋社、魔术社的受害状况，将于后文细述。正如已经报道过的那样，“十文字”目的就是要偷走十件物品。

那么诸位贤明的读者，亲爱的神山高中学生们！我们壁报社在此呼吁大家勇敢地站起来。难道我们就这样眼睁睁地看着“十文字”的奸计得逞吗？诸位在智慧上难道会输给这个可能是本校某个学生的“十文字”吗？

这是不可能的！

我们壁报社渴望有名侦探挺身而出，能够抓住怪盗“十文字”的尾巴，摘下他的面具。期待大家一展所长，齐来逮捕“十文字”。

并且，我们会歌颂赢得这场斗智游戏的胜者之智慧，用一期大号外来回报其付出的辛苦。

还真是一篇慷慨陈词的报道啊，不过我并不讨厌这种调调。

在文中提到“将于后文细述”的阿卡贝拉社和围棋社的受害状况，并没有什么特别有用的新信息。阿卡贝拉社的大冰桶在公演开始前似乎一直放在走廊上，而围棋社更是在文化祭前一天就把棋子放在预备教室里，门也处于一直不锁的状态。简而言之，就是无论谁都有下手的机会。

我大概是笑眯眯地在看贴在楼梯口附近公告栏上的壁报吧。我在壁报社里没有认识的人，不过如果是能写出这种报道的人，我倒是蛮想见识见识的。

话说，最让人叹服的是这期号外贴出来的时间。壁报社对外公布是每隔两小时（啊，和“十文字”的作案时间很像嘛！）贴出一期号外，早上的八点号应该是最新一期，但是现在时间才刚过七点。估计是一大早到学校，匆匆忙忙地贴上去的吧。看来他们是干劲十足啊。

不过论干劲的话，我也不会输。我同样在早上七点就已经到学校里来了。更准确来说，我不到七点就穿过校门了。我本来以为校内应该是接近无人状态的，却没想到晨雾中的神山高中已经到处都有人的气息了。真不愧是神高文化祭期间，没办法用常识来看待啊。

好了，关于关键的目标——

顺序轮到“ku”开头的社团了。有两个社团符合这个条件。“猜谜研（kuizuken）”和“全球行动社（gurobaruakutokurabu）”。虽然“猜谜研”的首字是清音的“ku”，是最合适的目标，但是猜谜研的活动在第一天就已经结束了，而且他们也没有专门设置准备室之类的地方（关于这点，身为总务委员的我可以保证）。而另一方面，“全球行动社”在神山高中文化祭中罕见地以图示板展示为主，基本上都是门户大开。通过排除法，可以推测出“十文字”的目标应该是这边。

我走上楼梯，前往全球行动社的展览会场三年E班教室。昨晚放学前我调查过了，全球行动社还没有被偷走东西，也没有发现犯罪声明。我的监视这次应该是不会失手了，除非“十文字”今天早上比我更早来学校将事情办完。

然而——

三年E班教室前面已经有先到之客了。

“哟，福部，你来得真晚啊。”

谷同学。而且还不止他一个人。

“哦，你是古籍研究社的吧……之前承蒙你们的关照。你也在追查这起事件吗？”

说话的是二年级的羽场智博学长。我在暑假的“女帝”事件和他有过一面之交，记得他应该是侦探小说研究会的人。“会有一大堆爱出风头的人来凑热闹吧。”谷同学昨天的预言应验了。如此一来，我也是爱出风头的人吗？虽然我也不否认啦。

除了他们两人之外，还有一名不认识的学生在稍远处看着我们这边。看起来不太像是在进行最后一天的准备，那个人也是侦探志愿者吧。算上我一共是四个人。伤脑筋啊，虽说要加强监视，但是没想到一开始就变得如此戒备森严。“十文字”会怎么下手呢？

我隐藏住内心的动摇，笑眯眯地找谷同学说话。

“哟，早上好。一大早就来监视，你还真有干劲啊。”

“你也是。”

“那么，应该还没有下手吧。”

谷同学用大拇指比了比三年E班教室里面。

“我可不会好心好意地告诉自己的劲敌。你自己去调查吧。”

根本不需要调查。如果已经下手了的话，那三个侦探志愿者就不可能仍旧在这里等待了。我耸了耸肩膀。

时间刚过七点。八点半必须去体育馆接受点名。虽然到时候会出现空当，但是“十文字”也应该是如此。我，还有在这里的所有人想必都打算最后一个进入体育馆，并且最早一个冲出来吧。万一“十文字”仍有办法趁这个空当下手，我们也能够找出缩小嫌疑犯范围的线索来。

我默默地走到离谷同学和羽场学长稍远的地方，靠在走廊墙壁上。如果是在冷硬派的作品里，这种时候应该一边抽烟一边等待对手的行动，但很遗憾这里是高中。我从束口袋取出九连环和口香糖，来代替香烟盒。

049–♥11

终于到最后一天了。

今天是周六，所以应该会有不少校外人士到场。而“十文字”事件不出意外的话也会在今天结束。无论从哪个方面来看，今天都是非常关键的一天。我再次坚定了决心，来到前方附近的公告栏，准备先看一下最新一期的“神高月报”。

公告栏前已经有先到之客了。

轻轻盘着手、稍稍扬起下巴在看着公告栏的那个人，看起来一点都不像是高中生。大概是大学生吧。橘色衬衫下露出来的手臂晒得有点黑。尽管风已经完全带上了秋意，但那人仍旧穿着充满夏日风情的短牛仔裤。那个人的腿略微站开，一只脚在有规律地踏着节拍，可以明显感受到那人非常愉悦的心情。

那个人是在看壁报吧。视线上下移动了好几次，过了一会儿嘴角泛起一丝笑意。

“原来是这么回事啊。”

我听到了这样的嘟囔声。接着那个人放开盘着的手臂，转过身子，踩着来宾用的拖鞋不疾不徐地走开了，消失在楼梯口处。

我是不是在哪里见过刚才那个人啊？年龄看起来是大学生的样子，拥有活泼气息的女子……有点想不起来。但是，总觉得自己对那张脸很有印象。我对于记认别人的脸和名字还是很有自信的呀。

“唔。”

还是想不起来。也许只是我的错觉吧。

050–♠13

地学教室仍旧是门可罗雀。不过虽然一直在抱怨没人上门，但我好歹还是亲手卖了将近三十册的文集，所以好像也不应该这么怨天尤人。

不忙对我来说是件好事，但是每当那个纸板箱进入视线，即便是我，也同样会感到焦急的。乍看之下平凡无奇的纸板箱，对于现在的我来说，那是恐怖之箱。

那里面沉睡着永远不会被阅读的铅字们。然后，它们在不会开启的箱子中一点点地变化，文字与文字相互替换，每一页都乱成一团，逐渐发酵成精神的毒物。铅字们让自己变化成只要看过一遍，就会烙印在心里永不离开的黏稠故事。在永不见天日的潮湿场所，它们一直呢喃着“读我，读我”，不停变化成更有魅力、更具印象的东西。但是，它们依旧永远不会被人们阅读，最终腐烂凋零或者是被烧毁……

总之就是闲到可以像这样胡思乱想。还剩下一百四十一册。交给入须的那二十册也无法保证能否全部卖完，似乎终于到了要做好觉悟的时候了。一百多册文集保存起来也没有任何意义。如果到最后还是剩下大量库存的话，那么就只有收在某个仓库里等着腐烂，或者是当成可回收资源扔掉吧。

伊原画的兔子与狗互咬的封面。平装，进行过PP加工。

“……”

唔，如果做得更偷工减料一点就好了。

算了，总之现在已经无事可做了。我在桌上托着腮帮子，这时远处传来了微弱的吹奏乐器的声音。应该是体育馆那边吧。我望向中庭另一边的普通大楼，那些被遮光窗帘挡起来的教室看起来就像是蛀牙一样。

我换了一下托着腮帮子的手。

……将“十文字”事件当成揽客熊猫，帮古籍研究社吸引客人。这个想法并不坏。如果壁报社愿意放上“最后的目标——古籍研究社”这种有煽动性的宣传语，那么应该会有不少人来凑热闹吧。

不过，我有个稍微不同的想法。那个想法主要是为了将《冰菓》全部卖掉。虽然并不能保证一定会顺利……

没有客人上门。时间还很多。我一点点地盘算着自己的计划。

【剩余一百四十一册】

051–♣17

“全球行动社”换个说法就是“国际活动社”，所以我心不在焉地猜想，他们的展览应该都是孟加拉洪水的惨状或者印尼内战之类的东西吧。很遗憾我目前对这方面没有太大的兴趣，估计不会太好玩吧。

且慢，其实并非如此。图示板的内容是“你也能做到的玉米面包制作方法（墨西哥）”、“用市面上卖的牛奶来做酸奶（保加利亚）”等等，几乎都是在介绍地域美食。我对社长表示这真是相当有趣的主题啊，结果那男生却苦着脸说道：

“我们不是烹饪社团啊，本质是国际义工社团。我们把自己不要的旧衣服寄给贫困的孩子们，但是相比那些活动，还是像这样展示异国美食要更有趣吧。实际上我们也经常做来吃……不过，不管是哪种展示，似乎都没人愿意看啊。”

没错。不知道是壁报社还是口耳相传带来的效果，随着时间推移，侦探志愿者越来越多了。然后，这些人又吸引了更多的人群，三年E班教室的人口密度变得相当高了。虽然没有向总务委员会报备，不过他们似乎已经制作好玉米面包分发给到场的客人。只是，在点名结束后不到一个小时，那些面包就被侦探志愿者们吃得一干二净。我也不是不能理解社长的叹息。但是，一想到古籍研究社也有机会迎来这样的盛况，那个叹息听起来也像是喜悦的欢声了。

话说回来——

“……什么事也没发生啊。”

我听到有人无趣地低声嘀咕着。原来是谷同学。从将近一个小时前开始，他就一直说着那种话。不过到了现在，我也很想对他表示同意了。怀表的时针已经快要指向十点了。既然是大约每两小时发出一次犯罪声明，那么差不多该有所行动了吧（神高开始上课的时间是八点）。可是，无论再怎么留神关注，也看不到任何可疑的举动。

“万一……”这样的想法一直盘踞在内心某处。难道“十文字”的目标是猜谜研？不不，这才真的是万分之一的概率。猜谜研的活动已经结束，社员们应该都在各自享受着文化祭。如果想去猜谜研处偷东西，那要从哪里下手，偷走什么东西才好啊？

只是，在要偷走什么东西这点上，其实全球行动社也相当微妙。我吸取了教训，为了防止再出现魔术社“蜡烛”那样的情况，就把物品名称都翻译成英文，但还是找不到任何以“ku”开头的东西。在神高内部，学生是穿拖鞋的。总不至于偷走拖鞋，然后说“我拿走鞋子（kutsu）啦，哈哈哈哈”吧（漫研的COSPLAY和其他一些社团的服装都有鞋子，那是特例）。这种时候，怪盗“十文字”应该会像从阿卡贝拉社偷走AQUARIUS那样，稍微动一下歪脑筋吧，只是到目前为止仍旧什么都没有发生，我不禁怀疑他是不是干脆放弃了呢。

从侦探志愿者们之中也传来了——

“我不玩了，走吧。”

“有什么情况出现的话，就给我发短信吧。”

周围都是这样的声音。羽场学长似乎是因为社团里有什么事情，中途就消失了。从一开始就守在这里监视的人，大概就只有我和谷同学了。

怪盗“十文字”你怎么了，不会被这么多人给吓倒了吧？哼，窝囊的家伙，时间已经到十点了啊！

……这时，谷同学把手伸进口袋，拿出了手机。似乎是有人给他发短信，他看向手机屏幕。

然后，谷同学突然大叫：

“……怎么会这样！”

嗯？发生了什么事吗？

谷同学合上折叠式手机，没有放回口袋里就准备跑出去。我正好就站在他前进的道路上，便十分平静地询问道：

“发生了什么事吗？”

谷同学嘴巴紧闭。如果是和我完全无关的事情，那么他直说就可以了。既然沉默不语，就表示与“十文字”有关。

试着再稍微推一把吧。

“很遗憾，我不像谷同学你那样有可以通风报信的好朋友。如果不介意的话，能与我分享一下消息吗？”

低声下气的效果十分显著。谷同学张大了鼻翼说道：

“哼。‘十文字’那家伙虚晃了一枪。”

“虚晃一枪？难道是猜谜研被偷了？”

谷同学摇了摇头，然后不知为何得意地笑了。

“不是。”

“那么……”

谷同学把声音压得很低，应该是不希望被周围的侦探志愿者们听到吧。

“……轻音社（keionbu）的‘弦（gen）’被偷走了。”

轻音社？轻音社？

与谷同学相反，我不由自主地抬高了音量。

“这是真的吗！”

谷同学顿时露出了沉痛的表情。

“如果你怀疑的话，就自己去确认一下吧。再见。”

他留下这句话，小跑步离开了三年E班。有一瞬间我想追上去，但还是放弃了。因为我知道这只是无谓之举。

看来“十文字”的弹性思维远远超乎我的意料之外。

因为有“按照五十音顺序”和“几乎每隔两小时”的束缚，才有办法守在现场等待犯人露出破绽。然而，“十文字”看到全球行动社戒备森严，就转而向轻音社下手。既然他如此变幻莫测，那么我就束手无策了。

也就是说，从现场状况来限定嫌疑者范围这种正面进攻法已经行不通了。

另一方面，虽然我很想攻其不备，但又没有想出奇招妙策的才能。如果能想出来的话，我一开始就会选择那种方法了。

这下……

我昨晚思考过了。“十文字”匿藏在众人的汪洋大海中。为了抓住他，我的唯一手段就是守在现场。除此之外别无他法。

但是现在，“十文字”很轻巧地翻身闪过。既然他抛掉了规律，那么我要怎样才能守在现场呢？

看来要重新思考一下了。

我还有什么能做到的事情吗？

052–♠14

该说真不愧是周六吗？随着太阳越升越高，客人也越来越多了。

入须的录像带电影似乎也大受好评，寄卖的二十册真的全部卖完了。千反田又拿了十册过去。

客人的绝对数量足够多的话，可能会有不少人一时兴起逛到这个校园的角落来。有两名中年妇女结伴而来，只因为我陪她们聊了一会，就慷慨地每人各买了一册文集。听了也不要吃惊，加上这两册，今天早上总共卖出去了九册。万事开头难，看来今天很值得期待啊。

多谢惠顾。就在我用不自然的笑容送走客人之后——

……想去上个厕所啊。

一个人看店就怕碰到这种情况。没办法麻烦别人帮忙看管一下。商品是文集，倒不怕别人偷，但我也不能把钱丢在这里就去解手啊。于是我盖上用来代替收银台的糖果盒，放进自己的斜挎背包，然后拿出活页文件夹，抽出写着“休息中 文集《冰菓》一册两百日元想购买的人请把钱放在桌上”的活页纸。

背包底下有一个陌生的东西在闪光。我拿出来一看，是伊原昨天扔给我的心形别针。我没有多想，就把那个放到一堆《冰菓》的旁边，然后又抽出另一张活页纸，写下“别针 以物易物 请随便留下什么有点价值的东西”。

好了。那么我去去就回。

如厕中。

我回来了。

啊，我才离开不到五分钟，别针就不见了哦，喂。而且桌上还放着两百日元。卖掉了一册吗？还真是什么时候都会有客人上门啊。

我发现提及别针的那张活页纸上似乎写了一些字。看到上面的内容后，我的表情自然而然地变得苦涩。我对这个笔迹有印象。只要看了那个留言，就能马上知道是谁来过了。

——不要抛下商品去休息。这个别针是哪来的？我收下了。用来交换的东西我放在《冰菓》上面。能不能用来消遣，那就取决于你自己了——

是老姐。没想到她真的来了啊。但是也太不凑巧了，偏偏是在五分钟的空当来袭。不，对我来说应该算是好事吧。

从老姐的钢笔开始，经历了胸章、格洛克、面粉、心形别针的稻草富翁，现在又回到了老姐的东西上。话说，她用来交换的东西是什么啊？既然是老姐，估计是不会留下什么好东西吧。我漫不经心地望向《冰菓》。

书堆上面摆着一本与《冰菓》同样尺寸，类似文集的东西。骑马订装订，没有进行PP加工，外观上看要比《冰菓》逊色很多，不过相当厚。封面图是女人的侧脸。不是写实画风，而是漫画风格。

我先把糖果盒放回原处，并将老姐留下来的两百日元放进去。用不着确认剩余的册数吧。就算是老姐，也不可能会偷《冰菓》。我坐到椅子上，拿起老姐的交换品。

封面的角落用竖排的方式写着小小的标题。《黄昏已成骸》？还真是相当不吉利的标题啊。另外一边的角落则是作者名。“安心院铎玻”。看起来像是僧侣的法号。当然是笔名吧，念法是“ANSHININ TAKUHA”吗？

这样的标题和笔名，该不会是有关超自然现象的书籍吧？我带着这样的想法翻了一下，原来是漫画啊。场景从穿着水手服的女孩走出木造的车站开始。我忍不住惊叹一声，画得相当棒啊。

原来如此。漫画的话，确实很适合打发时间。虽然老姐表露出如此直接的好意让我觉得很恶心。既然她专门从家里带过来，应该不会很烂吧。我就心怀感激慢慢看好了。

在开始看之前，我好奇这漫画有没有后记，就翻到最后一页瞄了一眼。

原来是有后记的。

各位觉得《黄昏已成骸》如何?

不是我自卖自夸，我觉得这部作品完成得相当不错。不过我只是帮忙画了点背景，除此之外就几乎什么也没做了。如果大家喜欢上了这部漫画，那么这都是原作和作画的功劳，跟我没什么太大关系。

我们并非全都是漫画研究会的人。只不过，我们都喜欢漫画，聊着聊着就意气相投，于是兴起了画画看的念头，而完成品就是这个故事。我觉得作为处女作，这部作品是相当出色的，但是一个劲

库特利亚芙卡的排序

Welcome to KANYA FESTA!

地夸自己人似乎也不太好。所以就交给将这部作品拿到手中的读者们去评价吧。

然后，我们并不打算只合作这么一次就解散。我们已经朝着明年的KANYA祭开始准备了。负责原作的A说下一部作品要大幅改变作品风格，挑战一下悬疑类。好像是计划着能不能把克里斯蒂的名作进行一下改编。标题似乎已经确定好了。

我在这里预告一下吧。下一部作品的标题是《库特利亚芙卡的排序》……又是阴暗的标题呢（笑）。

那么明年KANYA祭再见。

安心院 铎玻

那是正经八百的手写文字。

“……”

我明显皱起了眉头，接着重新看了一遍。

KANYA祭。也就是说，这部漫画是神山高中的学生画的吗？而且毫无疑问是在文化祭上贩卖的作品。

还有“库特利亚芙卡的排序”。我不知道“库特利亚芙卡”是指什么，但是“排序”这个单词让我有些在意。不对，如果只有“排序”这个单词的话，我应该是不会在意的。关键是在那前面有“计划着能不能把克里斯蒂的名作进行一下改编”这句话。

而且，这是老姐拿过来的东西。我再次看了一下老姐留下来的信息。

——能不能用来消遣，那就取决于你自己了——

为什么是取决于我？如果只有“用漫画来打发无聊时间”这层意思的话，她留下的这句话也未免太过古怪了。而且，我不认为老姐会有“弟弟说不定很无聊吧，我拿本漫画给他看”这种想法。要我打赌也可以。

“她该不会是带来什么麻烦事吧。”

我嘟囔着，重新坐在椅子上。

画功很不错。只是看个后记也没什么意思，稍微仔细看一遍好了。虽然说得未必准确，不过后记对故事本身也很有自信。即使这是老姐别有深意的玩笑，也能够达到原本用来打发无聊的目的吧。

【剩余一百二十一册】

053-♣18

整理好想法了。

我的结论是——“这个事件不是我能应付过来的”。

不论是好是坏，懂得放弃是我的特性。

如此一来，我能做的事情就只剩一件了。我平静地将那件事说了出来。

“看你了，奉太郎。”

054-♥12

我在寻找某个人。

不是别人，正是广播社的社长。全球行动社因为“十文字”效应而大为热闹——除了福部同学之外，我从其他人那里也听说了这个情况。自称“十文字”的那个人究竟是谁？为什么要不停地偷东西？我感到非常好奇。只要一思考这些，大脑里就会涌出各种疑问。但我决定将这份心情稍微延后。虽然我不可能彻底放弃追求答案，不过我暂时将这方面搁置一旁，尽管这样做会让我非常难熬。

既然“十文字”事件能够吸引到如此多的人，那么可以认为这是个大好机会吧。面对机会要大胆把握，这是系统化的行动之一。

我准备去拜托广播社，希望他们能在中午的节目中提及古籍研究社的事情。

而且多亏入须学姐的教诲，与壁报社的交涉取得了圆满成功。所以，为了更进一步进行宣传活动，交涉对象就非广播社莫属了。

但是，我本来以为只要去广播室就能找到社长，却不想扑了个空。一名女生用经常在校内广播中听到的声音询问我的来意后，有些纳闷地歪着脑袋说道：

“社长一般都是待在这里的。不知道现在跑哪里去了啊……广播节目的主题还没有决定下来，商量一下的话，应该有机会报道你们的。”

所幸我知道广播社社长的长相，想找还是有办法的。于是我走遍校内，寻找着社长的身影。但是，迟迟没有发现。

找着找着，我来到了专用大楼的三楼，便打算去探望一下正一个人看店的折木同学。刚才我去拿入须学姐答应追加寄卖的十册文集的时候，他看起来似乎相当困倦。

刚走上楼梯，我就发现有个人正在朝地学教室走去。令人吃惊的是，那个人就是我在寻找的广播社社长——吉野康邦学长。出乎意料的状况让我大为困惑，不过我马上稍稍整理好领结，小跑步追上了吉野学长。

“吉野学长，您好。”

吉野学长停下脚步，睁大眼睛回头看着我。他留着率性的发型和浓浓的眉毛，让人觉得他是自我意识比较强的人。

“你是？”

我向他低头行礼。

“我是古籍研究社的社长，千反田爱瑠。我有事想拜托吉野学长，所以一直在找您。”

但是，吉野学长没有把我的招呼听到最后。我刚报上姓名，他就用大得惊人的声音盖过了我的话。

“欸，你就是古籍研究社的社长吗！哎呀，真是巧啊。你来得正好。我有事情想拜托你，正在找你呢！”

啊呀。

我还没有询问究竟是什么事，吉野学长就快速地继续说道：

“壁报社报道的那个是真的吗？是真的吧？‘十文字’最后的目标是古籍研究社！啊，我太没头没脑了。‘十文字’的事情成了相当热门的话题呢。所以，我打算在中午广播拿这件事当材料。今天下午没有什么引人注目的活动，我正伤脑筋呢。这种有话题性的事情真是让我们感激不尽啊。问题是要找谁来当嘉宾，于是我就想到了怪盗瞄准最后一个目标社团的社长——这样的宣传最理想不过了。怎么样，你愿意上我们的节目吗？不用担心，你只需要回答我们准备好的问题就可以了。你的声音很好听呢，正好适合上广播节目。你意下如何？”

啊呀啊呀。

根本用不着使用入须学姐教我的交涉技巧。不过，我没想到自己会去当广播节目的嘉宾。因为我原本只是期待广播社能够稍微提及古籍研究社那就已经感激不尽了。嘉宾……那么，应该是像第一天的猜谜研社长那样接受采访吧？

……我能做到吗？

沉默似乎有些太长了。吉野学长挠了挠头说道：

“呃，我不会勉强你的啦，只是……”

“啊，不不。”

我的脑海里浮现出堆积如山的《冰菓》，还有摩耶花同学发现下错订单时的表情，以及折木同学和福部同学。

没什么好犹豫的了。我再次深深地低头行礼。

“我才要请您多多关照。”

“啊，是吗？”

吉野学长笑逐颜开。

“那么，十二点。十二点请到广播室来。广播从十二点半开始。你可以带便当来。那么就这样，拜托了。”

“彼此彼此。”

我能冷静地把话说清楚吗？相当不安啊。吉野学长说只要回答提问就好，应该不会提一些太过私人的问题吧。我大大地喘了口气，让自己的心情平静下来。

啊啊，对了。我到这里是准备去看看折木同学的。地学教室的门是关着的。文化祭期间门应该是一直开着才对啊，是忘记打开了吗？我敲了一下门，走了进去。

折木同学和福部同学在里面。福部同学稍稍举起手，向我打了声招呼。

“哟，千反田同学。入须学姐那边似乎很顺利啊。”

“是的。我们又追加了十本过去寄卖。”

我一边说，一边看向折木同学。折木同学在专心致志地看类似文集的东西，没有抬起头来。说不定他完全没有发现我走进来吧。也许是注意到了我的视线，福部同学夸张地耸了耸肩膀。

“是漫画。他沉醉在里面，根本不听我说话。”

折木同学依旧盯着漫画，回答道：

“我在听。‘ku’被跳过，‘轻音社’遭殃了对吧。”

“既然你没有了解到这件事所代表的严重性，就不能算是在听。”

过了一会，折木同学厉声说道：

“大团圆了。你稍等一下。”

福部同学又耸了耸肩膀，像是在说“你看吧”。

真的只是稍等一下而已。不到三十秒钟，折木同学就合上了手中的漫画。他“呼”了一声重重地叹了口气。福部同学对这样的折木同学调侃道：

“没想到奉太郎居然会沉迷同人漫画啊。要拜摩耶花为师吗？”

同人漫画和普通的漫画不同吗？我对漫画所知甚少……

折木同学瞥了一眼福部同学，我觉得他平时有些倦懒的态度中添了一丝怡然的感觉。折木同学有些不好意思地垂下眼睛，轻声说道：

“这个真的很不错。”

“嗬。那等会也借我看看吧。”

我还是第一次看到折木同学这样的表情，所以也产生了很大的兴趣。我走过去看了一下那本书。封面上画着一个可爱但有些哀愁的女孩子。能让人一眼就看出哀愁的气息，说明作者的画技非常出色，而服饰的质感更是让我叹为观止。那个女孩子穿着与我身上相同设计的水手服，可以看出有微微清风从她的正面吹过来。

……唔。

似乎是自然而然地，我稍微歪了歪脑袋。福部同学向我询问道：

“怎么了，千反田同学？”

“没什么……”

我再看了一次。画面充盈着哀愁，画风可爱的女孩子。很有质感的服装画法。

“我好像在哪里看过这张图。”

“是错觉吧。”

折木同学的声音马上飞了过来。

是这样吗?

我再次仔细地端详了一遍……不，不会错的。我很有自信地断言道：

“我看过这张图。不对，不是这张图，而是画这本漫画的人所画的图。”

“是在以前看过吗？”

我摇了摇头，接着回答福部同学的提问。

“不是，应该是在最近。”

啊啊，就要想起来了！既然记忆模糊不清，就表示我只是稍微瞥到一眼吧。如果是仔仔细细地看过，我是不可能这么快就忘记的。

唔，唔……

“我、我……”

“千反田，我们现在有很多事要忙。”

折木同学发出劝诫似的声音。我知道。现在确实很忙。即使不是如此，我也因为好奇心太强而经常造成折木同学的困扰。我十分清楚。但是，无论如何就是控制不住啊。我想知道，非常想知道。所以还是说出了口。

“……我很好奇。”

我把手按在自己的喉咙上。

“都到这里了啊。”

“给我咽回去。”

“办不到啊。”

“求你行行好。”

“请让我看一下其他页。”

折木同学轻轻地叹了口气，将那本漫画递给我。我仔细看了看封面，对于《黄昏已成骸》这个标题是完全没有印象。也就是说，我果然只是看过图而已。

我随便翻了一下……里面有男生的图。我忍不住叫出声来。

“啊！”

“嗯？你想起来了吗？”

折木同学不知为何露出泄气般的表情。虽然这让我有些在意，但我轻轻地点头说道：

“是的，大概不会错吧。这个男生的图非常像。我是在会议室旁边的公告栏上看到的。应该是文化祭宣传海报的图……”

到了最后，我的声音越变越小了。我对漫画所知甚少。虽然觉得应该是同样的画风，但还是不敢断言。

“那个珍稀版吗？”

福部同学似乎看过那张海报。仔细想想，这也是理所当然的事情。福部同学是总务委员嘛。他像我刚才一样，凝神端详着那张图。

“……唔。虽然很像，但还是有点难以断定啊。最好的方法就是对比一下吧。”

没错，这样做就可以了！

“折木同学，这本漫画请借我一下！”

折木同学稍稍往后缩了一下身子。啊，我似乎又太过靠近了。折木同学缓缓地摇了摇头。相比于否定，那更像是听天由命的样子。

“好吧。你都说出了好奇两个字，如果这样就能满足的话，那真是谢天谢地了……不过，你要马上还给我哦。我还要用。”

“好的，我会马上还回来的！”

我将《黄昏已成骸》紧紧地抱在胸前。

055–♦11

阿福和小千似乎都寄望于第三天，希望能多卖掉一些《冰菓》。而漫研也同样将文集的销售重点放在第三天。

事实上，我们还没有准备好，第一预备教室就已经站着几个人在等候开门了。开始之后，客流量简直不是前两天可以相比的。让我感到相当开心的是，宣传海报大受欢迎，不止一个人问过多少钱一张。老实说，如果可以一张卖一百日元的话，对于社团预算也是很有帮助的。但是，在以“禁止商业性摊位”为原则的神高文化祭中，即兴增加“商品”是一大禁忌。汤浅社长没有以身犯险，但因为实在拒绝不过，最后她决定将海报分送给几个人。

而送出海报所造成的空缺，还是由我们来填补。

我会画的角色并没有多少，所以只能将已经送出去的海报上的角色换个角度或姿势来蒙混过关。我今天的服装是有好几个口袋的卡其色外套和解放帽。我听到很多客人看到我的解放帽，说出了很多角色名，但是只有河内学姐一个人看出我是在COSPLAY谁。

“……莫非是看到鸟会缩小的刑警？”

“是的。”

“是缩小后的版本？”

我不太喜欢别人拿我的身高做文章。学姐也是与警察有关的角色，在格斗游戏里的华人角色中可以算是始祖。穿着几乎露到大腿根的高开叉衣服。我不知道服装是不是学姐自己制作的，不过在再现度这点上，我不得不承认做得相当出色。手环上的尖刺闪烁着金属光泽，让我担心会不会不小心造成事故。

一投入到画图中，就可以忘记很多事情。无论是昨天的事情、“十文字”事件，还是《黄昏已成骸》。不过，由于忘得太厉害，我开始有种“不这样永远不停地继续画下去，事后就会非常难受”的感觉，让我不禁心情低落。我画好第一张，描好线，擦掉了底稿。

“画好了。下一张。”

“随便画画就好。”

好的，我会随便画的。

面对白色的绘图纸，我一瞬间犹豫该画什么。教室里的人相当多。不管是多么挑剔的人，也没办法说这种状况叫门可罗雀吧。文集《世阿弥’s》的销量很好。河内学姐的COSPLAY大受校外的大哥哥们欢迎，她忙着招待客人，没办法加入涂色的阵营。虽然河内学姐的追随者们在帮忙上色，但是随便一看，就知道她们在技术和速度上有明显的差距。我不太喜欢河内学姐，也经常会被她的这帮追随者们搞得哑口无言，但是我不得不承认，河内学姐自己有着相当高超的创作能力。

用来洗画笔的水桶已经相当浑浊了。有人拿起那个水桶说要去换水。是长相和姓名不一致的一年级学生。那个女生没有勉强穿过拥挤的教室，而是绕在人群的外围往外面走。在从我面前经过的时候，我似乎在她脸上看到了期待的表情。相比龙与虎相遇时的斗志，那份期待更接近于猫遇到老鼠时的喜悦吧。

“啊呀呀。”

那个女生装模作样地失去了平衡。啪，一滴水溅到了我的桌角上。

我心里明白。那个女生只是打算做到这个地步而已。她只是想稍微使点坏，教训一下顶撞自己敬爱的河内学姐的那家伙。仅仅是溅上一滴水，她就十分满足了。

但是，事情并没有就此结束。不知道是谁推了那个女生一把。我也没有看清楚。也许是挤进第一预备教室的人群中有人绊倒或者是踉跄了吧。那个女生原本只是故意稍稍失去平衡，这下就完全收不住了。紧接着，传来的不是“啊呀呀”那样的做作声音，而是近乎惨叫的声音。

我最多只能扭转身体。

“……”

没有从脑袋上泼下来，这也许算是不幸中的大幸吧。水滴——正确来说是一整桶的水向我的胸口扑来。从右肩到侧腹一带的衣服都变色了。那是一直拿来洗画笔的水，已经脏到必须换掉，有着恶心的臭味。

污水也溅到了接下来准备画图的绘图纸上。绘图纸被黄灰色的污水浸成了一片斑驳。

那个女生露出战战兢兢、泫然欲泣的表情。

但是该怎么说呢，这就是所谓的“仿佛被泼了一盆冷水”吗？是不是呢？

我完全气不过来，从口袋里拿出手帕，按在“滴答滴答”地不停滴水的外套上。白色的手帕一下子就被染成了黄灰色。

嗯。外套原来就是卡其色，大概不会太显眼吧。

刚才热热闹闹的第一预备教室转瞬间变得寂静无声。感觉有些对不住大家啊。我缓缓地从椅子上站起来，找到社长的身影，说道：

“社长，不好意思。接下来就麻烦你了。”

和河内学姐不同，我的服装并不属于无法在外面行走的类型，所以我是穿好COSPLAY服装从家里过来的。虽然看起来不管是多么普通的服装，但既然知道自己是在COSPLAY，对于穿着在外面行走还是多少有点抵触的，但是我从阿福那得知想到人满为患的更衣室去也是一件很困难的事情。如此一来，现在最大的问题就是，我的校服是放在家里。

不过值得庆幸的是，我把上体育课用的运动服放在学校里了。之前我把洗干净的运动服带到学校来，但是体育课改成了自习，就没有用上。我在挤满了准备登台表演的戏剧社社员们的更衣室角落，静悄悄地换好了衣服。

说起来，古籍研究社现在怎样了呢？阿福好像在计划着什么。小千应该也不会袖手旁观吧。那个下错订单的失误是我的责任，最后和他们一起迎接文化祭结束似乎也挺不错的。

运动服的颜色原本应该叫浅葱色才对吧，不过“浅葱色”这个词会给人一种神职人员或者新撰组专用色的印象，所以神高的运动服原则上称作“比较淡的水蓝色”。我穿上水蓝色的运动服，向地学教室走去。当我进入专用大楼，一步一个脚印似的踩着三楼楼梯往上走的时候，从上方传来了拖鞋的轻快脚步声。

“啊，摩耶花同学！”

小千非常开心地朝我挥着手。我正打算问她这么急是要去干什么，她就一把抓住了我的手腕。我漫不经心地想着，她的手掌好温暖啊。

话说，这里是楼梯啊，很危险的。

“慢、慢着，小千！”

但是小千没有理会我的抗议，一口气滔滔不绝地说道：

“太好了，有摩耶花同学在那就以一顶百了。只有我一个人的话，实在是没有自信。你现在方便吗？没有什么急事吧？”

我以一顶百？

“咦，什么啊？你有什么事情需要我帮忙吗？”

小千的右手抓住了我的手腕，左手则将一本像是文集的东西抱在胸前。书脊上可以看到订书机的针，制作得似乎不是特别精良。

但是——

“就是这个。”

看到那个文集的封面，我情不自禁地叫出声来。

“为、为什么小千你会有这个啊！”

那个，画着女性侧脸的熟悉封面，正是《黄昏已成骸》!

“这不是我的，是折木同学的东西。”

那就更让我费解了。为什么折木那家伙会有《黄昏已成骸》?这可是去年文化祭在走廊角落跟秘密小摊一样的地方，悄悄贩卖的刊物啊。虽然是绝对不可能的事情，但有一瞬间我不禁怀疑折木该不会是把我的那本偷过去了吧。我不由自主地把手伸向小千拿着的那本书。顿时，小千像是要保护它似的紧紧抱在胸前。

“摩耶花同学，你知道这本漫画吗？”

我一边把手缩回来，一边回答道：

“嗯……算是知道啦。”

“那么，也知道画这本漫画的人是谁吗？”

我瞬间犹豫了一下，不知道小千说的画漫画的人是指笔名的安心院铎玻，还是原作者安城春菜。小千也许是看出了我的困惑，改口重新说了一遍。

“我是说画图的人。”

“那我不知道。”

于是，小千更加兴冲冲地说道：

“告诉你啊，文化祭有宣传海报！我很好奇画那张海报的和画这个漫画的是不是同一个人。”

原来如此，是这么一回事啊。

我很理解。小千经常会去调查自己感到好奇的事情，不过我对此一般都是不怎么在意的。然而，这次我非常理解小千的心情。看到两幅画风很相似的图画，却不知道彼此的作者是谁，当然会很好奇这是不是同一个作者呢。

也就是说，文化祭海报的作画者与《黄昏已成骸》的作画者是同一个人？

如果真是这样，那无论如何我也要去确认一下。我已经知道原作者是谁了，只要调查出结果，我就有可能连作画者是谁都能知道。虽然负责原作的安城春菜转学了，但是只要负责作画的那个人还留在学校里，说不定就有办法入手“安心院铎玻”的新作。

我的心情越来越激动，声音不由得变大了。

“那个海报在哪里？”

小千抓住我的手腕往下跑。她头也不回，只听到回答的声音越过她的肩膀传了过来。

“在会议室旁边！”

好，走吧！

画面中，男生和女生在设置大型的立式招牌，招牌上写着“第四十二届KANYA祭”这几个字，以及详细的日程。

这就是那张海报的大致设计。上色浓淡相当分明，突出了重点。《黄昏已成骸》全篇都是黑白漫画，所以必须要考虑到彩图与黑白图的区别才行。

对比漫画图与插画图，要判断出是否出自同一个人之手，一般来说是相当困难的事情。

不过，这个鉴定倒是毫不费力。虽然作者在这一年之间，画女生的技术似乎多了一些变化，但是男生的画法还是没有太大的改变。第一眼就觉得是同一个人画的。保险起见，我后退一步观察了一下整体，又上前一步端详了一下细节部分。虽然小千的着眼点在服装的质感上，不过两者决定性的相似之处是对于耳朵的处理方法。是完全一模一样的画法。

我转头对小千说道：

“十有八九，或者说百分之九十九是同一个人。”

听到我这么说，小千伸手抚了一下自己的胸口。那是表示放下心来的动作吧。

“这样啊。非常感谢。我的内心舒畅多了。”

原来那是表示内心豁然开朗的动作啊。我也笑了出来。感觉自己好像很久没有笑了。

“啊哈哈，这种事情确实会让人很好奇。”

“嗯。不过，我没有自信可以通过对比来判断……”

“我也没有什么特别的观察技巧啦。”

那么，我也稍微满足一下自己的兴趣吧。我敲了一下公告栏旁边会议室的门。

“哦，请进。”

有回应。里面只有一名对着日程表的男生。从领口的徽章来看，是二年级学生。他转头看向我们，露出像是在问“谁啊”的诧异表情。

“您好，田名边学长。”

小千向他低头行礼。田名边是总务委员长吧？正好是合适的人选。话说，小千认得的人名还真多啊。我的记性虽然并不差，但绝对比不过小千。

田名边学长似乎是记起来了，亲切地微微一笑。

“哟，你是，唔……”

“古籍研究社。”

“对对。你又有什么事吗？”

有事的人是我。小千退后半步，让我站在前面。不需要说些拐弯抹角的开场白，我单刀直入地问道：

“不好意思，请问您知道贴在外面的海报是谁画的吗？”

田名边学长稍稍皱起了眉头。文化祭的海报有好几种，要他马上回答出其中一种海报的作者，这样的要求可能有些过于苛刻吧。如果能够马上知道，那当然是最好不过了，但我并没有抱太大的期望。

“唔，是贴在外面的那张吧。”

“是的。就是男生和女生竖起招牌的那张。”

停顿了一会之后，田名边学长轻轻地点了几下头。应该是回忆起来了吧。真不愧是委员长，对文化祭的大小事务都了如指掌。学长用平淡的声音说了出来。

“那张的话，是陆山画的。”

欸？

身后的小千高声问道：

“是学生会长陆山宗芳学长吗？”

“嗯，就是那个陆山。”

还真是让人意外的名字。学生会会长陆山学长的话，我也知道。非要说的话，他看起来更像是体育健将的类型，没想到居然会画漫画啊。

这样啊。那个人就是安心院铎玻啊。我努力在脑海中搜索那张只远远看过、没办法清楚回想起来的脸。

田名边学长有些自豪地说道：

“是我叫他画点什么来做点贡献的。画得相当不错吧？”

“是的，我觉得那张海报完成得非常棒！”

“哈哈，他本人听到的话，应该会很开心的。”

在原作之后还知道了作画者是谁，真是好事一起来啊，跟坏事有时成双出现一样。机会难得，我很想问出陆山学长现在的笔名，好去追他的作品，不过委员长应该不知道这种事情吧。问题不大，以后去问本人就好。说不定他与安城春菜的黄金搭档到现在还以某种形式继续存在着呢。

如果真是如此……那真想看啊。我的心中充满了期待。

我和小千郑重地向田名边学长道谢，离开了会议室。

达成目的而笑容满面的小千。我和小千争先恐后地小跑着一同冲向地学教室。

056–♠15

“我知道了！”

不到十分钟，千反田就跑了回来。虽然我确实有叫她马上回来，但也用不着这么赶吧。不，千反田或许不是为了我，而是为了自己的好奇心在拼命。

“嗬，果然是同一个人吗？”

里志抬起头问道。不等千反田回答，他又继续说道：

“咦，摩耶花？”

真的耶。在千反田的身后站着伊原。而且，她今天应该是有COSPLAY的，现在却穿着一身运动服。还是说，这身运动服其实是某个角色的服装……不，这不可能。不管怎么看，那都是神山高中的正式体操服。她似乎是遇上了什么好事，表情相当愉悦。

“摩耶花，你不用管漫研那边的事吗？”

听到里志这么问，伊原微笑着摇了摇头。

“嗯，我让别人替我了。”

是可以随便代替的吗？我不是很清楚漫研的情况。

千反田迈着轻快的脚步来到我面前，将《黄昏已成骸》轻轻地放到书桌上。

“告诉你哦，是同一个人。而且也知道作者名字了。”

“哦，那太好了。”

“是陆山宗芳学长啊！我一直就觉得他是个举止大方得体的人，没想到还有这样的绘画才能。真是让人吃惊呢。”

是谁?

我看向里志。

“你知道吗？”

听到我这么问，里志的表情一下子僵住了。

“奉、奉太郎，你是在开玩笑吧？”

“是很有名的人吗？我和你知道的那些奇人怪人可没有什么缘分啊。”

里志的表情就像是在说我简直无可救药一样，一手捂着眼睛，缓缓地摇了摇头。一旁的伊原则流露出看不起人的神色，轻声说道：

“学生会长。”

学生会长。陆山宗芳（KUGAYAMA MUNEYOSHI）。

“啊啊，原来如此。”

我的声音变小了。我一直以为陆山是读RIKUYAMA，这件事可不能让他们知道。我并不是完全不知道陆山宗芳，光是这样我就想好好表扬一下自己了。我若无其事地拿起《黄昏已成骸》，小心不要被他们看出我想转移话题的意图。

“也就是说，这个ANSHININ TAKUHA里面，负责画图的就是陆山？”

然而，即使改变了话题，里志还是没有放下“无可救药”的表情。他仍旧捂着眼睛，不停地摇头。他怎么一反常态这么纠缠不休啊？我正这么想，就听到维持着姿势的里志说道：

“ANSHININ TAKUHA是什么啊，那是哪里的寺院吗？”

“不是这样吗？”

“那是写作安心院，念作‘ajimu’。是九州的地名，以盛产葡萄闻名。”

“是市吗？”

“不，是小镇。”

这是必须了解的知识吗？不知道就必须要看着别人一直摆出“无可救药”的表情吗？还是说，除了我以外，大家都知道……我忧虑地观察着千反田的脸色。千反田愣愣地说道：

“读法的话，在封面左下角有用罗马音标注……虽然字确实挺小的。”

欸？啊，好小的字。“AJIMU TAKUHA”。真的耶。

意外的是，伊原表现出非常强烈的反应。她瞪大了眼睛，嘴巴张得老大。伊原应该刚刚才看过我借给千反田的这本书吧，有必要那么大的反应吗？虽然伊原对漫画方面的事情可能特别感兴趣，但即使如此……

里志站在我旁边俯视着《黄昏已成骸》。

“内容的话，既然连奉太郎都不吝称赞，那应该很不错吧。”

“……唔……”

刚才的奇怪声音是伊原发出来的吗？里志似乎没有听到，他语气轻快地继续说道：

“不过，我觉得这个笔名有点不敢恭维啊。安心院铎玻吗？三个字的姓在随便取的姓氏里是最常见的特征吧。”

啊，他哪壶不开提哪壶啊？

“……怎、怎么这样……”

千反田打了个踉跄。千反田爱瑠。

“怎么可以说是随便取的，我的姓氏好歹也是……”

“啊啊，不是啦！”

里志顿时慌了手脚。他摆了摆手，撤回前言。

“其实我想说的是名字啦，名字！后半部分！”

嗬。

也许是注意到了我的视线，里志的眼神变得飘忽不定。折木，奉太郎。今后也请多多关照。

“唔，奉太郎是另当别论啦，嗯。”

无根无据的话。而且，你为什么没有发现呢？那句发言真正糟糕的地方并不在于**我的**名字是三个字哦。

“折木是另当别论啊，嗬？”

看来他总算是发现了。里志的脸皱成一团，仿佛马上就要哭出来一样。伊原的全名是伊原摩耶花。我不认为三个字的名字有多稀罕，里志为了避免冒犯千反田，反而自掘坟墓了。比较好的搪塞方法就是“我想说的是笔名”吧。嗯。

陪里志玩独角戏也要见好就收，我重新拿起了《黄昏已成骸》。这是非常有趣的漫画。不过，如果这本漫画和现状有什么关系的话，那关键还是在后记里吧。

伊原突然不再折磨里志，来到我面前。

“这本漫画的作画是陆山学长，不过听说原作者是个叫安城春菜的人。”

“嗬？”

我抬起停留在后记上的视线。

“你知道这本漫画的事情吗？”

“这是我最喜欢的漫画。我是去年在这个学校的文化祭上买的。”

伊原很少会说自己喜欢什么或者什么东西比较好。因此，我没想到她居然会这么轻描淡写地说出“最喜欢”这个词。不过我也觉得这本漫画足够有趣，值得受到这样的赞扬。伊原将视线落在书页上，用异常无精打采的声音说道：

“呐，折木。这本漫画能借我一下吗？”

……真是大受欢迎啊。继千反田之后，没想到连伊原也向我借这本书。虽然我很想慷慨地让她拿走——

“我当然不介意，不过麻烦你稍等一下。”

“嗯，我愿意等。大概什么时候可以借给我？”

我思考了一会，然后用手背拍打了一下后记的那一页。

“等我能将这一页背下来……如果有办法复印的话，我倒是可以马上借给你。”

伊原露出了诧异的表情。没办法解释清楚真是让人苦恼啊。因为我自己也不是很清楚这东西能派上什么用场。正确来说，应该是“等我可以确定这东西到底能不能派上用场再说”吧。

突然，千反田“啪”地拍了下手。

“啊，对了。我有事请想跟大家商量。”

“商量？什么事情啊？”

“唔，其实我要参加广播社中午的广播节目。”

居然有这等好事。

“欸，中午的广播是指前两天也在播的校内广播吗？”

“是的。”

里志吹了个口哨。

“那真是厉害啊！千反田同学，你实在了不起。居然能拉拢神高最大的媒体！再加上‘十文字’事件，这下《冰菓》有希望全部卖掉了。”

“不，那个，其实不是我拜托广播社的，虽然我有想过去拜托……”

“不管怎样，这都是一大壮举！好，那么就由我这个忠实听众来好好教导你作为嘉宾应该怎样进行应答……”

嗯，媒体对策交给里志就可以了吧。我不再理会兴致高昂的里志，重新看起了后记。

怎么说呢，我总觉得到处隐藏着与怪盗“十文字”有关的信息和线索。这三天来一直优哉游哉地坐在这里看守摊位，实在无法让我继续无视现状，而是必须把要做的事情尽快解决掉。我必须以自己的方式进行促销计划才行。为此，无论如何我都要把“十文字”给揪出来。哎呀哎呀，还真是讽刺呢。千反田为了贩卖《冰菓》而抑制住了对事件的好奇心，节能主义的我却为了同样的目的而直面事件。我托着腮帮子，视线落在《黄昏已成骸》上面，但并非有意识地在看它。

我思考了起来。

【剩余一百一十八册】

057–♥13

我一边聆听福部同学亲切的指导，同时发现了折木同学的异样。

摩耶花似乎从小学开始，就一直和折木同学同班。另外据我所知，福部同学是与折木同学最为亲密的男生。

然而，为什么他们都没有发现呢？

在折木同学固定着姿势不变，眼睛却有些失去焦点的时候——

……那个人正在思考呢。

他思考出来的结论，有时候会与我的预想截然不同。并且，之后的事实会证明他的结论确实没错，这种情况已经有过好几次了。

我一边听着福部同学的话，一边在视野的角落里窥视着折木同学的动静。

058–♠16

“……我是这样想的，你怎么看啊，奉太郎？”

嗯？

突然被叫到名字，我抬起头来。里志和千反田，连伊原也在看着我。我挠了挠耳朵。

“抱歉，你在说什么？”

顿时响起了重重的叹气声。

“奉太郎……这可是关系到古籍研究社命运的广播节目战略会议啊。你这种态度可不好，很不好。”

什么时候开起会议来了？而且还是战略级的会议……

我突然注意到，千反田不知何时正屏气凝神地看着我。目不转睛地。眼睛仍旧是那么大。呃，这不是重点……

“有、有什么事吗，千反田？”

“……怎么样？”

“什么啊？”

“没什么……”

然后叹了一口气。而且和刚才的里志不同，那是小而自然的叹气。怎、怎么了？我做了什么会让千反田自然而然叹气的事情吗？

算了，反正我的思考正好碰上了瓶颈。其实我很想说给他们听，边说边推论，但是……

千反田很碍事。

我勾了勾食指，把里志叫过来。

“Come on。”

“嗯？什么事啊？”

我站了起来。感觉已经坐了很久的样子。

“不好意思，麻烦你来一下。”

“在这么忙的时候要去哪啊？”

“是和目前状况有关的事情。场所不管哪里都可以。”

伊原坐在椅子上，晃着够不着地板的脚，她没有看着我们，说道：

“莫非是和‘十文字’事件有关的事情吗？”

直觉真敏锐啊。唉，千反田的眼神果然变锐利了。

“欸，果然是这样吗，折木同学！莫非你发现了什么线索吗?!”

“没有发现没有发现。”

“那么，和‘十文字’事件无关吗？”

讨厌说谎是里志的信条，不过像这样被正面询问，我也没办法若无其事地否定。千反田一眼看穿了我的犹豫。

“……果然是和‘十文字’事件有关的事情吧。”

“啊，呃。”

千反田的手掌重叠在身前，然后捏成了拳头的形状。她本人有注意到这个变化吗？

“我非常好奇啊……为什么只对福部同学……”

那是比平时还要低沉一些的声音。她稍微低着头，因为刘海的关系，我看不见她的眼睛。如果她继续向我抱怨的话，说不定我会忍不住道歉吧。

伤脑筋啊。我是绝对不希望千反田在场的。

没办法，要点小手段好了。我没尝试过这种手段，不知道会不会奏效。我一本正经地说道：“我确实有和‘十文字’事件有关的事情要告诉里志。”

“那么，我也……”

“但是内容非常下流龌龊，这样你也要听吗？”

噢，奏效了。而且还效果超群。

抱歉千反田，如果这算是性骚扰的话，就当我欠你一个人情。我抓起《黄昏已成骸》，从不能动弹的千反田旁边穿过，和苦笑着的里志离开了地学教室。伊原冰冷到极点的视线让我感到背上阵阵发麻。

“那么，是什么下流龌龊的事情呢，说来听听呀。”

一直在窃笑的里志做了个深呼吸，总算开口了。

为了和里志说话，我选择了大楼间通道的屋顶。怎么说呢，只有脱离了文化祭的氛围，才能让人静下心来。

面对嬉皮笑脸的里志，我则表情沉重。

“抱歉，硬把你拉出来。”

“没什么，我很开心哦。被定为最后目标的古籍研究社如果能够揪出‘十文字’事件的真凶，如此美妙的发展可是我求之不得的哦。”

……我倒是没怎么考虑过这种事情。

隔了一会，里志浮现出奇妙的笑容。

“好了，我很期待你的表现哦，奉太郎。”

还不知道能不能满足你的期待呢。我将身体靠在扶手上。

“我并没有什么大不了的想法可以让你期待。只是有几个无法释然的疑点。我总觉得那些疑点具有某种意义。”

“无法释然的疑点要多少有多少吧。只要‘十文字’究竟是谁这个大问题还存在。”

“那是不知道的事情，并不是无法释然的疑点。顺便一提，这也不矛盾。”

“你找到missing ring了吗？”

味滋康*怎么了？

里志对一脸蠢样的我露出了苦笑。

“是missing ring啦。失落的一环。我是问你，是不是找到了遭到‘十文字’偷窃的各个社团之间的隐藏联系。”

哦。我要说的是这么一回事吗？我稍微思考了一下。

“……不，不是这种。”

“那么，是发现了怪盗‘十文字’的一些小失误吗？”

“这也不太对。”

里志顿时停止了动作。他罕见地露出一本正经的表情，目不转睛地看着我。里志一反常态，让我有些退缩了。他开口说道：

“都不是？

“那可是怪盗哦？连环盗窃事件哦？嫌疑犯有一千人哦？

“然而，你没有发现missing ring或者失误，却在一千人里面找到了犯人吗？”

“唔……算是吧。”

“你是怎么做到的啊！”

里志显得异常兴奋。他的悬疑兴趣不是限定在夏洛克·福尔摩斯吗？算了，既然是里志，即使昨天还沉迷着道尔，从今天开始转投高木彬光也没有什么好大惊小怪的。

“唔，我还没有想到犯人的事。只是想稍微整理一下思路。你愿意听我说吗？”

听到我这样拜托，里志不知为何耸了耸肩膀。我还来不及思考那是什么意思，里志就恢复了平常的笑容，说道：

“当然愿意。”

* 日本一家调味料制造商。

然后里志和我一样，靠在对面的扶手上。秋风“嗖”的一声吹过。

那么，要从哪里开始说起呢。

我思考了一会，然后弯起右手的一根手指。这不是做给里志看的，而是我在整理自己的思路。

“首先，‘十文字’为什么要从十个社团偷走十件物品呢？这是从‘十文字’这个署名推论出来的，基于‘十文字’会偷袭十个社团的假设才得以成立。”

“我觉得事到如今没必要怀疑这个假设吧。”

嗯，我不是在怀疑啦。我弯起食指。

“第二，‘十文字’为什么要在现场留下卡片？里志，你有犯人留下的卡片吗？”

“哦，是这个吧。”

仿佛是理所当然一般，他从束口袋里拿出昨天在御烹饪研发现的卡片。

御烹饪研已经失去了汤勺 十文字

“魔术社也是与这个同类型的卡片。你该不会是想找出贩卖的店家，然后从中过滤出购买者吧？”

谁要做这么麻烦的事情啊。

不过，这么说来也是，原来“十文字”留下的信息是这样的写法。因为只看过一遍，所以忘掉了。我弯起中指，说出了另一个疑问：

“第三，为什么‘十文字’要用‘失去了’这个说法？为什么不是‘已经从御烹饪研拿走了汤勺’呢？”

虽然可能只是装模作样罢了。我弯起无名指。

“第四，‘十文字’为什么要留下《KANYA祭指南》呢？”

我本来以为这是为了模仿“ABC时刻表”，但是仔细一想，并不是只有《KANYA祭指南》记载了社团一览。不过，《KANYA祭指南》应该有准备分发给外来参观者的份额，说不定是考虑到比较容易入手这个因素吧。

“啊，顺便一提，这个我也有。”

里志把手伸进束口袋，拿出了《KANYA祭指南》。

“是‘十文字’留在御烹饪研的那一本哦。”

这家伙仍旧如此一丝不苟啊。我虽然有《KANYA祭指南》，但还是接了过来。

我弯起最后的小指，右手形成了拳头。接下来是与古籍研究社直接相关的问题。

“第五，‘十文字’为什么要选择园艺社？为什么不是电影研究会或者戏剧社呢？为什么不是超常现象研或者巫术同好会，而是御烹饪研呢？如果没有看一览表的话，一般都会把御烹饪研当成‘烹饪研’吧。如果他想按照五十音顺序精准地进行，那么为什么要选择御烹饪研呢？”

“这个问题直接关系到怪盗会选择古籍研究社还是工艺社呢。”

乍看之下，在某种程度上这算是攸关生死的问题。

不过，其实我对此一直保持乐观态度。既然壁报社报道了古籍研究社是“最后的目标”，而且中午广播社也会从这个角度进行介绍，不过实际的目标是哪边，为古籍研究社带来的宣传效果应该都差不多吧。

我从拳头伸出手指，说道：

“第六，你以为我在看漫画没有仔细听吧？其实我都听在耳里。

这点是最奇怪的……为什么‘十文字’要跳过‘ku’去偷‘ke’呢？”

“呃，那是因为戒备森严没法下手呀。我说过了吧，全球行动社完全不是可以偷东西的状况。”

我能理解里志这个说法，但是我总觉得这样一来事情就变得非常奇怪了。原因在于我最后的疑问。我伸出了中指。

“第七。”

我打开手上的《黄昏已成骸》，将后记翻给里志看。我稍微停顿了一会，指着“好像是计划着能不能把克里斯蒂的名作进行一下改编”这个部分说道：

“里志，说到克里斯蒂的名作，你会想到哪些？”

他毫不犹豫地作出了回答。

“这个嘛。应该是《无人生还》《东方快车谋杀案》《罗杰疑案》《ABC谋杀案》……这四部吧。”

我点了点头。

“我的话，还会加上《斯泰尔斯庄园奇案》。总之，差不多就是这样吧。那么，你认为在这些‘名作’里面，有哪一部改编一下画成漫画可以安上《库特利亚芙卡的排序》这个标题呢？”

里志应该不怎么精通推理小说，和我一样半斤八两吧。但是，里志可是以数据库自居的人，对于自己举出来的“名作”，大致的剧情梗概想必还是知道的。里志盘起手思考了几十秒，然后一点也不像他的作风，慎重地说道：

“说到库特利亚芙卡，那是被塞进火箭绕着地球转的狗吧。直到氧气用尽，它都相信能回到眼下那个星球。”

“是这样吗？”

没有人能知道狗相信些什么吧？

“照你这么说，那应该是《无人生还》吧？但是，‘排序’这个词则是非常适合‘ABC谋杀案’。”

“我也是相同意见。但是，如果是以死光光为卖点的《无人生还》，有点不太适合像是在说‘接下来就轮到你了’的标题。所以我觉得大概是六比四的比例，是‘ABC’。”

“是吗？说到库特利亚芙卡，那就离不开惨死的印象。‘ABC’有点游戏的味道，不太适合这种围绕着死亡的词语。我觉得《无人生还》是六，‘ABC’是四。”

是吗？

……算了，这方面终究脱离不了想象的范畴，用不着想法一致。

“我好像理解奉太郎你想说的意思了。”

里志嘟囔道。

除了说出来的疑点之外，我还有一件要确认的事情。

“里志，在这个文化祭上有卖叫《库特利亚芙卡的排序》的漫画吗？”

“……没有，我没听说过。如果要卖东西的话，必须要向总务委员会报备。而漫画更是要检查一下内容的。如果是漫研出的漫画，摩耶花不可能什么也不提吧。”

那就对了。我盯着秋季的天空说道：

“去年的神山高中文化祭上出了一本叫《黄昏已成骸》的漫画。在漫画的后记里预告说明年要出改编自克里斯蒂名作的漫画。根据大胆的推测，那个名作应该是指《无人生还》或者《ABC谋杀案》。慎重一点的话，最多再加上‘东方快车’和‘罗杰’吧。

“然后，到了第二年——也就是今年，同样是在神山高中文化祭上，发生了明显模仿克里斯蒂的‘ABC’的事件。第七个无法释怀的疑点就是这个。这一切都是偶然吗？”

“也就是说，奉太郎你的意思是——”

里志紧接着我的话说道。

"'十文字'事件在《黄昏已成骸》里面已经预告过了吗？"

我还没肯定到这种程度。

"《黄昏已成骸》，正确来说是《库特利亚芙卡的排序》，如果和'十文字'事件没有任何关联的话，那也未免太巧了吧？我只是这样觉得而已。若是有关联，那么这可是时隔一年的再现，'十文字'会是个单纯以偷窃为乐的怪盗吗？扰乱文化祭只是为了取乐吗？"

当然，这是反话。真是这样吗？不，绝对不是。里志没有回答。我将他的沉默当成是在赞同我的反话。

"呐，里志。这个事件是具有意义的。如果觉得意义这个词不太好，那么换成意图也可以。没有预告，没有夸张的自我显露，偷的东西也只是水枪、蜡烛之类的小东西。不只是为了取乐而偷窃。可以感受到不想给社团添麻烦，并且想在不受打扰的情况下完成'十文字'事件的意志。

"然而，他跳过了'ku'，这一点实在不符合他的行事原则。只要他想下手，并不是完全没有机会的吧。那么他为什么要跳过'ku'呢？"

到此为止。接下来还需要再仔细思考一下才行。我闭上了嘴。

短暂的沉默。里志缓缓地开口说道：

"……我回去了。让千反田同学就那样去参加广播节目，我还是有点不放心。"

我忍不住露出苦笑。

"也是。麻烦你了。"

"奉太郎你呢？"

"我再研究一下你刚才给我的这些东西。"

里志点了点头，转身准备离去。

啊，对了。差点忘记了。不管“十文字”的意图是什么，为了宣传古籍研究社还有必须要做的事情。虽然我不认为里志和伊原会漏掉，但是保险起见还是说一下吧。

“里志。记得叫千反田准备好‘ko’开头的东西，并在校内广播宣传。”

里志停下脚步转过头来，浮现出坏心眼的笑容。

“作为钓客人的诱饵对吧？确实，有没有明确的目标，乐趣是大不相同的……放心吧，我想好了。预定用‘校毕原稿（kouryougenkou）’来对付。话说，奉太郎你还真是个十足的坏蛋啊。”

不不，我还差得远呢。

“啊，还有，麻烦你帮忙看下摊。”

里志没有回头回应这句话，只是挥了挥手。

果然说给别人听就比较容易整理思绪。在和里志说话的时候，我想到了一个可能性。虽然是非常大胆的想法，不过说不定是有可能的。

手中的卡片和《KANYA祭指南》，还有《黄昏已成骸》。

要阅读纸张，在室内会比较合适吧。但是我出于莫名的执著，在吹刮的风中，重新审视这些东西。

思考。

材料有了。该思考些什么也整理好了。

调查，总结出结论。

风有点冷啊……

【剩余一百一十八册】

059–♣19

在即将进入校园之前，我回头看向奉太郎。

奉太郎靠在扶手上，正瞪着秋季的天空。

他的思考，终点在何处呢？我完全不得而知。

不知道啊。

笑意从我的嘴角消失了。

吹来的风相当冷，于是我低下了头。

5-2 061～062 “十文字”VS古籍研究社

061-♥14

我开始紧张起来了。

这种时候，我是有秘策的。把周围的人都当成南瓜。我家有种植南瓜，很容易能想象出来。不是因为这样做会让我冷静下来，而是认为这样做会让我冷静下来，以达到让我冷静下来的效果。

啊啊，不行，没用的。现在在我眼前的不是人，而是麦克风！

那么换个方法好了。在手上写“人”字，然后吞下去。

我写了三次，并吞了下去。

做完了我才发现，我刚才吞的不是“人”，是“入”。

“音乐结束后就开始。准备好了吗？”

“好、好了。”

“音乐要结束了。五、四、三……”

“好！刚才的音乐是prodigy的BREATHE！

“那么，接下来要介绍KANYA祭的热门话题。今天最终日的嘉宾是古籍研究社的社长，一年A班的千反田爱瑠同学（鼓掌）！哎呀，真是漂亮的女生呢。只能为大家送上声音，实在是太遗憾了。”

“……”

“嗯，咳咳。好了，KANYA祭也终于到了最后一天。说到今天的重头戏，那当然非‘十文字’事件莫属了。我在这里为还不知道详情的听众简单说明一下，在KANYA祭开始之后，有个家伙从许多社团偷走了各种东西。真是太不像话了。（兴高采烈）不过，那个小偷还是很有美学感的。最开始是阿卡贝拉社，接下来是围棋社，再接下来是占卜研究会，还有园艺社，是按照五十音顺序来偷盗的。偷的东西也是AQUARIUS、石头、塔罗牌的命运之轮，还有……(装模作样地)唔，是什么来着呢？”

“(语速略快)呃，唔，是AK。”

“啊啊，对对，没错。(慢慢地)AK是什么啊？”

“是水枪。园艺社为了防火而配备了水枪。”

“唔，真不愧是古籍研究社的社长，调查得真清楚啊。有看《神高月报 KANYA祭号外》的人应该明白我为什么会这么说吧，千反田同学所在的古籍研究社正是那个小偷的最后目标。那个目中无人的小偷以‘十文字’为名，暗示了要偷盗十个社团。从‘a’开始，到第十个字母‘ko’结束。千反田同学，请问你现在心情如何？”

“啊，是的。(短暂的沉默)如果能够得到大家的协助，我们一定能将自称‘十文字’的小偷逮捕归案。”

“嗬，嗬。(开心地)千反田同学你看起来那么文静，没想到很有自信嘛。”

“不，也不能算很有自信……”

“(抢过话头)可是你刚才说一定会逮捕归案呀。”

“……我之所以会这么说，是因为古籍研究社的社团活动室在专用大楼四楼的角落，借用了地学教室。(流畅地)正如大家所知，位于角落的理科教室都只有一个出入口，地学教室也不例外。这对于犯人来说，是相当不利的条件。

“如果想要亲手抓住‘十文字’的各位同学能够协助我们的话，那么他就绝对逃不掉。”

“要怎么协助呢？”

“只要能到地学教室来，就能帮上我们很大的忙。我们古籍研究社总共才四个人，没办法做到戒备森严。(为了加深印象，感情饱满地)我们全仰仗各位同学的帮忙了。”

“唔。(感慨地)被你这样拜托，还真是不忍心拒绝啊。”

“(停顿了足够的时间)其实这一次，我们为了与‘十文字’对决，是下了一点苦功的。”

“苦功！嗯，干劲十足啊。那么,(稍稍压低声音)那个苦功是什么呢？”

“苦功这个说法可能有点不太正确吧。

“在文化祭的三天里，怪盗‘十文字’只差一点就能完成十文字了。但是，我们古籍研究社找不出以‘ko’开头的东西。如果最后的对决不战而败的话,‘十文字’也会很遗憾的吧。而且也没办法满足大家想知道‘十文字’真面目的期待。

“因此,(稍微放慢语速)我们古籍研究社准备了文集《冰菓》的原稿。”

“(不解地)原稿吗？”

“是的。古籍研究社出了一本名为《冰菓》的文集。大家觉得文集的标题很奇怪吧？其实这个标题具有隐藏的意义。而且追查它的意义，就可以发现神山高中文化祭——俗称‘KANYA祭’的某个秘密。我想内容一定可以满足大家。如果大家能顺便买上一册的话，我会很开心的。”

“嗬，既然里面有提到KANYA祭的秘密，那还真是让人在意啊。不过，这和‘十文字’有什么关系？”

“啊啊，不好意思。这不是普通的原稿，而是最后送出去印刷的原稿，是‘校毕原稿’。”

“(开朗地)啊啊，原来如此！也就是说，是以‘ko’开头的东西吧。准备好了决战的舞台,‘十文字’有胆的话就放马过来，是吧？”

“嗯，算是吧。（害羞地）就是这么回事……但是，我们并非完全没有不安。”

“怎么说？”

“在至今为止的事件中，‘十文字’一次都没有被别人发现踪影。从中可以看出，他是个非常谨慎、大胆的人。一想到他会对作为最后目标的古籍研究社全力施为，我们四人就感到有些不安。（放慢语速进行强调）他说不定会用我们意想不到的方法来偷盗。”

“原来如此。也就是说，这是一场真刀真枪的对决吧。”

“是的。我们（用含笑的柔和声音）自己准备好了目标，自然不能眼睁睁地让东西被偷走。为此，我希望能有更多的人来地学教室帮忙。”

“你说得很在理……（兴冲冲地）好了，最后的目标古籍研究社已经做好了万全的迎击准备！只是缺少了人手！如果想见证大闹KANYA祭的‘十文字’的最后下场，或者是想亲手将其逮捕归案，我们需要大家的协助！虽然说不定‘十文字’根本就不把这种警备当回事……不管怎样，最后一天的下午，专用大楼四楼地学教室的古籍研究社，绝对是不容错过的。

“今天的嘉宾是古籍研究社社长，一年A班的千反田爱瑠同学。非常感谢你接受我们的采访，祝你们好运！”

“谢谢，我们会努力的。”

麦克风关了。

我“呼”的一声重重地吐了口气。

与福部同学、摩耶花同学商量后写下的备忘——“校毕原稿”、“介绍《冰菓》的内容”、“社团活动室的场所”。我应该全部都提到了。另外，在角落还写了入须学姐的教诲“不能准备回报”、“不能让问题看起来显得过于严重”。关于前者，我们没有准备任何回报。而后者，我并没有在广播中提到《冰菓》还有很多库存。“让别人以为除了依赖自己就别无他法”这个教诲我应该也成功付诸实践了。

多亏了事前的准备与心得，我才得以心无旁骛地参加校内广播。我轻轻地闭上眼睛，在心中向帮助我的每一个人献上由衷的感谢。

“你相当不错啊。虽然没有夸张的宣传语句，不过那种东西要看什么人来说，不太适合你的特色。”

吉野学长这样说着，轻轻地拍了一下我的肩膀。但是……

我似乎感觉到什么带刺的东西。不，我并不是在说吉野学长话中带刺，而是有什么东西在自己的心里挥之不去。在文化祭期间，这个东西好像一直都在我的心里。现在，在这次广播节目中，我感觉到它轻轻地动了一下，但我没办法具体地表述出这到底是什么东西……

不，现在还是考虑古籍研究社的事情吧。一切都会顺利吗？结果等一下在地学教室就有分晓。我按住自己的胸口，做了一个大大的深呼吸。

062–♠18

看了一下手表，时间已过两点。

就连在我看手表的瞬间，也有个男生面无表情地将《冰菓》扔到我的面前。

“两百日元。”

男生付了两百日元。紧接着，又有客人放下了《冰菓》。

这不是午觉里的美梦。又有客人上门了，又卖了一册《冰菓》。

这是现实中发生的事情。地学教室可谓是门庭若市。

听里志说，今天早上的全球行动社似乎也是盛况空前。既然只是被“十文字”盯上就会出现这样的状况，那么被报道成最后的目标，而且还在校内广播中进行了宣传的古籍研究社，会出现更为火爆的场面也是理所当然的事情。虽然我明白这个道理，但是原本一小时只能卖个一两册的《冰菓》突然变得如此畅销，实在没办法不让人感慨万分啊。

并不是人多就等于能卖得好。销量之所以会如此气势如虹，果然是多亏了千反田还有里志之前一步一个脚印的宣传。又卖掉了一册，我不禁感叹他们的行动力。

他们也在教室里。另外，可能漫研那边已经没什么事了吧，身穿运动服的伊原也在这里。

三人在地学教室的中央附近，背对着背呈三角形站立。他们背着手，毅然决然地挺直了脊梁。在他们三人组成的三角形内侧，还有一个三角形。贴在桌上的黄色胶带形成了三角形。

而在那里面——千反田他们和黄色胶带这双重三角的中心，放着一叠十张左右的A4纸。最上面放着一张草纸充当封面，并用签名笔写了“冰菓·原稿”这几个字。那正是古籍研究社对“十文字”的挑战信——“校毕原稿”。

顺便一提，那是伊原的原稿。因为我和千反田合写的部分页数太多，而里志写的部分又太少了。

千反田他们站在那里守护校毕原稿，炒热“十文字”VS古籍研究社的气氛。我们都不知道“十文字”会在什么时候来袭。来到地学教室准备参加逮捕行动的人们因为难忍无聊，或者是记起了里志他们的PR活动，于是找看守摊位的我买了《冰菓》。虽然从这里是看不见的，不过门上应该贴着伊原即兴画出来的海报。海报营造出意大利式西部片的决战气氛，冷静下来会觉得非常不好意思，不过对于想要尽情享受庆典最后的欢乐的神高学生来说，那种程度的哗众取宠说不定是恰到好处吧。

我忙着卖《冰菓》，所以不是很清楚——

等一下，这句话听起来真赞啊。

我忙着卖《冰菓》，所以不是很清楚，说不定“十文字”已经混进这个学生服、水手服以及少数派便服的集团了。搞不好正虎视眈眈地等待千反田、里志和伊原的三角警备阵型露出破绽吧。我来回看了一下没有人能靠近的校毕原稿和《冰菓》的库存，心想怪盗最好能晚点再下手。让这个状态再稍微延续一段时间，等我们卖够了再点燃最后的烟花吧。

这群不知道是想亲手逮捕怪盗“十文字”的爱出风头分子，还是单纯来看热闹的客人议论纷纷着，他们的声音自然而然地传入了我的耳中。

“……真的会来吗……”

“……早上被摆了一道啊……”

“……话说，我有个想法，‘十文字’会不会是学生会玩的把戏啊？”

“……啊，这个《奔向地球》不是你之前在看的吗……”

“……那也太夸张了吧。都围成那个样子，有谁能偷走啊？”

“……鲁邦的话，能做到的！”

很遗憾，“十文字”并不是鲁邦。只是神山高中的一名学生而已。校毕原稿在那三人守卫的内侧，根本不可能有办法偷走。伊原应该是感到不安吧。如果守住原稿的话，那么“十文字”事件就无疾而终了。

静观其变。

《冰菓》又卖掉了。五册，十册，二十册。

时间过去了。五分钟，十分钟，二十分钟。

原以为永远不会打开的纸板箱终于被打开，里面的东西也在不断地减少。虽然只是其中一部分而已，但总算能看到箱底了。太棒了。之前的销售速度究竟是怎么回事啊。畅销就是这么一回事吗？真是让人心情畅快，我都想引吭高歌了。如果不是节能主义者的话，今天这种体验说不定会让我产生将来当商人的念头吧。

不过，差不多要到极限了。大概卖掉了八十册吧？销售速度开始减慢，一直风平浪静也开始让看热闹的群众们发出了不满的抱怨。直立不动的三名警备员也差不多坚持不住了。不能太贪得无厌。或许到了该降下帷幕的时候了。

“……”

我的视线扫过围观的人群。

紧接着——

闪光刺激双眼。

“……哇啊！”

我不知道是谁发出了这么狼狈不堪的声音。但是那个声音近乎惨叫，让快要变得死气沉沉的人群顿时紧张起来。

“欸？”

“哇，怎么了？”

大家几乎同时发觉出现了什么情况吧。如果有人慢了半拍，那不是千反田就是伊原。因为那个突发情况就出现在她们身后，也就是三人背对背守护的“校毕原稿”。

之前还平安无事的校毕原稿突然着火了。

最初的闪光带着鲜艳的残像烙印在眼底。

火势并不大，只是火苗“嗖”地一下窜起来而已。但是，由于事出突然，大家一时间都目瞪口呆，无法动弹。千反田转头向背后看去，可能是因为眼前的景象让她大受打击吧，吓得愣在当场。

回过神来的某个人大喊道：

“着火了，快灭掉！”

应该不是对这句话做出了反应吧，不过里志率先行动了。他迅速地转过身子。

其实这时候的火已经差不多灭了。尽管如此，里志还是没有坐视不理。他迅速地朝校毕原稿伸出手去，拉长自己的学生服袖子，用袖子拍打了原稿两三下。“啪啪啪”的激烈声音让人产生了不安的情绪。

里志当机立断的反应立下了大功，火似乎被彻底灭掉了。然而，尽管只是一瞬间的事情，校毕原稿的封面还是留下了明显的焦痕。里志用手指捏起那份原稿。

那是一目了然的事情，校毕原稿被烧出了一个大大的洞。

里志表情扭曲，显得非常不甘心。我看到他的嘴唇动了几下，似乎是在嘟囔着“被摆了一道”。

冲击过后，吵嚷声在人群之间扩散开来。

“……是那个吗？”

“……刚才是‘十文字’干的吗？”

“……烧掉了啊，喂……”

“……这下原稿完蛋了吧……”

伴随着吵嚷声，大家逐渐兴奋起来。

又有人叫喊道：

“快把犯罪声明找出来！”

在这个瞬间，看热闹的与想逮捕“十文字”的人有了明显的区别。有些人兴奋地和身边的朋友谈论刚才发生的事情，有些人则在东张西望观察着周围的情况。

……没过多久，就找到犯罪声明了。有一本《冰菓》掉在地上，被人群踩踏。在我们那本变得面目全非的文集中，夹着《KANYA祭指南》。当然也少不了卡片。

“给我看一下，麻烦给我看一下！”

里志冲到发现犯罪声明的女生旁边。而在里志身边——

“喂，开什么玩笑啊！”

伊原也插了进来。我将糖果盒夹在腋下，站了起来。从里志的肩膀后面看过去。

在和之前相同款式的卡片上面，写着同样冰冷的话：

古籍研究社已经失去了校毕原稿

十文字顺利达成

十文字

我瞄了一眼千反田。她捂住嘴巴，眼睛瞪得老大，似乎还没有从打击中恢复过来。

【剩余册数未统计】

5-3 063～065 闭幕

063-♣20

长达三日的狂欢庆典正迅速地迎向终点。作为总务委员，我也必须去帮忙准备闭幕典礼。

怪盗“十文字”打败了古籍研究社，精彩地让最后的目标——校毕原稿在我们手上失去。这个消息由壁报社第一时间予以公布，冲击性十足的结局则通过大家的口耳相传扩散开来。既然最后的目标被打败了，“十文字”事件也就此宣告结束。我觉得这同时让大家意识到神山高中文化祭最后的活动落下了帷幕，而文化祭本身也即将收场。

临近闭幕时间，我和身穿运动服的摩耶花一同前往体育馆。摩耶花为什么今天大半时间都穿着运动服，相关原因我已经从别人那里听说了。我这样说奉太郎一定不会相信吧，但我真的不会说话，不知道该对摩耶花说些什么。

然而，摩耶花似乎已经忘记了漫研的事情，现在正为别的事情而生气。

“难以置信！居然用火了，这算怎么回事啊？他是把火柴丢过来的吗？但是现场又没有留下那种东西……”

她从刚开始就一直是这个样子。她本来以为只要装出戒备森严的样子，就能够为《冰菓》的促销带来足够的噱头了，却没想到“十文字”真的在那种情况下出手了，所以打从心底大吃一惊。我不停地耸着肩膀，只能含含糊糊地做出“不知道啊，到底是怎样呢”这样的回答。不过对于我来说，比起心灰意懒的摩耶花，现在这样的摩耶花让我开心多了。在我们下到一楼的时候——

“哟，福部。”

有人叫住了我。是谷同学。

我露出了符合败者身份的苦笑，显得有点低声下气。我确实是败者，所以做出这种表情来实在是毫不费力。只不过，我并不是输给谷同学。

“哟，谷同学。彻底被摆了一道啊。那时你也在地学教室里面吧？”

“那当然了。”

但是，谷同学的这句话缺少了刚才的自信。嗯，这很正常。明知答案的我对他询问道：

“那么，谷同学你有什么成果吗？有抓住‘十文字’的狐狸尾巴吗？”

谷同学一瞬间皱起了眉头。我想这大概是出于屈辱吧。不过，他马上就恢复了从容不迫的神态，仿佛是在说“男子汉大丈夫，拿得起放得下”一样。

“没有。不好对付啊。”

“这样啊。”

“唔，线索实在是太少了。条件不够充足，就算想破头也没办法推理出答案啊。”

是啦，如果线索真的不够的话。

“你呢，有发现什么吗？”

谷同学面带笑容，一本正经地询问道。我苦笑着摇了摇头。顿时，谷同学的脸上浮现出安心的神色。

“这样啊，这样啊。你也不行啊。我可是很期待你的呢。”

“抱歉，没能回应你的期待。”

“没什么。算是非常有趣的文化祭吧。烹饪比赛的‘人情’，我下次再找机会还吧。”

对哦，还有这么回事啊。我都以为是很久以前的往事了。

我挥挥手向他道别，带着摩耶花加快了脚步。摩耶花悄声向我询问道：

“你朋友？”

……怎么说呢。

“不能算是朋友吧。”

“那是什么？”

“唔。这个嘛。单纯是同班同学，而且……”

我思考了一会。

“是个不擅长语文的人吧。”

“嗬，考试不及格吗？”

“不，我不是说考试。只是，他说话总是用错词。”

摩耶花皱起眉头，似乎是在说“你又在胡说八道了”。我冲她笑了一笑。

“他太把‘期待’这个词挂在嘴边了。”

“……有什么关系啊。‘期待’又不是什么禁语。”

“不不。”

我竖起右手的食指，摆了两三下。

“这是相当深奥的事情。就当是庆祝文化祭顺利结束的贺礼，让我来告诉摩耶花你吧。”

“阿福，我说啊……”

“对自己有信心的时候，是不能说出期待这个词的。”

我忽略了摩耶花的抗议。这是很罕见的事情，一般都是摩耶花打断我的。摩耶花似乎想说些什么，但还是闭上嘴保持了沉默。

我望着前方遥远的被装饰得五彩缤纷的走廊，笑了。我很擅长笑容，擅长到连自己的真正表情是什么都忘记了。

“听说‘根据广辞苑记载’是典型的开场白之一。那我的开场白就是——我不知道广辞苑上面是怎么写的。摩耶花，虽然我不知道广辞苑上面是怎么写的，但是期待这个词是从放弃中诞生的。”

“……”

我希望她能有点表示。现在这样，就像是我在进行独白一样嘛。

“时间、财力或者能力上的不足，因此而产生的放弃才会转变为期待啊。纳尔逊号召说‘英国期待诸位能够完成自己的义务’时，意味着他不认为只靠自己一个人就能战胜法国。如果期待没有包含非得这样做不可的无奈情感，那总让我觉得很虚伪。

“谷同学并没有期待我。明明认为自己能够做到，怎么可能会期待我呢？年轻人乱用日语的现象还真严重啊。现在正值语文教育更新迭代的时期啊。所谓期待，比方说……”

摩耶花果然很赞。我原以为她只是默默地听着，却听到她用有点生气的——也就是一如既往的声音说道：

“比方说，是像阿福对折木做的事情吗？”

Bravo。我拍手称赞。

“……了不起。为什么你会知道？我明明没有告诉过任何人啊。”

“阿福你那点小九九，我看了就知道。”

我是这么容易把心事表现在脸上的人吗？

随着越来越接近体育馆，走廊上也多了笑容满面的神高学生。这三天来，大家都玩得很尽兴，或许还会留有一些遗憾吧。在笑声与闲谈声之中，我不太听得清楚彼此交谈的内容。所以我可以故意装作没有听见摩耶花接下来说的这句话。

“……阿福，你想赢折木吗？”

但是，我不能对这句话听而不闻。不是这样的。我完全没有这样的想法。只是……

“这个啊，是我们男人间难以言明的心思啦。关于这点，即使是摩耶花你，也是无法理解的。”

我斜眼看去，发现摩耶花的嘴唇稍微动了几下。虽然没有发出声音，但从嘴唇的动作可以看出，似乎是在说“才没有这回事”。不过，摩耶花的表情实在是太过平静，所以我也假装什么都没看到。

取而代之的是，我快活地笑着，用手捧住后脑勺。

“仔细想想，这是一开始就知道的事情。呐，摩耶花，我也糊涂了啊。其实只要能将这件事更加清楚地铭记在心上，我就用不着做那么多无用功了。”

这件事是指什么？摩耶花没有出声询问，而是稍稍歪了歪脑袋。我们从走廊进入游廊，离举行闭幕典礼的体育馆已经越来越近了。即使被周围的神高学生听到也无所谓，我字字清晰地大声说了出来。不管被谁听到都不觉得有什么丢脸的，这是理所当然的事实。就是这样。

“数据库是无法给出结论的。”

摩耶花有些寂寞地笑了。

064–♥15

结果，入须学姐将我们古籍研究社寄卖的三十册《冰菓》全部卖完了。等于是实际承接了印刷总数的百分之十五。没想到她居然会帮上我们如此大的忙，完全不知道该怎样道谢了。入须学姐将装有营业额的尼龙袋递给我，小声说道：

“其实我是想按原价帮你们卖的。”

“不，这样已经帮了我们很大的忙。”

虽然这三十册比原价要少了五十日元，但是和零比起来，一百五十这个数字已经大得惊人。更不要说与将这三十册全部丢掉的结果相比，尽管稍微便宜了一些，但只要能卖出去，我就非常开心了。

我还没有从折木同学那里得知确切的数字，不过地学教室那边在今天下午也卖掉了相当多的文集。看来充满不安定因素的文化祭也快要愉快地结束了。接下来……对了，要调查关于“十文字”的事情。一定要做。已经不存在可以阻止我的事情了。

尽管无法完全表达出来，但我还是努力传达了自己的谢意。就在我道谢完毕、准备回去的时候，入须学姐叫住了我。

“什么？”

“嗯……我还是应该告诉你吧。”

真少见，入须学姐居然会表现出难以启齿的样子来。是什么非常重要的事情吗？我稍微端正了姿势。

“好的，请问是什么事？”

停顿了一段时间，入须学姐似乎是在寻找合适的话语。

“因为都是我教你的……我听了广播社的校内广播。”

嗯，那是全校广播，只要是在校内，就会听到的。虽然我明白这点，但是当面听到别人说听了我参加的节目，还是觉得有点不好意思啊。

不过，入须学姐是让我能够顺利完成那个广播访谈的恩人。对哦，在这件事上我还没有向她道谢呢。

“那个，多亏了入须学姐的教诲，我……”

“关于这个啊……”

入须学姐以强硬的口气打断我的话。

“我的想法太肤浅了。没想到你会原封不动地再现我交代的事情。

“我知道你应该是想了很多才去参加那个广播节目的。恐怕还事先准备好了备忘录吧。但是我必须直说，你不适合那种事情。”

“……”

我不由自主地点了点头。

一旦说出口，入须学姐就不会收住自己的话。

“我知道你是一个懂得自助自救的人。除非我的眼光有问题。

“但是，你像那样不断重复着‘期待’，实在是不太好。按照你的说话方式、态度做出那种事情，听起来就像是在撒娇一样。要让别人误以为你在依赖他是非常有效的手段。但是，被误会是撒娇，不要说长期，就连短期内也是有极大的风险的。”

我觉得这是非常严厉的意见。

没错。我自己也感觉到了为什么在广播节目结束后会有那种如芒在背的感觉。我很介意那个时候——不对，这三天来，是不是太过依赖别人了。

至今为止，我和折木同学的关系也经常会让我感到很在意。折木同学知道很多我不懂的事情，因此我常常难以拭去内心的不安，怀疑自己是不是没有尽到足够的努力。

但是……

总是过多地依赖别人，或者说至少在别人看来是这样，该怎么说呢……对了，用折木同学的方式来说，就是我严重地违反了自己的生活信条。

为了解决自己的问题而必须借助别人的力量，这是很常见的事情。为了卖掉文集，只靠古籍研究社本身确实是力有不逮。大概是我不太习惯吧，所以并没有很好地将期待和撒娇分割开来。昨天在卧室里感受到的疲劳感，应该就是这种不安的体现吧？

我有些战战兢兢地询问道：

“听起来像是那样吗？”

入须学姐把手拿到脸的旁边，竖起了小指。一根小手指，这代表……

“……女朋友？”

“不对。是有那么一点的意思。”

入须学姐继续往下说：

“一直伪装，结果不知不觉间变成了自己的真心，这是常有的事情。你的交涉能力确实很不像话……但你可以期待那些有交涉能力的人，让他们去做就好了。你最好别把我的话当成是至理名言，去拙劣地使心眼。每个人都各有所长。虽然单刀直入是你的弱点，但同时也是不可多得的优势。唔……你明白我说的意思吧？”

我明白。也知道入须学姐是在担心我。

不过，可能要让入须学姐白担心了，这是杞人忧天罢了。为了让入须学姐安心下来，我微微一笑，说道：

“嗯，我也这么觉得……这种事情一点都不适合我。唔，也就是说……我已经受够了。”

入须学姐似乎也轻轻地微笑了。

065–♦12

闭幕典礼结束，神山高中文化祭的日程就全部告终了，但并不能就此等待下周一恢复一如既往的学校生活。神高接下来要进行全校大扫除。

我拿着从折木那里借来的东西前往第一预备教室。其实，我不太想去漫研，事到如今也没有了要打败河内学姐的打算。但是，无论如何我都想让她看看这部作品——《黄昏已成骸》。抛开我在漫研里的立场、文化祭的制作方针等等，作为一名爱好者，我希望学姐能看一下这部作品。

运气不错，河内学姐就在教室外面和汤浅社长说话。我在稍远的地方出声唤道：

“学姐。”

两人同时转过头来。

“……是伊原啊。”

河内学姐叹了一口气。然后一如既往地，她用有些倦懒的态度说道：

“有什么事？”

“虽然有些晚了……”

我将《黄昏已成骸》拿到胸前。

“我拿过来了。这就是让我相信作者总有一天能够画出名作来的漫画。”

河内学姐的视线顿时变得锐利起来，仿佛要刺穿我的胸口一般。学姐就像盯着仇人似的对《黄昏已成骸》怒目而视，不过没多久，她又叹了一口气——那是比刚才更深的叹息。

“我们换个地方吧。”

学姐将我带到大楼通道的屋顶——就是我昨天和汤浅社长说话的地方。河内学姐靠在扶手上，俯视着中庭。我站在离学姐一步远的地方，看着她的背影。从正在收拾整理的校园里，传来了漫无秩序的吵嚷声和拆除各种东西的声音。太阳即将落山，这个没有任何遮蔽的场所让人觉得有些冷瑟。

我站在俯视着中庭的学姐背后。也许是因为肩宽的关系吧，这样看过去的河内学姐显得相当娇小。学姐背对着我说道：

“……原来你真的有啊。”

“是的。不过这本不是我的。”

我感觉到唇干舌燥，于是下意识地舔了一下。

“学姐你知道这本漫画的吧。”

“是汤浅说的对吧。那家伙真是多管闲事。”

“社长说前辈和这本漫画的原作者是朋友。”

学姐背对着我，所以不太好判断，不过她似乎轻轻地笑了。

“朋友……是啊。不知道春菜过得好吗？虽然我知道她的手机号码，但已经很久没有听到她的声音了。”

“学姐你看过这部漫画吗？”

没有回答。

膝盖在微微地颤抖。这不是因为寒冷。虽然我很习惯敲打阿福的脑袋，但实在不擅长逼问别人……我很害怕。害怕得心跳加速，膝盖颤抖。

但是，这里只有我们两个人，我不能一直畏缩不前。我用力握紧了自己的拳头。

“……我也稍稍能理解河内学姐所说的话。有趣与否说到底只是一个人的主观判断，本质问题在于能不能与自己合得来，我多多少少能够理解这个意见。但是，我不认为这是正确的。这样不会太空虚了吗？”

学姐的声音非常平静。

“所以你才选择了《黄昏已成骸》吗？可是，这是严肃题材的作品吧。如果我专攻搞笑的话，就根本不会去看。不是这么一回事吗？”

“不对。根本不去看的话是不能算数的。而且，只要看了就能明白，确实存在拥有这种力量的作品。”

“那是对于看得出不同的人来说吧。”

“河内学姐！”

学姐没有转过身来，依旧背对着我。她缓缓地把手伸进胸前的口袋，拿出了什么东西。好像是笔，我听到了摘掉笔帽的声音。接着，学姐开始在扶手上涂鸦。

“……开玩笑的啦。”

“欸？”

我以为是自己听错了。但河内学姐又重复了一遍。

“开玩笑的啦。怎么可能是真心的啊。任何人的任何作品在主观的名义下都是等价的，我怎么可能真心说出这种话来呢？伊原你真是开不起玩笑啊。”

“……”

我握紧的拳头一下子放松了下来。汤浅社长的那句嘟囔——“亚也子她不是真心的”在我的脑海中回响着。

冰冷的风穿透了我身上的运动服。

在肆虐的风中，河内学姐的呢喃几乎快要听不见了。

“真是逃不掉啊。”

“？”

“我没有看完那本漫画，只看了一半，看到一半就不看了。虽然狠不下心来丢掉，但我觉得自己应该再也不会去看了。你知道为什么吗？”

我摇了摇头。

背对着我的河内学姐应该看不到我的动作，但她停顿了一会，然后笑着说道：

“只要看了就会知道。你是这样说的吧？是啊，会知道。不想知道也会知道。可是啊，人们一般都不想承认这种事情吧。

“换成你的话，你会怎么想？本来以为不怎么看漫画的朋友第一次担任原作就完成了这样的作品……呐，不觉得简直不可理喻吗？”

“……”

换成你的话，你会怎么想？

再也不想去看朋友担任原作的漫画，我实在是难以理解这样的心情。

……不，真的是这样吗？

比方说，如果小千明天突然开始画漫画，而且还画出了堪比《黄昏已成骸》的杰作，那么我会怎么想呢？

我能够笑着去看那部作品吗？

河内学姐没有停下涂鸦的手。我从未听过她用那么沉重的语气说话。

“所以，我把它放在壁橱的最里面，放到最里面的盒子里，视而不见，并且装出根本不存在什么名作的样子。但还是逃不掉啊。真没想到一年级学妹会把只在去年KANYA祭上卖了没几本的漫画摆到我的面前来。而且还是在KANYA祭的日子里。

“……不禁让人感叹这就是命运啊。”

学姐说着，将笔帽盖了回去，然后从扶手处走开。

她挥了挥手，朝校园迈出了脚步。仍旧看也不看我一眼。

“抱歉，虽然你好不容易拿过来了，但我是不会看的。既然不是你的，就拿去还给人家吧。因为，你想想啊……

“如果我看了的话，就会给春菜打电话吧。可是，我在电话里要跟她说什么？难道说‘我看了你的漫画。很厉害嘛！我很期待你的下一部作品’吗？根本不可能说得出口吧，不是吗？”

我没能叫住河内学姐。学姐就像什么事也没有发生过一样，迈着轻快的脚步从我的视野里消失了。来到这里之后，河内学姐自始至终没有让我看到她的表情。

我注意到留在扶手上的涂鸦。那是Q版的二头身角色。用两只脚站立的猫。身上什么都没有，脚上却套着松垮的长靴……我发现自己对这个角色很有印象，情不自禁地喃喃自语：

“这是……《BODY TALK》的……”

这样啊。

原来是这么一回事啊。

我的两本宝物——《黄昏已成骸》和《BODY TALK》。无论哪一本都很厉害。虽然都很厉害，但如果非要让我从两本中选出一本来的话，尽管是令人苦恼的选择，我应该还是会选择《黄昏已成骸》吧。

而河内学姐也知道读者会做出这样的选择。

我……

我想着《黄昏已成骸》，想着《BODY TALK》，然后再想到自己的那些无聊漫画，突然感到再也无法忍受，稍微有些……

5-4　060　后台

060–♠17

神山高中文化祭第三天，正午。

自行车停车场。

距离闭幕典礼还有四小时……几乎没有可以从容行动的时间了。

虽然肚子饿了，但在这种时候只好忍耐了。眼前的氛围不太适合一边吃便当一边说话。

校内广播应该马上就要开始了。听说千反田要上节目，但是那家伙能够顺利地把该说的都说出来吗？如果节目流程与前两天一样的话，她应该会在节目的最后登场吧。

但愿她不要开口第一句就是："我有个请求，希望大家能购买古籍研究社的文集！"

除了我们之外，周围没有半个人的气息。没有墙壁只有顶棚的自行车停车场里，整齐地排列着一排自行车。这个景象看起来有些沧桑，仿佛从热闹的文化祭中隔离出来一般。我将自己的斜背包放到地上。塞了东西的包包相当沉重，于是肩膀一下子就轻松了不少。

"那么，你找我有什么事呢？"

他询问道。我尽量装出从容不迫的样子来。

"如果是正经事情的话，就不会让你到这种地方来了。"

"总不至于是要勒索我吧？"

"唔，算是有点类似吧。"

我苦笑着说道。

“我就开门见山地说好了。你就是‘十文字’吧？”

“嗬？”

他——“十文字”一反我的预料，浮现出愉快的表情。

“你这是在乱枪打鸟吗？”

“如果是乱枪打鸟的话，正确率只有千分之一以下。我可不是在乱猜哦。”

“虽然我不是很闲，但还是听听你怎么说吧。”

说着，他很随便地靠在一根柱子上。而我则从口袋里取出了卡片。

“你很赶时间吗？其实我也一样。就让我们速战速决吧。

“那么，首先是这个。留在犯罪现场的卡片。卡片上为什么要用‘失去了’这样装模作样的说法呢？说得更具体一点，不用‘偷走了’，而是用‘失去了’，两者之间有什么不同呢？”

他的脸上依旧是在看好戏的表情，没有任何变化。

“无论是从阿卡贝拉社偷走了，还是阿卡贝拉社已经失去了，看起来并没有什么不同。如果中间有什么东西不是被偷走而是被破坏的话，那么就可以当成是提前埋下的伏笔吧。但是，你全采用了偷盗的方法。那么，这究竟是为什么呢？”

既然《黄昏已成骸》预告了这次的“十文字”事件，那么就不太可能单纯地装模作样或者只是图好玩。如果其中有什么意义的话——

“问题在于‘ku’。‘ku’被跳过去了，没有偷。

“然而，如果严密地根据犯罪声明来考虑，那么‘ku’不是‘没有被偷走’。而是‘没有失去’。

“那么，‘十文字’为什么没有让‘ku’失去呢？少了一个字，就违背‘十文字’的犯罪美学了。里志说这是为了回避戒备森严的全球行动社，但我认为并不对。对照‘十文字’之前的行动，这件事明显很不自然。总不至于再往后的第十一个字母‘sa’才是你的主要目标吧。如果真是这样的话，那也未免太显而易见了。”

我稍稍停顿了一下。空气干燥，我感到喉咙有点渴。

“违背了犯罪美学，非常不自然。如此一来就想不出跳过‘ku’到底有什么意义。但是，如果没有违背犯罪美学，一点都不会不自然的话，那又如何？也就是说，假设‘十文字’按照预定计划在进行中。

“……假设‘ku’也已经失去了。

“更为忠实地按照卡片上的描述，那就是‘以ku开头的对象没有失去以ku开头的东西’。但是，如果已经失去了的话，那又如何呢？”

我瞄了他一眼，他的表情还是没有任何变化。是已经对告发有了心理准备呢，还是我想错了呢？不，这种时候不能示弱。我也必须大胆无畏才行。

“于是就会变成这样。‘以ku开头的对象已经失去了以ku开头的东西’。根本用不着‘十文字’亲自动手。”

沉默。我知道他不会回答，继续说道：

“这其实是批判文。是一种告发，宣告那东西已经不在你们手中了。也就是说——

“‘十文字’事件会不会本身就是一个暗号呢。为了向以‘ku’开头的对象传达‘已经失去了’的信息。”

“十文字”第一次插嘴了。

“还真是相当复杂的暗号啊。这样子怎么能传达到啊。”

“是啊，一般来说是做不到的。”

然而并非如此。

“如果‘ku’那边知道这个信息的传达法，那就另当别论了。你送出暗号，‘ku’做出解读。一点都不是完全做不到的事情。”

“哦。那只是基于假设成立的情况。”

“这并不仅仅是假设。我就直说好了，学长。我认为这正是《库特利亚芙卡的排序》的剧情。”

一直保持冷静的他一听到《库特利亚芙卡的排序》的名字，马上瞪大了双眼，仿佛是在说“为什么你会知道这个名字”。那个反应等于是不打自招。我在内心松了口气，表现得仿佛一切尽在掌握之中一般，傲然地继续往下说。

“《库特利亚芙卡的排序》改编自克里斯蒂的名作。而‘十文字’事件也是。盗贼的参考书就是《库特利亚芙卡的排序》。至于接收暗号的对象，以‘ku’开头的对象……”

我从正面凝视他。

“正是担当《黄昏已成骸》作画的陆山宗芳学生会长。我说的不对吗？”

他收起刚才的犹豫，手抵在下巴上思考着。他是在盘算着要怎么做吧。过了一会，他缓缓地开口了：

“‘十文字’的目标全是社团，只有‘ku’是人名有些让人无法接受啊。”

我马上作出了回答。

“‘十文字’只是通过自己的署名暗示对应十个文字，并没有说要袭击十个社团。”

“太牵强了。”

“一点都不牵强。犯人——你有明确地列出清单表示会从那里面选择目标。

“犯人——‘十文字’为什么除了犯罪声明之外，还在现场留下了《KANYA祭指南》呢？这并不是模仿克里斯蒂的‘ABC时刻表’。那其实是被害者清单。你在留下《KANYA祭指南》的时候打开了那一页。为了表示‘十文字’事件是一场公平竞争。大概是因为原作《库特利亚芙卡的排序》是这样的吧。而打开的那一页是参加团体一句话感言的页面！”

也就是这里——

·轻音乐社　乐队系表演请一定要先登记为轻音乐社。几乎可以全天包下武术道场。

·围棋社　在第二预备教室进行初学者讲座。当然也可对弈。

·阿卡贝拉社　固定于3-C表演。第一天11点半起会在中庭公开演唱。请来听一下！

·壁报社　KANYA祭期间每两小时发行一期号外。预定激情报道最新的消息。

·御烹饪研究会　第二天十一点半起，烹饪对决“Wild Fire”in操场！招募参加者。

·园艺社　烤地瓜……这算园艺吗？是农业吧？社长，这样好吗?!

·铜管乐社　每天一点半起在体育馆表演。曲目每天都会变换的。

·魔术社　在2-D进行近距离模式表演。第一天十一点半起在体育馆进行舞台表演。请大家来观赏。

·占卜研究会　三楼楼梯处。

·古籍研究社　神高文化祭为什么叫“KANYA祭”？答案就在文集《冰菓》之中。于地学教室贩售，一本两百日元。

执行本部

陆山宗芳（学生会会长·KANYA祭执行委员长）你们不要疯过头了。完毕。

八崎庆太（学生会副会长）文化祭期间，执行本部设置在学生会办公室。任何报告、联络、咨询，都请尽快过来。

“被害者全都是在这第三十三页里挑选的。不选择超常现象研，而选择了御烹饪研；不选择电影研究会，而选择了园艺社。这一切都不是偶然。留在现场的《KANYA祭指南》与其说是犯罪声明，倒不如说是类似预告函的东西。是这样吧？”

“……”

“而在这第三十三页上面，没有以‘ku’开始的社团，符合条件的就只有陆山学长的名字而已。”

我重重地吐了口气。

“怎么说呢，只要稍微想远一点，在发现这点的时候就能明白‘十文字’是个怎样的人。我说的是关于他隶属的团体。被害者全都在《KANYA祭指南》的第三十三页，如果只是偶然的话，那也未免太巧了吧。很明显这是经过事前操作的。而能够进行操作的，就只有总务委员会，并且是负责制作导览手册的那个小组的人。

“再加上御烹饪研究社的那个事情。御烹饪研的社长说他们检查过准备好的烹饪器具，里面确实有汤勺的。明明是准备好了，在比赛开始后却消失了。从中可以推测出，犯人也参加了比赛的准备工作。虽然里志醉心于玩乐，并没有积极参与工作，不过帮忙准备活动也是属于总务委员会的工作范围吧？”

对此，他也只能露出苦笑了。不管怎么说，苦笑也算是一种笑容，我觉得比较好说话了。

“不过，总务委员总共有二十人以上。仅仅如此，还不能筛选出嫌疑犯。

“但是，与《黄昏已成骸》的原作者安城春菜搭档的陆山学长应该也知道《库特利亚芙卡的排序》。也就是说，陆山能够解开‘十文字’事件的暗号。

“那么，犯人——‘十文字’又是谁呢？模仿没有画出来的漫画《库特利亚芙卡的排序》，向陆山送出名为‘十文字’事件的暗号，那个人究竟是谁呢？

“规则是从‘a’偷走‘a’。还有，为了告发‘已经失去了’。

“接下来是我的大胆想象。陆山该不会是弄丢了《库特利亚芙卡的排序》的原作吧？也就是离开神高的安城春菜留下来的原作。犯人无法原谅将‘安心院铎玻’的第二部作品付诸流水的陆山。为了批判，为了让陆山难堪，所以犯人策划了‘十文字’事件。

“也就是说，犯人的信息是这样的——陆山已经失去了《库特利亚芙卡的排序》。

“另外，《黄昏已成骸》的后记不是安城，也不是陆山写的。而是帮忙画背景的第三人写的。那个人，身为‘安心院铎玻’第三成员的那个人正是‘十文字’的不二人选。”

我从放在地面上的斜背包里拿出《黄昏已成骸》。在封面的角落有“AJIMU TAKUHA”的文字。我看着那个文字，说道：

“AJIMU TAKUHA，真是奇怪的笔名啊。安心院是九州某个县的某个小镇吧。不过这只是牵强附会。如果说牵强附会太难听了，那就换个说法吧。这其实是共同完成《黄昏已成骸》的三个人的笔名。就像是太郎和次郎组成组合取名为‘太次’一样，是有点随便的命名方式。

“安城春菜（ANJO HARUNA）。

“陆山宗芳（KUGAYAMA MUNEYOSHI）。

“在‘AJIMU TAKUHA’里面去掉他们两人的名字吧。这是三个人合作的笔名，总共有六个音。每个人是两个音的话，去掉‘a’和‘ha’,‘ku’和‘mu’，就剩下了‘ji’和‘ta’。

“去年也参加了文化祭，所以至少是二年级，而且还是总务委员，姓名里有‘ta’和‘ji’的发音。或者再加上和陆山关系很好，知道他会画漫画这点吧？这样的人可没有第二个哦。”

我的声音冷静得连自己都大感吃惊。

“那就是你。田名边治朗学长。”

“精彩。我做梦都没想到，除了阿宗和安城以外，还有人能解读出来。”

田名边拍手称赞。我闷闷地接受了。我说这些又不是想得到赞赏。虽然并不算是受到他的影响，不过我接下来的语气变得稍微有些粗暴了。

“我不明白的是，为什么要使用这么拐弯抹角的暗号。如果有话要说，直接说出来不就好了吗？”

尽管这样说，但我已经预料到他会作出什么反应。果不其然，田名边苦笑着说道：

“如果能直接说的话，我早就说了。而且……你的问题真是正中要害啊。你应该隐约察觉到我为什么会采用这个方法了吧？”

虽然太高估我的话，会让我很伤脑筋的，不过若只是隐约察觉，那的确算是吧。

“距离学长你们推出《黄昏已成骸》，到今年这个文化祭刚好是一年。算是一周年纪念，还有对转学的安城春菜的感伤吧。”

“哈哈，多愁善感吗？嗯，也有这方面的原因。还有想在难得的文化祭上以自己为主导来做点恶作剧，也有这点心情在作祟。一直关在会议室里面也太无聊了。我也想插一脚啊。”

感伤和玩心。如果是为了这些理由而策划出“十文字”事件，那么田名边这个人的确与节能主义的我拥有不同的价值观。

田名边用小得几乎听不到的声音又追加了一句：

“……不过，说不出口还是最大的原因吧。”

我不了解田名边和陆山的事情。更无从得知两人之前有怎样的纠葛。而且老实说，我对这些不太感兴趣。我轻轻地咳嗽了一声。

接下来才是正戏。

我用有点低沉的声音说道：

“好了，有些事情要商量一下才知道。

“比起刚才的鼓掌，有件事我更希望田名边学长能帮忙。”

“嗬，怎么说？”

即使是在告发后进行交涉，田名边也没有出现太大的反应。相比起来，刚才听到《库特利亚芙卡的排序》的名字时，他的反应要大多了。他其实是个胆识不凡的人吗？

“很简单。这些……”

我一边说，一边将斜背包里面的东西全部倒了出来。

“……请你买下来。”

理所当然的，里面装的是文集《冰菓》。

这是我自己拟定的贩卖扩张计划。揭露“十文字”的真面目，逼他买下《冰菓》。而且还是大量的。比起获得比赛优胜后的麦克风宣传，这样做会更有效果吧。

“文集《冰菓》。一共三十册。”

面对突然的请求，即使是田名边也不免愣愣地眨了眨眼睛。

“你这是……勒索吗？”

“您在说什么啊？”

“你这是在威胁我，如果不想被揭穿‘十文字’的身份，就把这些文集买下来，对吧？”

我努力笑脸迎人，以免给人留下恶棍的印象。

“不，我并没有这个意思。我完全没打算让学长您自掏腰包买下来。”

刚才的从容少了许多，田名边现在明显是一脸困惑的样子。

“……我不明白。你到底想我拿这些文集怎么办？你刚才不是叫我买下来吗？”

“我是说了，但是要买这些文集的是……”

我停顿了一下。

“总务委员会。”

“什……”

田名边脸色大变。万一他变得激动起来，那么事情就不好商量。所以我赶紧继续往下说：

“我可不是在痴人说梦哦。

“我看过神山高中的网站了。上面不是在贩卖文化祭推出的商品吗？那么如果是在文化祭上引起很大反响的文集，放到网站上卖也没有什么不方便的吧。只要请总务委员会先买下来，然后放到网站上卖就可以了。”

田名边嘴巴紧闭。他沉思了一会。

“……你们的文集并没有在文化祭上引起话题吧。”

“也就是说，如果引起话题的话，总务委员会就愿意受理吗？”

也许是不想被抓住话柄吧，田名边说话的口气变得非常慎重。

“如果能引起话题的话，可以考虑一下。老实说，那个网站正苦于没有商品可卖呢。要是你们的文集有贩卖的价值，那我们当然是求之不得啊。而且原本就是以买断的形式……但是，也不能毫无理由就选择你们的文集啊。”

所言极是。但是……

“《冰菓》会引起话题的。”

“怎么说？”

“当然是‘十文字’事件呀。既然闹得这么大，消息都已经传开来了，到了‘ko’就罢休的话实在说不过去吧。如果这样的话，那些期待最后活动的人得有多失望啊。

“我会协助怪盗完成最后的事件，并且还会拜托福部里志来一起帮忙。目标里面有内奸，哪里去找这么方便的事情啊。

“看热闹的人会涌向‘十文字’的最后目标——古籍研究社。姑且不论会不会引起话题，文集应该会卖掉不少吧。这样一来，就有了放到网站上贩卖的名义。而且，学长也可以亲手了结自己引发的事件。您意下如何呢？”

好了，接下来会怎样呢？

如果田名边怒发冲冠的话，那么我的作战计划就失败了。《冰菓》卖不掉，我还会遭到学长的记恨。这是风险很大的行动，但是为了让卖掉两百册这种事化不可能为可能，就不能不冒这个风险。而且为了尽可能多地卖掉文集，这是我必须要做的事情。虽然没办法尽快解决……

我屏气凝神，等待着田名边做出决定。不好，我越来越紧张了。

为什么不说话啊，田名边。这个提议对你来说，应该没有任何不利要素才对吧。

……还是说，他不喜欢这种强买强卖的方式呢？不，应该不会吧。话说内心还真吵。

然后田名边……

他的表情舒缓下来了。

“原来如此。确实是不坏的提议。正如你所说，‘十文字’事件必须完结掉才行。而且，网站的网购商品也需要继续充实。我们的利害关系一致了。”

如果可以的话，我真想重重地吐口气。呼吸变得异常深沉，我不禁深深地体会到，所谓松了口气就是这么一回事吧。看来我的计划是成功了。

田名边的态度恢复了从容。他甚至浮现出一丝微笑，询问道：

“……那么，你要怎样协助‘十文字’的最后一击呢？”

啊啊。

其实我是从之前福井县的发电厂事故中想到的。

“古籍研究社会准备‘校毕原稿’作为目标。我会说服千反田……社长在目标周围戒备，不让任何人靠近那里。”

“嗬？”

看来田名边并不是单纯按照原作来重现《库特利亚芙卡的排序》，似乎本身就很喜欢这类事情。他兴趣十足地探出身子来。

“然后呢？”

“请学长去两个地方进行交涉。分别是化学社和糕点研究会。根据《KANYA祭指南》上面的介绍，化学社好像要展示钠的化学反应。麻烦您去要一点钠过来。而糕点研究会的话，要找的对象是到处推销饼干的两个小贩。她们手上应该有格洛克17的水枪，请去要过来。”

田名边微微睁大了眼睛。

“……你的主意还真是危险啊。”

我淡淡一笑。

“这是一场庆典。而且快要结束了。就让我们弄得稍微华丽一点吧。

“我会想办法把钠夹到校毕原稿里面。学长你等我的信号。这是因为如果《冰菓》还没卖够，而‘十文字’事件就此结束的话，那我们会受不了的。等我发出信号，您就用水枪射击。只要用《冰菓》遮挡住手，拿里志做掩护，应该是不会被发现的。”

“万一真的烧起来那怎么办？”

“我会只放一点点钠进去的。关键在于只要能一瞬间看到火焰就可以了。我会把校毕原稿事先弄出个洞来。如此一来，观众就会觉得是火焰把原稿烧出洞来了吧。”

田名边用手抵住下巴，若有所思地微微一笑。

“哦……算是一个小戏法吧。化学社我有门路。至于糕点研那边，就算不行，也应该有办法向园艺社借吧……犯罪声明呢，你想好要怎么处理了吗？”

我点了点头。

“夹在《冰菓》里面，找准机会丢到地上。如果不行的话，就塞到书桌里面。到时候地学教室里面估计会是人山人海，应该很容易做到的。”

“不，还是麻烦你事先设置好。需要在现场做的事情越少越好。”

也对，他说得很有道理。于是，我接下了这份差事。

“那么，请买下犯罪声明需要用的《冰菓》。”

“你还真是精打细算啊。”

“我们真的是很伤脑筋嘛。”

我从苦笑着的田名边手中接过两百日元。

“那么，我会用眼神来给您发信号的。”

“了解……你叫什么名字？”

哎呀，我没有自报姓名吗？我有些装模作样地咳嗽了一下。

“我是一年B班的折木奉太郎。”

临别之际，田名边像是在说无关紧要的事情一般，轻描淡写地说道：

“你说‘十文字’事件是为了告发陆山的暗号装置吧。”

背好背包正准备离去的我停下了脚步。

“嗯。”

“还说是因为陆山弄丢了《库特利亚芙卡的排序》。”

“不是这样吗？”

我的声音自然而然地变轻了。因为田名边想要告发陆山什么，说到底我只能依靠想象来推测罢了。

田名边的声音也很轻。我实在看不出他此时此刻的心情。

“不是。不过，这也怪不得你。这个世上能够了解的，就只有安城同学了。”

嗯？

“不是陆山和安城两个人吗？”

“阿宗他……陆山并不了解。完全不。”

这是怎么一回事？我有些混乱了。

“安城春菜……”

“转学了。今天大概也没有来吧。”

“那么，你的目标是……”

像是很享受立场逆转的情况一般，田名边微微笑了。

“是陆山。你没有说错。只是要传达的信息跟你想象的不同。

“我希望那个信息被这样解读。‘陆山已经失去了库特利亚芙卡的排序’。其意为……

“陆山，你不打算用安城同学的原作画漫画吗？”

啊。

“是催促吗？”

“是比催促还要更前的阶段。”

田名边浮现出一丝笑意。但是，那个笑容显得非常无力，甚至让人感受到放弃的意味。

“陆山没有画漫画的意愿。

“你看过了吧？安城同学是个天才，不过最让我吃惊的是，没想到阿宗拥有如此出色的画技。虽然我不太喜欢用天分这个词来解释事情，但看到那个之后，除了天分出众以外，我不知道该怎么形容了。

“然而，他本人却完全没有干劲。《库特利亚芙卡的排序》的原作是有的。我这里有一份，阿宗那边应该也有。只要阿宗愿意花心思下去，应该能创作出超越《黄昏已成骸》的作品吧。不管我怎么旁敲侧击，对于阿宗来说，画漫画都只是限于去年一年的玩乐而已。”

这……

老姐给我的《黄昏已成骸》在脑海里掠过。那是一部很好的漫画，画技也很出色。然而，负责作画的人仅仅把那个当成是玩乐。

田名边代替我说出了心声。

“很浪费吧。觉得很可惜吧？

“开什么玩笑啊，明明拥有别人求之不得的实力，甚至到了让人望尘莫及的程度，但是阿宗完全不打算画漫画。只要他肯说要画，无论要我做什么我都愿意。我一直等待着他开口说出这样的话。对于画技拙劣的我来说，阿宗完完全全就是希望之星。然而，真让人看不下去啊。那家伙脑子也很好使。只要有这个心，就算没有安城同学的原作，他也总有一天能画出大杰作来的。”

尽管面带笑容，田名边的语气却悲痛至极。我甚至感觉到在他的言语之间渗出了内心的痛苦。

“绝望的差距会诞生期待。但是啊，如果那个期待得不到回应的话，那么前进的道路上就只有失望而已了。这一年来，我一直相信阿宗会再次拿起画笔。即使是现在，我还是会继续期待阿宗。”

我明白田名边真正想传达的信息到底是什么了。

田名边已经闭上嘴巴，视线落在地上。如果说“绝望的差距会诞生期待”这种说法妥当的话，那么不管在任何一个方面，我甚至连有没有差距都没有注意到。我不明白会让人浑身颤抖的殷切期待。也不懂这种名为憧憬的情感。生活中仿佛缺少了值得追逐的光芒。

……还是说，总有一天我也会轮到这种“顺序”吗？

但是，即使是现在的我，也还是能够明白田名边行动的意义。

我轻声说道：

“那么，你通过‘十文字’事件真正想传达的是……那个无法说出口的问题是这样吧——陆山，你看过《库特利亚芙卡的排序》吗？”

田名边稍稍抬起头来。

“甘拜下风。”

“而答案是……”

“嗯，是的。

“阿宗根本没有翻开安城同学的心血之作。没有解开暗号，信息没能传达给他。”

那么，你的期待已经变成了失望吗？

即使是我，也懂得没必要把这种话说出来。我什么也没说，转身准备离去。

在离开之前，我转头看了一眼，田名边仍旧伫立在那里，一动也不动。

校园里传来了校内广播的声音。

库特利亚芙卡的排序
Welcome to KANYA FESTA!

“……好了,KANYA祭终于到了最后一天。说到今天的重头戏,那当然非‘十文字’事件莫属了……”

【剩余八十八册】

六 迎向庆功宴

066–♠19

“那么，最后还剩下多少册？”

我默默地将纸板箱倒过来。

哗啦啦，掉下来的《冰菓》只有区区五册。“十文字”的双重效果可谓是威力惊人。

“噢，噢噢，没想到居然能走到这一步啊！”

里志感慨万千。

“不过……有点可惜啊，明明只差一点了。”

千反田出乎意料地说出了贪得无厌的话。

而伊原则声音颤抖地说道：

“……我本来已经绝望了。一直在考虑要怎么赔偿才好……”

轻轻松松超过了损益分歧点。即使将入须降价贩卖的那部分考虑进来，也还有不少盈余。一旦有了盈余，“黑字部分要上缴学校”的规定就让人觉得面目可憎了。我也很贪得无厌啊。不过，有一半是开玩笑啦。

“可是，真的只用一个下午就卖掉了一百多册吗？”

不愧是伊原，不管再怎么感慨万千，她还是很敏锐的。由于现在已经没有必要继续瞒着他们，所以我咳嗽了一声，说道：

“其实，神山高中的网站愿意帮忙贩卖《冰菓》。我拿了三十册给总务委员会。”

“欸，什么时候啊！”

千反田瞪大了双眼。

“抱歉，我不是故意想让你们大吃一惊的。只是没有告诉你们的机会。”

前半句是真的，后半句则在说谎。

“但是折木，这样一来，如果网站那边卖不掉的话，还不是一样吗？”

“放心吧。”

身为共犯的里志轻松地拍了拍伊原的肩膀。

“总务委员会直接将《冰菓》买下来。接下来都是总务委员会那边的问题了，古籍研究社完全不需要在意。”

“折木同学，你什么时候进行了这样的交涉啊……我完全没有发觉呢。”

那当然了。我留心着没被你发觉呀。

之所以这样做，是因为——

其实在发现“十文字”就是田名边之前，我就打算让“十文字”事件的犯人把《冰菓》给买下来。当然，如果对方是危险人物，那么我会随机应变修改计划的，不过基本上来说，我要做的事情就是“恐吓”。所以实在是不能告诉千反田。

从结果上来说，由于“十文字”是田名边，所以我得以成功地将总务委员会也拉了进来。预料中的恐吓变成了单纯的交涉，无论对我还是对古籍研究社来说，都是一大幸运吧。而且万一真的碰到那种情况，我能不能担任一个合格的恐吓者还真是一件值得怀疑的事情呢。

没错，回顾起来，还真是受到幸运女神眷顾的三天啊。不仅是网络售卖这件事，“十文字”事件最后的目标就像一开始预测的那样，是以“ko”开头的社团，这也相当幸运。尽管有老姐的神秘干预，《黄昏已成骸》能够送到我的手中，也算是一种幸运吧。因为没有《黄昏已成骸》的话，是绝对无法解开“十文字”事件的。听里志说，学校里有很多侦探志愿者想抓住“十文字”，但是他们缺少了足够的条件。能解开谜团的只有我，勉强要说的话，还要把里志也加上去吧。并且，我之所以能够推理出田名边就是“十文字”，不需多说，也是因为运气很好。简单来讲，那就是稻草富翁原理并不只适用于物品交换吧。到底为什么会这么幸运啊？难道是有人烧香拜佛了吗？

不过怎么说呢，对我最喜欢的谚语“坐等好运上门”*进行实践的结果，证明了其实就算什么也不做，幸运也会主动找上门吧。这种想法对我来说倒没什么，但是对里志和千反田来说，就未免有些太失礼了。

好了，问题是剩下来的这五册要怎么办。

“那么，既然剩下来了那也没办法，我们就每人买一册吧。”

里志的提议马上被采纳了。我们每个人各丢了两百日元到糖果盒里面。

千反田将文集包在胸前，里志卷起来塞进束口袋，伊原轻轻地拿起来抚摸着封面。

好了，还剩下最后一册。

……我又追加了两百日元。

“咦，奉太郎？”

“我会拿去丢进老姐的房间里。”

作为漫画的谢礼。虽然不知道能不能算是谢礼，不过就算她没兴趣看，应该也可以拿去垫锅底吧。

我拿起最后的一册。

纸板箱现在变得空空如也。

千反田百感交集地说道：

“这样就全部卖完了。”

---

* 意思是当你该做的都努力做到了，那就不要心急，等待好运上门就可以了。

“卖完了……”

“卖、卖完了……”

卖完吗……

第一天带着绝望心情仰望焦褐色的“书山”。现在已经被铲平了。

然而，千反田继续用陶醉的口吻说道：

“接下来就只剩‘十文字’事件了。这下我可以心无旁骛地尽情好奇了。”

“哦，关于这件事啊——”

里志不怀好意地微微一笑。

“奉太郎似乎想到一些什么了哦。”

“欸，是真的吗？”

千反田顿时眼神大变，朝我逼了过来。我说过很多遍了，不要靠那么近啊。我都不知道被她吓到多少次了。

而且用不着这么急，时间还很多。我像是要逃避千反田那过于接近的大眼睛似的，将上半身靠在椅子上。然后，用带笑的声音说道：

“包括这方面的事情在内，怎么样，为了庆祝文集售罄，要不要来举办一场庆功宴呢？”

“你、你怎么了？这么风雅的提议一点都不符合折木的风格啊！”

对着我这个总是爱好风雅的雅士，你这是说的什么话啊。

里志的气势一下子就上来了。

“赞成！害怕学生指导部的话，那怎么办得了庆功宴啊，对吧？消除浮世的忧愁，最好的办法就是尽情地欢闹一番！尽情地欢闹啊！明天可是周日啊，我们要怎样狂欢呢，真让人拿不定主意啊！”

这三天来不知为何心情低落的伊原终于露出了开朗的神情。

“嗯，是啊。我几乎没机会到古籍研究社这边来，来告诉我这期间都发生了些什么事情吧……应该也有一些好玩的事情吧。”

一旁的千反田平静地微笑着。看到这种沉稳的表情时，会觉得千反田真是个楚楚动人的大小姐。我觉得这根本就是欺诈。

“那么，大家要不要到我家来？尽管能力有限，但我会尽全力招待大家的。”

千反田家吗？虽然有点远，但是她家很大，就算稍微吵闹一些，也不会影响到别人。嗯，真是令人激动的提议啊。

“那就这么定了。走吧。”

“嗯，差不多快到关校门的时间了。”

“啊！需要定寿司吗？”

“小、小千，朴素点就好……”

就在我们所有人都站起来的时候，铃声响了。

那是催促还在学校的学生快点回家的定时铃声，同时也是宣告长达三天的文化祭彻底结束的铃声。并且，那个铃声听起来就像是在祝福皆大欢喜的结局。

我们每个人心里大概都这么觉得吧。

【庆祝售罄】

后记

大家好，我是米泽穗信。

在我亲身参与的文化祭中，最令我印象深刻的是一个文艺社的社员。她在太阳照不到的游廊上摆了一组桌椅，放上几本文集来充门面，而她自己则从早到晚一直坐在那里看书。

那一年的文化祭，我为班级拍摄的录像带电影写了一个悬疑剧的剧本。由于电影已经完成，我当天就没什么工作需要做了，于是我就去她那里买了一册文集，但我不记得自己有看过。

因为我另外准备了要看的书。

本书的主角其实就是文化祭本身。为了以无形的活动为主角，作为理所当然的手法，我采取了多视点的形式。不仅是技术面，故事面也追求了多视点——否则，主角就一直坐在椅子上，还谈什么悬疑啊。

总算完成小说的时候，我一时之间不知道该取怎样的书名。这本小说从庆典的深夜开始，伴随着庆典的落幕一同结束。感觉除了“文化祭”“学园祭”之类的书名以外，都不怎么合适。虽然最后命名为《库特利亚芙卡的排序》，但我认为这次推出文库版时附上的英文标题*更能表现出作品内容。

在这个系列的第一本《冰菓》的后记里，我写了一个小谜题。

* 本书日本文库版的英文标题是“Welcome to KANYA FESTA!”

库特利亚芙卡的排序
Welcome to KANYA FESTA!

原本打算在第二集的后记里公布答案的，但因为页数的关系，最终还是没能挤进去。

距离《冰菓》的出版居然已经过去了七年。拙作能够维持七年之久的命脉，全仰仗各位读者的支持。我在后记里写的“寿司事件”可以从本书第四十二页的某段中得到解决。我想大家应该已经察觉到了，其实说穿了并不是什么大不了的谜题。不然的话，我就能够当成段子来写出一篇悬疑作品了……另外,《愚者的片尾》后记里提到的某章节名的由来，简而言之就是“agitation”*。

本书就此结束，我希望《库特利亚芙卡的排序》这个庆典能够留在诸位读者的心中，并成为下一个庆典的伏笔。

非常感谢大家。

米泽穗信

（注:文中提及的均为本书日文版的情况。）

---

* 是指《愚者的片尾》第五章的标题名——“很有味道”，日语发音与 agitation 比较相近。

◎著者：（日）松冈圭祐

从『力士贴纸』到『完美假钞』

这一切的幕后黑手竟然是……

万能鉴定士Q的事件簿 2 待续

《周刊角川》记者小笠原已陷入穷途末路。短短两天时间，便利店的盒饭便从几千日元涨到数万日元，乘JR列车坐一站就要九千日元，这样一来有多少钱也不够用。瞒过以往一切鉴定手段的假币在市面出现，令日本陷入了恶性通货膨胀的地狱。凛田莉子能否揭穿完美假币的真相？

定价：各25.00元

天闻角川

轻文学 Light Literature

TIANWEN KADOKAWA

连泉水子自己也不知道，

命运巨轮已经开始悄悄转动……

◎著者：（日）荻原规子　绘者：（日）岸田梅尔

RDG 濒危物种少女 1 待续

拥有不能触碰电子科技产品之体质的少女铃原泉水子，因升学择校问题而牵扯出对自身秘密和命运的疑问，并与转校生相乐深行一起在毕业旅行中觅得答案。一番惊险经历让两人从厌恶对方变得相互信任，同时背负着无法逆转的命运继续前行。究竟命运之轮要驶向何方？

定价：27.00元

TIANWEN KADOKAWA 轻文学 Light Literature

TK 天闻角川

有多少人在生命走到尽头之前
曾体验过众人一起惊喜、狂欢、哭泣？

◎著者：（日）有川浩 绘者：（日）大矢正和

剧团！ 1 待续

“两年间要赚回三百万，不然就关掉剧团！”旗子剧团面临创团以来最大的危机！超级新星入团，却引发演员们的离团潮，而且，剧团竟然负债高达三百万！拥有鲜明个性的十位团员，加上守财奴债主春川司，彼此间的强烈羁绊会产生出什么样的化学反应？

定价：各29.00元

TK 天闻角川

轻文学 Light Literature

TIANWEN KADOKAWA

图书在版编目（CIP）数据

库特利亚芙卡的排序 / (日) 米泽穗信著；方宁译. — 长沙：湖南美术出版社, 2013.11（2023.3重印）
ISBN 978-7-5356-6621-5

Ⅰ. ①库… Ⅱ. ①米… ②方… Ⅲ. ①长篇小说—日本—现代 Ⅳ. ①I313.45

中国版本图书馆CIP数据核字(2013)第235955号

本书为引进版图书，为最大限度保留原作特色、尊重原作者写作习惯，故本书酌情保留了部分外来词汇。特此说明。

库特利亚芙卡的排序

广州天闻角川动漫有限公司 Guangzhou Tianwen Kadokawa Animation & Comics Co.,Ltd. 出品

著　者　（日）米泽穗信
译　者　方宁
出　版　湖南美术出版社
地　址　长沙市东二环一段622号
经　销　全国新华书店
出 版 人　李小山
出 品 人　刘烜伟

责任编辑　贺澧沙 谭振健
美术编辑　罗毅俊
制版印刷　凸版艺彩（东莞）印刷有限公司
开　本　890mm × 1240mm 1/32
印　张　9.25
版　次　2013年11月第1版
印　次　2023年3月第3次印刷
书　号　ISBN 978-7-5356-6621-5
定　价　36.00元

联系地址：中国广州市黄埔大道中309号羊城创意产业园 3-07C
电话：（020）38031253　传真：（020）38031252　官方网站：http://www.gztwkadokawa.com/